모래 사나이

Der Sandmann

세계문학전집 396

모래 사나이

Der Sandmann

E. T. A. 호프만

신동화 옮김

민음사

차례

모래 사나이

나타나엘이 로타어에게

분명 그곳에서는 모두들 불안한 마음이 한가득이겠지. 내가 이토록 오래 — 오래도록 편지를 쓰지 않았으니 말이야. 어머니는 아마 화가 나셨을 테고, 클라라는 내가 이곳에서 호사스럽고 방탕한 생활을 하느라, 내 마음속에 아주 깊이 아로새겨진 나의 사랑스러운 천사를 완전히 잊어버렸다고 생각할지도. — 하지만 그렇지가 않아. 매일 그리고 매시간 나는 모두를 생각하고 있고 달콤한 꿈속에서는 나의 사랑스러운 클라라의 다정한 형상이 지나가면서 맑은 눈으로 우아하게 나를 향해 미소를 지어. 내가 너희에게 나타날 때면 그러던 것처럼 말이야. — 아, 나는 정신이 산만한 상태여서 지금껏 뭐 하나 제대로 생각할 수가 없었어. 그런데 어떻게 편지를 쓸 수 있었겠어! — 무언가 끔찍한 것이 내 삶에 들어왔어! — 나를 위협하는 무시무시한 운명에 대한 어두운 예감이 먹구름 그림자처럼 내 머리 위에 펼쳐져 있고 어떤 상냥한 햇살도 그것을 뚫고 들어오지 못해. — 나에게 닥친 일을 이제 너에게 이야기해야겠어. 꼭 그래야만 해. 그걸 나는 알아. 하지만 그 일을 생각만 해도 속에서 미친 듯이 웃음이 터져 나와. — 아, 친애하는 로타어! 며칠 전 내게 일어난 그 일은 정말로 내 삶을 아주 적대적으로 파괴할 수 있었어. 그것을 네가 얼마간이나마 느끼게끔 하려면 어떻게 이야기를 시작해야 할지! 네가 이곳에 있다면 직접 볼 수 있을 텐데. 하지만 너는 분명 나를 허깨비나 보는 정신 나간 사람이라 여길 테지. — 간단히 말할게, 나에게 일어난 끔찍한 일이란 — 나는 그 일이 남긴 무시무시한 인상을 떨쳐 버리려 애쓰지만 소용이 없어 — 다름 아니라 며칠 전에, 그러니까 10월 30일 정오에 한 청우계 장수가 내 방에 들어와 물건을 사라고 권했다는 거야. 나는 아무것도 사지 않았고 그자에게 계단 밑으로 던져 버리겠다며 으름장을 놓았지. 그러자 그자는 제 발로 가 버렸고.

　내 삶에 깊숙이 개입하는 매우 특수한 관계들만이 이 사건에 의미를 부여할 수 있다는 것, 그래, 그 불운한 행상이 나에게 아주 적대적으로 여겨질 수밖에 없다는 것을 너는 짐작하겠지. 사실이 그래. 나는 내 어린 시절에 대해 최대한 많은 것을 인내심을 갖고 차분하게 이야기하려고 온 힘을 다해 자신을 추스르고 있어. 너의 활발한 감각이 또렷한 영상 속에서 모든 것을 분명하고 명확하게 볼 수 있도록 말이야. 이렇게 이야기를 시작하려는 지금, 너의 웃음소리가 들리고 클라라가

'정말이지 무슨 어린애 같은 소리를!' 하고 말하는 게 들리는 군. ― 웃으라고, 제발, 정말이지 마음껏 비웃으라고! ― 제발 부탁이야! ― 하지만 아아! 나는 머리카락이 쭈뼛 곤두서. 프란츠 모어가 다니엘[1]에게 그러듯 내가 미칠 듯한 절망 속에서 너희에게 나를 비웃어 달라고 간청하는 것 같아. ― 자, 본론으로 들어갈게!

우리, 그러니까 나와 형제들은 점심 식사 때를 제외하고는 낮 동안 아버지를 보는 일이 드물었어. 아버지는 일 때문에 매우 바쁘셨던 것 같아. 오랜 관습에 따라 우리 집은 7시만 되면 저녁을 차렸고 식사가 끝나면 우리 모두, 그러니까 어머니와 우리는 아버지의 작업실로 가서 둥근 탁자에 둘러앉았지. 아버지는 담배를 피우면서 큰 잔으로 맥주를 마셨어. 아버지는 우리에게 많은 신기한 이야기를 곧잘 해 주셨는데 너무도 이야기에 열중하신 나머지 늘 파이프에 불이 꺼졌고 그러면 나는 불붙은 종이를 갖다 대서 다시 담뱃불을 붙여 드려야 했어. 나에게는 그 일이 굉장히 재미있었지. 그런데 자주 아버지는 우리 손에 그림책을 들려 주시고는 당신의 팔걸이의자에 말없이 멍하니 앉아 짙은 연기구름을 내뿜으셨는데 그럼 우리 모두는 안개에 휩싸인 것 같았어. 그런 저녁이면 어머니는 몹시 우울해하셨고 9시 종이 채 치기도 전에 이렇게 말씀하셨어. '자, 얘들아! ― 자러 가라! 자러 가! 모래 사나이가 오고

---

[1] 프리드리히 실러의 희곡 「도적 떼」에 나오는 인물들. 프란츠는 자신이 꾼 무서운 꿈 이야기를 다니엘에게 들려준 뒤 자신을 실컷 비웃으라고 한다.

있어. 벌써 소리가 들리네.' 그러면 정말로 매번 무언가가 무겁고 느린 걸음으로 쿵쿵 층계를 올라오는 소리가 들렸어. 모래 사나이가 틀림없었지. 한번은 그 둔중한 발걸음 소리와 쿵쿵 소리가 너무도 소름끼쳤던 나는 어머니가 우리를 데려가는 동안 여쭤 봤지. "참, 엄마! 늘 아빠한테서 우리를 몰아내는 그 나쁜 모래 사나이가 대체 누구예요? — 그 사람 어떻게 생겼어요?" 어머니가 답하셨어. "모래 사나이란 건 없단다, 얘야. 내가 모래 사나이가 온다 하고 말하는 건 단지 너희가 졸려서 눈을 뜨고 있을 수 없다는 뜻으로 그러는 거야. 마치 누군가 너희 눈에 모래를 뿌린 것처럼 말이야." — 어머니의 대답은 내게 만족스럽지 않았어. 그래, 내 유치한 마음속에서는 이런 생각이 또렷이 움텄어. 어머니가 모래 사나이를 부정하는 것은 그저 우리가 그자를 무서워하지 않도록 하기 위해서라고. 나는 늘 그자가 층계를 올라오는 소리를 들었으니까. 이 모래 사나이가 누구이며 우리 아이들과 무슨 관계가 있는지 너무나도 알고 싶었던 나는 마침내 막내 여동생을 돌보는 늙은 보모에게 물었지. 그 모래 사나이라는 자가 어떤 사람이냐고. "아이고, 타넬헨."[2] 늙은 보모가 답했지. "너 아직 모르니? 모래 사나이는 나쁜 사람이란다. 아이들이 잠자리에 들려 하지 않으면 그자가 와서 아이들 눈에 한 움큼 모래를 뿌려서 피투성이가 된 눈이 머리에서 튀어나오게 만든단다. 그럼 그자는 눈을 자루에 던져 넣고 제 자식들에게 모이로 주려고 반달로

---

[2] 나타나엘의 애칭.

가져간단다. 자식들은 그곳 둥지에 앉아 있는데 올빼미처럼 굽은 부리를 가졌어. 그걸로 버릇없는 인간 아이들의 눈을 쪼아 먹는단다."─ 이제 나의 마음속에는 잔혹한 모래 사나이의 소름 끼치는 모습이 그려졌어. 저녁에 쿵쿵 층계를 올라오는 소리가 들리는 순간 나는 불안과 공포로 덜덜 떨었지. 나는 눈물을 흘리며 떠듬떠듬 '모래 사나이야! 모래 사나이야!'라고 외칠 뿐이었고 어머니는 내게서 그 밖에 아무것도 알아내지 못했어. 그러고 나서 나는 침실로 달려갔고 모래 사나이의 무시무시한 환영은 꼬박 밤 내내 나를 괴롭혔지. ─ 어느새 나는 보모가 해 준 모래 사나이와 반달에 있는 자식들의 둥지에 대한 이야기가 아마 완전히 사실은 아니리라는 것을 알 만큼 충분히 나이를 먹었어. 하지만 모래 사나이는 나에게 계속 무시무시한 유령으로 남아 있었지. 그리고 그자가 층계를 오르는 소리는 물론이고 아버지의 방문을 세차게 열어젖히고 안으로 들어가는 소리가 들릴 때면 나는 공포와 경악에 사로잡혔어. 이따금 그자는 오래도록 나타나지 않다가는 더 자주 연달아 찾아오기도 했어. 그런 일이 여러 해 동안 지속되었지만 나는 그 섬뜩한 유령에 익숙해질 수 없었고 끔찍한 모래 사나이의 모습은 내 마음속에서 희미해지지 않았어. 그자와 아버지의 교제는 나의 환상을 점점 더 강화시키기 시작했어. 나는 아버지에게 그자와의 관계에 대해 여쭤보려 하다가도 두려움을 이기지 못하고 관두고는 했지. 하지만 직접 ─ 직접 비밀을 파헤치고 도저히 믿기지 않는 그 모래 사나이를 보고 싶은 욕구가 해가 갈수록 내 안에서 싹터 올랐어. 모래 사나이는 나를 불가사의하고 모험 가득한 세계로 이끌었고 그 세계는 어린아이의 마음속에 너무도 쉽게 둥지를 틀었지. 나는 요괴와 마녀와 엄지만 한 난쟁이 등등에 대한 소름 끼치는 이야기를 듣거나 읽기를 무엇보다 좋아했어. 하지만 모래 사나이가 늘 으뜸이었어. 나는 몹시 기괴하고 혐오스러운 형상을 한 모래 사나이를 탁자며 장이며 벽이며 온갖 데에다 분필과 목탄으로 그려 놓았어. 내가 열 살이 되었을 때 어머니는 나에게 어린이방을 나와 작은 방을 혼자 쓰게 하셨는데 그 방은 복도에서 아버지 방과 멀지 않은 곳에 있었어. 9시 종이 치고 그 낯선 남자의 소리가 집 안에 들리면 여전히 우리는 재빨리 각자 방으로 들어가야 했지. 내 방에서 나는 그자가 아버지 방에 들어가는 소리를 들었고, 곧이어 이상한 냄새를 풍기는 옅은 연기가 집 안에 퍼지는 듯했어. 어떤 식으로든 모래 사나이를 만나 보고 싶은 마음이 호기심과 더불어 점점 커졌지. 여러 번 나는 어머니가 지나가고 나면 잽싸게 방을 나와 살금살금 복도로 갔지만 아무것도 엿들을 수가 없었어. 틀림없이 그를 볼 수 있는 곳에 내가 다다랐을 때면 항상 그는 이미 문으로 들어간 뒤였으니까. 마침내 저항할 길 없는 충동에 이끌린 나는 직접 아버지의 방에 숨어서 모래 사나이를 기다리자고 마음먹었지.

어느 날 저녁 나는 아버지의 침묵과 어머니의 우울한 모습을 보고 모래 사나이가 오리라는 걸 눈치챘어. 그래서 나는 몹시 졸린 척하면서 9시 전에 미리 방을 나왔고 문 옆에 바싹 붙어 몸을 숨겼지. 현관문이 삐걱거렸고 현관을 지나 무겁고 느린 걸음으로 쿵쿵 층계를 오르는 소리가 들렸어. 어머니는 형제들을 데리고 서둘러 내 앞을 지나가셨어. 나는 조용히 — 조용히 아버지의 방문을 열었어. 아버지는 평소처럼 문을 등지고 말없이 굳은 채로 앉아 계셨고 내가 들어온 것을 알아차리지 못하셨어. 나는 재빨리 들어가서 문 바로 옆의 열린 옷장으로 들어갔어. 그곳에는 아버지의 옷들이 걸려 있었고 옷장 앞에는 커튼이 쳐져 있었지. — 쿵쿵 울리는 발걸음 소리가 점점 가까이 — 더 가까이에서 울리더니 — 밖에서 이상하게 기침을 하고 긁어 대고 투덜대는 소리가 들렸어. 나는 불안감과 기대감에 심장이 두근거렸어. — 바로 앞, 문 바로 앞에서 발을 내딛는 날카로운 소리가 들렸고 — 거칠게 문손잡이를 치는 소리가 들리더니 쩔거덕 소리와 함께 문이 활짝 열렸어! — 나는 용기를 짜내어 신중하게 밖을 내다보았어. 모래 사나이가 방 한가운데에서 아버지 앞에 서 있고 밝은 불빛이 그의 얼굴을 환히 비추고 있었어! — 모래 사나이, 무시무시한 모래 사나이는 종종 우리 집에 와서 점심을 먹곤 하던 늙은 변호사 코펠리우스였어!

아무리 소름 끼치는 형상이라도 바로 이 코펠리우스보다 나에게 더 심한 경악을 불러일으키지는 못했을 거야. — 꼴사나운 두꺼운 머리통에 흙처럼 누런 얼굴, 무성한 회색 눈썹, 그 아래에서 날카롭게 이글거리는 한 쌍의 연녹색 고양이 눈, 윗입술 위로 굽은 크고 두툼한 코를 가진 키 크고 어깨 넓은 남자를 생각해 봐. 비뚜름한 주둥이는 자주 일그러져서 음흉한 웃음을 짓지. 그러면 뺨에 검붉은 반점이 몇 개 보이고 앙

다문 이 사이로 이상하게 쉭쉭거리는 소리가 나. 코펠리우스는 늘 고풍스럽게 재단한 회색 웃옷에 마찬가지의 조끼와 똑같은 바지를 입고 나타났지. 거기에다 검은 양말과 작은 보석 버클이 달린 신발을 신고 말이야. 작은 가발은 정수리를 겨우 덮을 정도였고 붙인 곱슬머리는 큰 붉은색 귀 위에 높이 자리 잡고 있었어. 묶어 놓은 넓은 헤어 백[3]이 목덜미 위로 우뚝 솟아 있어서 주름 넥타이를 잠그는 은 버클이 보였지. 전체적인 모습이 아주 거슬리고 혐오스러웠어. 하지만 우리 아이들이 무엇보다 싫어했던 것은 털이 숭숭 난 크고 울뚝불뚝한 주먹이었어. 그래서 우리는 그가 주먹으로 건드린 건 더 이상 좋아하지 않았어. 그것을 알아차린 그는 케이크 조각이라든가, 아니면 착한 어머니가 몰래 우리 접시에 놓아 준 달콤한 과일을 이 핑계 저 핑계를 대며 건드렸고 우리가 역겨움과 혐오 때문에 눈물이 그렁그렁해서 마음껏 즐겨야 할 군것질거리를 먹기 싫어하면 그 모습을 보며 즐거워했지. 휴일에 아버지가 우리에게 달콤한 포도주를 잔에 조금 따라 주신 다음에도 그는 마찬가지 짓을 했어. 그는 우리 잔으로 잽싸게 주먹을 뻗거나, 심지어는 그 잔을 푸른 입술에 갖다 대고는 그야말로 악마처럼 웃었고 우리는 그저 조용히 흐느끼는 것으로 분노를 표현할 수밖에 없었지. 그는 우리를 항상 작은 짐승들이라 부르곤 했어. 우리는 그가 있으면 아무 소리도 내면 안 됐고, 정말로 용의주도하게 의도적으로 우리의 아주 작은 기쁨까지도 망쳐

---

3) 뒷머리를 넣어 두던 자루. 18세기에 유행했다.

버리는 그 추하고 악의적인 자를 저주했어. 어머니도 우리와 마찬가지로 그 혐오스러운 코펠리우스를 싫어하는 것처럼 보였어. 명랑하고 쾌활하며 스스럼없는 어머니는 그가 나타나는 즉시 슬프고 암울하고 진지하게 변했으니까. 아버지는 마치 그가 더 우월한 존재이며 그의 무례함을 견디고 어떻게든 비위를 맞춰 줘야 하는 양 그를 대했어. 그가 넌지시 암시를 주기만 하면 좋아하는 음식을 만들어 주고 귀한 포도주를 내놓는 식이었지.

이제 이 코펠리우스를 본 나의 마음속에 공포와 경악이 일었어. 어떻게 다른 누구도 아닌 그가 모래 사나이라니 하고 말이야. 하지만 모래 사나이는 나에게 더 이상 보모의 동화에 나오는, 반달에 있는 올빼미 둥지로 아이들 눈을 모이로 가져가는 도깨비가 아니었어. — 아니! — 가는 곳마다 비탄 — 고난 — 일시적 파멸과 영원한 파멸을 가져오는 추하고 으스스한 괴물이 아니었어.

나는 마법에 걸린 듯 꼼짝 않고 있었어. 나는 발각당할 위험, 그리고 이건 불 보듯 뻔한 일이었는데, 호되게 벌받을 위험을 무릅쓰고 가만히 서서 커튼 사이로 머리를 내밀고 엿들었지. 아버지는 코펠리우스를 엄숙하게 맞이하셨어. "자! — 시자합시다." 코펠리우스가 삐걱거리는 쉰 목소리로 외치고는 웃옷을 벗어 던졌어. 아버지는 조용하고 침울하게 나이트가운을 벗었고 두 사람은 긴 검은색 가운을 걸쳤어. 그것을 그들이 어디에서 가져왔는지는 미처 보지 못했어. 아버지가 벽장 문짝을 열어젖히셨어. 그런데 내가 그토록 오랫동안 벽장이라 여겼던 것은 사실 벽장이 아니라 오히려 움푹 파인 검은 구멍이었고 그 안에 작은 화덕이 하나 있었어. 코펠리우스가 그리로 다가가자 화덕에서 푸른색 불꽃이 타닥거리며 타올랐어. 온갖 이상한 도구가 주위에 널려 있었지. 아 맙소사! ― 이제 불을 향해 몸을 굽히는 늙은 아버지는 완전히 딴사람처럼 보였어. 끔찍하고 발작적인 고통이 아버지의 온화하고 성실한 얼굴을 추하고 혐오스러운 악마의 모습으로 일그러뜨려 놓은 것 같았어. 아버지는 코펠리우스와 닮아 보였어. 코펠리우스는 이글이글 타는 시뻘건 집게를 흔들더니 그걸로 짙은 연기 속에서 밝게 반짝이는 덩어리를 집어낸 다음 부지런히 망치로 두드렸어. 나는 마치 인간의 얼굴들이 주위에 보이는 것 같았어. 그런데 얼굴들에 눈은 없고 ― 그 대신 소름 끼치는, 깊고 검은 구멍이 나 있었어. "눈을 줘, 눈을 달라고!" 코펠리우스가 둔중하게 울리는 목소리로 소리쳤어. 나는 격심한 경악에 확 사로잡혀 비명을 질렀고 은신처에서 바닥으로 뛰쳐나왔어. 그러자 코펠리우스가 나를 붙잡았어. "작은 짐승! ― 작은 짐승이로구나!" 그가 이를 드러내 보이며 염소처럼 떠는 목소리로 말했어! ― 그러고는 나를 낚아채서 화덕 위로 던졌고 그 바람에 불꽃이 내 머리카락을 그을리기 시작했어. "이제 우리한테는 눈이 있어. ― 눈 ― 아이의 예쁜 눈 한 쌍." 코펠리우스는 이렇게 속삭였지. 그리고 불 속에서 빨갛게 타는 알갱이들을 두 손으로 집어 내 눈에 뿌리려 했어. 그러자 아버지가 양손을 들어 올리고 애원하며 외쳤어. "선생님! 선생님! 우리 나타나엘의 눈을 그대로 둬요. ― 그대로 둬 주세요!" 코펠리우스가 날카롭게 웃음을 터뜨리며 외쳤어. "이 녀석이 눈을 계속 지니고 세상에서 제 몫만큼 울라지. 하지만 일단은 손과 발의 메커니즘을 제대로 관찰해야겠어." 이 말과 함께 그는 관절이 삐걱거리도록 나를 억세게 붙잡았어. 그러고는 내 손과 발을 돌려 빼고 여기에 끼웠다 다시 저기에 끼웠다 했어. "어디 하나 맞는 데가 없군! 원래대로가 좋겠어! ── 그 노인네[4]가 제대로 만들었어!" 코펠리우스가 쉭쉭거리는 소리로 중얼거렸어. 내 주위가 온통 어둡고 깜깜해졌고, 갑작스러운 경련이 신경과 사지를 훑고 지나갔어. ── 그리고 아무 느낌도 없었어. 부드럽고 따듯한 숨결이 내 얼굴 위를 스쳤고 나는 죽음의 잠에서 깨어나듯 정신을 차렸어. 어머니가 내 위로 몸을 숙이고 계셨어. "모래 사나이가 아직 있어요?" 내가 더듬더듬 말했어. "아니야, 애야. 그는 한참 전에 가 버렸단다. 그는 너를 해치지 않아!" ── 어머니는 이렇게 말했고 다시 찾은 사랑하는 아이에게 입을 맞추고 포옹을 했어.

내가 너를 지겹게 만들어서 뭐 하겠어, 친애하는 로타어! 아직 말할 것이 한참 남았는데 이렇게 하나하나 장황하게 설명해서 뭐 하겠어? 이제 그만! ── 숨어서 엿보던 나는 발각되었고 코펠리우스는 나를 마구 다루었어. 불안과 공포가 나에게 심한 열병을 불러왔고 나는 여러 주 동안 몸져누워 있었어. "모래 사나이가 아직 있어요?" ── 이것이 내가 정신이 돌아와

---

4) 조물주, 즉 신을 가리킨다. 괴테의 희곡 「파우스트」 앞부분에서 악마 메피스토펠레스는 신을 그렇게 일컫는다.

서 처음으로 한 말이었고, 이 말은 내가 완쾌되었으며 위기를
벗어났다는 것을 알려 주었지. ― 내가 어린 시절의 이 가장
끔찍한 순간을 이야기하는 것만으로도 너는 확신하게 될 거
야. 지금 나에게 모든 것이 생기 없어 보이는 건 내 눈이 둔해
서가 아니라 어두운 숙명이 실제로 내 삶에 흐릿한 구름의 베
일을 드리웠기 때문이라는 걸 말이야. 어쩌면 나는 단지 죽어
가면서 그 베일을 잡아 찢고 있는지도.

코펠리우스는 더 이상 보이지 않았어. 다른 곳으로 떠났다
더군.

아마 일 년이 지났을 땐가 우리는 오래되고 변함없는 관습
에 따라 저녁에 둥근 탁자에 앉아 있었지. 아버지는 몹시 쾌
활하셨고 당신이 젊은 시절 했던 여행들에 대해 여러 가지 재
미있는 이야기를 해 주셨어. 그러다 9시 종이 쳤을 때, 갑자
기 현관문의 경첩이 삐걱거리더니 느릿느릿하고 쇠처럼 무거
운 발걸음이 현관을 지나 쿵쿵 층계를 올라오는 소리가 들렸
어. "코펠리우스야."라고 어머니가 창백해지며 말씀하셨어. "그
래! ― 코펠리우스야."라고 아버지도 생기 없고 풀 죽은 목소
리로 말씀하셨어. 어머니 눈에서 눈물이 줄줄 흘렀어. "여보,
여보! 꼭 이래야만 해?"라고 어머니가 외치셨어. "이번이 마지
막이야!"라고 아버지가 답하셨어. "그가 오는 건 이번이 마지
막이야. 약속할게. 어서 가, 애들을 데리고 가! ― 모두들 가거
라. ― 가서 자야지! 잘 자라!"

나는 마치 무겁고 차가운 바위에 눌리는 기분이었어. ― 숨
이 멎었지! ― 내가 움직이지 않고 서 있자 어머니는 내 팔을

붙잡으셨어. "가자, 나타나엘. 가야지!" — 나는 어머니에게 이끌려 갔고 내 방으로 들어섰어. "조용히, 조용히 있어. 침대에 누워! — 자라 — 자." 어머니가 등 뒤에서 외치셨어. 하지만 뭐라 설명할 수 없는 내면의 두려움과 불안이 나를 괴롭혔고 나는 눈을 감을 수가 없었어. 가증스럽고 혐오스러운 코펠리우스가 이글거리는 눈을 하고 내 앞에 서서는 나를 보며 음흉하게 웃었고 나는 그의 모습에서 벗어나려고 애썼지만 허사였어. 아마 벌써 자정이 되었을 무렵에, 마치 화포가 발사된 듯 엄청난 소리가 났어. 온 집 안이 요란하게 울리더니 쩔거덕대고 바스락대는 소리가 내 방 문 앞을 지나갔고 현관문이 삐걱거리며 쾅 닫혔어. "코펠리우스야." 나는 경악해서 소리치고는 침대에서 벌떡 일어났어. 그때 귀를 째는 듯 날카롭고 절망스러운 비명 소리가 들렸고 나는 아버지의 방으로 내달렸어. 문들은 열려 있었고 숨 막히는 연기가 나에게 밀려왔어. 하녀가 소리를 질러 댔어. "아, 주인 나리! — 나리!" — 연기가 이는 화덕 앞 바닥에 아버지가 검게 타고 소름 끼치도록 일그러진 얼굴을 하고 죽은 채로 누워 계셨어. 누이들이 아버지를 둘러싸고 울부짖고 흐느껴 울고 있었어. — 어머니는 그 옆에 실신해 계셨고! — "코펠리우스, 악독한 사탄 같으니, 네놈이 아버지를 죽였어!" — 이렇게 나는 소리를 질렀지. 그리고 정신을 잃었어. 그로부터 이틀 후 관에 누운 아버지의 얼굴은 생전 모습처럼 온화하고 부드럽게 돌아와 있었어. 나는 악마 같은 코펠리우스와 결탁한 일이 아버지를 영원한 파멸의 구렁텅이에 몰아넣지는 못했구나 생각하여 위안으로 삼았지.

폭발은 이웃들의 잠을 깨웠고 그 사건은 널리 알려져서 당국의 귀에 들어갔어. 당국에서는 책임을 묻기 위해 코펠리우스를 소환하려 했어. 하지만 그자는 흔적도 없이 사라져 버린 뒤였지.

만일 내가, 친애하는 친구여! 앞서 언급한 청우계 장수가 바로 그 악독한 코펠리우스였다고 말한다면, 너는 이 적대적인 출현을 엄청난 재앙을 불러올 것으로 해석하는 나를 나쁘게 생각하지 않을 테지. 비록 그는 옷차림이 달랐지만 코펠리우스의 모습과 얼굴 생김새는 나의 내면 속에 너무도 깊이 각인되어 있기에 내가 착각했을 리는 없어. 게다가 코펠리우스는 결코 이름을 바꾸지도 않았고. 내가 듣기로 그자는 이곳에서 피에몬테[5] 출신의 기계공을 자처하며 자신을 주세페 코폴라라 칭하고 있어.

나는 그자와 대결을 벌이고 아버지의 죽음을 복수할 작정이야. 어디 될 대로 되라지.

어머니에게는 그 끔찍스러운 괴물의 출현에 대해 아무 말도 하지 마. — 나의 사랑하는 귀여운 클라라에게 인사 전해 주고. 마음이 좀 더 진정되면 클라라에게 편지를 쓸게. 안녕…….

---

5) 이탈리아 북부에 있는 지역.

클라라가 나타나엘에게

사실이지, 당신은 정말 오랫동안 나에게 편지를 쓰지 않았어. 그럼에도 불구하고 나는 당신의 마음과 생각 속에 내가 있다고 믿어. 왜냐하면 지난번에 로타어 오빠에게 편지를 보낼 때 받는 사람으로 오빠가 아니라 내 이름을 적은 걸 보면 당신은 내 생각을 정말 열심히 하는 것 같으니까. 나는 기쁜 마음으로 편지를 뜯었고 '아, 친애하는 로타어!' 하는 대목에 이르러서야 실수를 깨달았지. —— 그때 그만 읽고 오빠에게 편지를 줬어야 했는데. 당신은 평소 가끔 유치하게 나를 놀리면서 흉보기를 내가 너무도 여성스럽게 사려 깊고 차분한 심성을 가졌기에 예의 그 여자처럼 집이 무너지려 할 때 서둘러 탈출하기 전에 창가 커튼에서 주름이 잘못 잡힌 곳을 번개같이 매만져 펼 거라고 했지. 그럼에도 당신이 쓴 편지의 첫머리가 나를 얼마나 심하게 뒤흔들었는지 이루 말할 수가 없어. 나는 거의 숨을 쉴 수가 없었고 눈앞이 가물거렸어. —— 아, 진정으로 사랑하는 나타나엘! 어떻게 그런 끔찍한 일이 당신의 삶에 들어올 수가! 당신과 헤어진다, 당신을 두 번 다시 볼 수 없다, 이런 생각이 마치 뜨겁게 달궈진 비수처럼 내 가슴을 관통했어. —— 나는 읽고 또 읽었어! —— 그 불쾌한 코펠리우스에 대한 당신의 묘사는 소름이 끼칠 정도야. 당신의 훌륭한 늙은 아버지가 그렇게 경악스러운 생죽음을 당하셨다는 사실을 나는 이제야 알게 되었어. 원래 자기 것인 편지를 전해 받은 로타어 오빠는 나를 진정시키려 애썼지만 별 소용이 없었어. 그 불길한 청우계 장수 주세페 코폴라가 나를 가는 데마다 뒤쫓았어. 거의 부끄러울 지경이지만 고백하건대 그자는 온갖 기이한 꿈속 환영으로 나타나 건강하고, 평소 아주 평화롭던 내 잠까지도 망쳐 버렸어. 하지만 그것도 잠시, 다음 날이 되자 어느새 내 안에서 모든 것이 달라졌어. 진심으로 사랑하는 나의 연인, 코펠리우스가 당신에게 무언가 나쁜 짓을 할 거라는 당신의 묘한 예감에도 불구하고 내가 늘 그렇듯 아주 쾌활하고 아무렇지도 않게 지낸다는 이야기를 오빠가 하더라도 나에게 화내지는 마.

단도직입적으로 고백하건대, 내 생각에 당신이 말하는 모든 경악스럽고 끔찍한 일은 그저 당신의 내면 속에서만 일어났고 실제 현실의 외부 세계는 그 일에 조금만 관여했던 것 같아. 그 늙은 코펠리우스는 충분히 불쾌한 자였을 수 있어. 그리고 그가 아이들을 싫어하는 사람이었기에 당신과 형제들은 실제로 그자를 혐오하게 된 거야.

물론 당신의 유치한 마음속에서 보모의 동화 속 끔찍한 모래 사나이는 늙은 코펠리우스와 연결되었고. 당신이 모래 사나이의 존재를 믿지 않았음에도 당신에게 그자는 으스스하고, 특히 아이들에게 위험한 괴물로 남았지. 밤중에 그자가 당신의 아버지와 벌인 섬뜩한 행위는 아마 다른 게 아니라 두 사람이 남몰래 연금술 실험을 한 것이었을 거야. 분명 거기에는 많은 돈이 쓸데없이 허비되었을 테고, 게다가 그런 연구를 하는 이들이 늘 그렇듯 아버지가 고차원적인 지혜를 향한 기만적인 열망에 완전히 사로잡혀서 가족을 소홀히 하게 된 까닭에 어머니는 그 일을 탐탁지 않게 여겼을 테고. 아버지는 틀림없이 스스로의 부주의 탓에 죽음을 자초한 거야. 코펠리우스는 거기에 아무 죄도 없고. 내가 어제 이웃인 노련한 약사에게 화학 실험 중에 그런 순간적이고 치명적인 폭발이 일어나는 게 가능하냐고 물어봤다면 믿겠어? 그 사람은 '그야 물론이지.'라고 말했어. 그리고 어떻게 그런 일이 생길 수 있는지 자기 식대로 아주 상세하게 장황하고 설명해 주었어. 그러면서 내가 전혀 기억할 수 없는 희한한 이름들을 숱하게 언급했고. ── 이제 당신은 아마 당신의 클라라에 대해 언짢아하겠지. 당신은 이렇게 말할 거야. 보이지 않는 팔로 사람을 포옹하곤 하는 신비의 빛이 이 차가운 마음속으로는 한 줄기도 뚫고 들어가지 못한다고. 속에 치명적인 독이 숨겨져 있지만 황금빛으로 번쩍이는 열매에 기뻐하는 철없는 아이처럼 그녀는 세상의 알록달록한 표면만 보면서 즐거워한다고 말이야.

아, 진정으로 사랑하는 나타나엘! 우리 스스로의 자아 속에서 악의를 품고 우리를 망치고자 노력하는 어두운 힘에 대한 예감이 쾌활하고 천진난만하며 걱정 없는 마음속에도 자리할 수 있다는 것을 당신은 믿지 않는 거야? ── 나같이 단순한 아가씨가 그런 내면의 투쟁에 대해 실제로 가진 생각을 어떻게든 감히 내비치려 하는 걸 용서해 주길. ── 아마 나는 결국 적절한 말을 찾지 못할 테고 당신은 나를 조소하겠지. 내가 무슨 어리석은 소리를 해서가 아니라 몹시 서투르게 말한다고 말이야.

그토록 정말 적대적이고 음험하게 우리 내면에 한 가닥 실을 꿴 다음 그것으로 우리를 꽉 붙들고, 평소라면 우리가 발을 들이지 않았을 위험천만하고 파멸적인 길로 우리를 끌고 가는 어두운 힘이 존재한다면 — 만약 그런 힘이 존재한다면, 그 힘은 우리 안에서 우리 자신처럼 만들어질 수밖에 없어. 그래, 우리 자신이 될 수밖에 없는 거지. 왜냐하면 오로지 이 경우에만 우리는 그 힘의 존재를 믿으며, 그 힘에게 저 비밀스러운 작업을 완수하는 데 필요한 자리를 내주니까. 우리가 쾌활한 삶으로 강화된 확고한 정신을 바탕으로 낯설고 적대적인 작용을 언제나 식별하고 성향과 사명에 따라 우리에게 주어진 길을 차분한 발걸음으로 따라갈 수 있다면, 아마그 섬뜩한 힘은 우리 자신의 거울상일 형상을 이루려고 헛되이 발버둥 치다가 붕괴하고 말 거야. 또한 로타어 오빠가 덧붙이듯, 우리 스스로가 어두운 자연적 힘에 심취했을 때 그 힘은 외부 세계가 우리의 길에 던지는 낯선 형상들을 자주 우리 내면에 끌어들이는 게 확실해. 그러면 우리 자신이 정신에 불을 붙이고, 우리가 기이한 착각에 빠져 믿는 것처럼 정신이 저 형상을 통해 말하는 거지. 그것은 우리 자신의 자아가 만들어 낸 환영이고 밀접한 유사성을 통해 그리고 우리 마음에 깊이 작용함으로써 우리를 지옥에 빠뜨리는 거야. 아니면 천국의 황홀경에 빠뜨리거나. — 진정으로 사랑하는 나타나엘! 우리, 그러니까 나와 로타어 오빠가 어두운 힘들의 질료에 대한 우리의 생각을 제대로 밝혔다는 것을 이제 알겠지. 핵심을 공들여서 적고 난 지금 나에게 그 질료는 정말이지 심오해 보여. 나는 로타어 오빠가 마지막으로 한 말들을 완전히 이해하지는 못해. 그저 오빠가 말하려는 바를 어렴풋이 짐작할 뿐이야. 하지만 내게는 모든 것이 아주 진실인 것 같아. 부탁이야. 그 추한 변호사 코펠리우스와 청우계 장수 주세페 코폴라를 머릿속에서 완전히 지워 버려. 그 낯선 형상들이 당신한테 아무 짓도 할 수 없다는 것을 굳게 믿어. 오직 그들의 적대적인 힘을 믿을 때에만 그 힘이 실제로 당신에게 적대적으로 될 수 있으니까. 당신이 보낸 편지 한 줄 한 줄에서 극심하게 흥분한 마음이 드러나지 않았더라면, 당신의 상태가 나의 영혼 깊숙한 곳을 아프게 하지 않았더라면, 정말이지 나는 변호사인 모래 사나이와 청우계 장수 코펠리우스를 두고 농담을 할 수 있었을 거야. 마음을 쾌활하게 가져 — 쾌활하게! — 나는 마치 수호신처럼 당신 곁에 나타날 생각이었고, 만일 추한 코폴라가 당신의 꿈자리를 사납게 만들 생각을 품는다면 큰 소리로 웃어서 그자를 쫓아 버릴 작정이었어. 나는 그자와 그자의 역겨운 주먹이 전혀 두렵지 않아. 그자는 변호사로서 내게 장난질을 하지도 모래 사나이로서 내 눈을 망가뜨리지도 않을 거야.

당신의 영원한 연인이. 정말 진정으로 사랑하는 나타나엘에게…….

나타나엘이 로타어에게

최근 너에게 보낸 편지를 클라라가, 물론 내가 부주의한 탓에 벌어진 일이지만, 착각하고 뜯어서 읽었다니 몹시 기분이 언짢군. 그녀는 내게 매우 심오하고 철학적인 편지를 보냈어. 편지에서 그녀는 코펠리우스와 코폴라가 오로지 나의 내면에만 존재하고 내 자아의 환영이며 내가 그 사실을 인식하면 그들이 한순간에 먼지처럼 흩어져 버릴 거라며 상세하게 논증을 펼쳤어. 사실, 그런 맑고 사랑스럽게 미소 짓는 아이 같은 눈으로부터 기분 좋은 달콤한 꿈처럼 빛나곤 하는 정신이 그토록 이성적으로, 그토록 선생같이 사물을 분별할 수 있다니, 도무지 믿을 수 없는 일이지. 그녀는 네 이야기를 하더군. 너희는 나에 대해 이야기를 나눈 거야. 너는 아마 그녀에게 논리학 강의를 했겠지. 그녀가 모든 것을 정교하게 가려내고 분리하는 법을 배우도록 말이야. ― 그런 일은 그만둬! ― 어쨌거나 청우계 장수 주세페 코폴라가 절대 늙은 변호사 코펠리우스가 아닌 건 분명한 것 같아. 나는 최근에 온 물리학 교수의 강의를 듣고 있는데, 그는 저 유명한 자연 연구자[6]처럼 이름이 스팔란차니이고 이탈리아 출신이야. 그는 이미 오래전부터 코폴라랑 아는 사이야. 더군다나 코폴라의 발음을 들어 보면 그가 정말로 피에몬테 사람이라는 걸 알 수 있어. 코펠리우스는 독일인이었지. 내 생각에 정직한 자는 아니었지만 말이야. 나는 완전히 마음이 놓이지는 않아. 너희, 그러니까 너와 클라라는 여하튼 나를 음울한 몽상가라 여기겠지만, 나는 코

6) 라차로 스팔란차니(Lazzaro Spallanzani, 1729~1799). 이탈리아의 박물학자로 실험 생물학의 선구자다.

펠리우스의 지긋지긋한 얼굴이 내게 남긴 인상에서 벗어날 수가 없어. 스팔란차니가 말하길 그자가 이 도시를 떠났다니 반가운 일이야. 이 스팔란차니 교수는 그야말로 괴짜야. 키가 작고 통통한 사람인데 광대뼈가 두드러진 얼굴에 섬세한 코와 위로 젖혀진 입술, 작고 날카로운 눈을 가졌지. 하지만 어떤 묘사보다 그 사람의 생김새를 더 잘 보여 주는 것은 호도비에츠키[7]가 무슨 베를린 휴대용 달력에 그린 칼리오스트로[8]의 모습이야. — 스팔란차니는 그렇게 생겼어. — 얼마 전 나는 층계를 오르다가 유리문 앞에 평소 빈틈없이 쳐져 있던 커튼이 옆으로 밀쳐져 작은 틈이 생긴 것을 발견했어. 어쩌다 호기심이 동해 그 안을 들여다보게 되었는지 스스로도 모르겠어. 완벽하게 균형 잡힌 늘씬한 몸매에 화려한 옷을 입은 여인이 방 안에서 작은 탁자 앞에 앉아 있었어. 두 팔과 포갠 손을 탁자 위에 올리고서 말이야. 여인이 문을 향해 앉아 있었던 까닭에 나는 그녀의 천사처럼 아름다운 얼굴을 온전히 볼 수 있었어. 여인은 나의 존재를 알아차리지 못한 듯 보였어. 더구나 그녀의 눈은 뭔가 굳어 있는 것 같았어. 뭐랄까 시력이 없다고 말할 수 있을 정도였어. 마치 눈을 뜬 채로 자고 있는 것 같았어. 나는 몹시 섬뜩한 느낌이 들었고 그래서 옆에 있는 강의실로 살그머니 발걸음을 옮겼지. 나중에 듣기로 내가 본 그 형상

---

7) 다이엘 니콜라스 호도비에츠키(Daniel Nicolas Chodowiecki, 1726~1801). 폴란드 태생의 독일 화가, 판화가.
8) 알레산드로 디 칼리오스트로(Alessandro di Cagliostro, 1743~1795). 이탈리아의 연금술사, 신비주의자, 모험가.

은 스팔란차니의 딸 올림피아였다더군. 스팔란차니는 누구도 절대 딸 곁에 가지 못하도록 이상하고 부적절한 방식으로 그녀를 가둬 둔다고. — 결국 거기에는 사정이 있는데 어쩌면 그녀가 백치이든가 뭐 비슷한 것일지 모른다고 그러더군. — 내가 왜 너에게 이 모든 이야기를 적고 있는 거지? 말로 한다면 더 잘, 더 상세히 설명해 줄 수 있을 텐데. 무슨 말인가 하면, 나는 너희에게로 가서 십사 일간 머물 계획이거든. 나의 귀엽고 사랑스러운 천사, 나의 클라라를 꼭 다시 만나야겠어. 그러면 (어쩔 수 없이 고백컨대) 그 불쾌하고 이성적인 편지를 받은 후 나를 지배하려던 언짢은 감정이 훅 날아가 버리겠지. 그래서 나는 오늘도 그녀에게는 편지를 쓰지 않으려고.

그럼 안녕히……

나의 가련한 친구인 젊은 대학생 나타나엘에게 일어났으며, 관대한 독자여, 당신에게 내가 이야기하고자 하는 일보다 더 이상하고 기이한 일은 상상할 수 없다. 너그러운 독자여! 당신은 혹시 언젠가 어떤 일이 당신의 가슴과 마음과 생각을 완전히 사로잡아 다른 모든 일은 제쳐 두게 되는 경험을 한 적이 있는가? 속이 부글부글 끓고, 불붙어 뜨겁게 달아오른 피가 혈관으로 솟구쳐서 당신의 뺨을 더 선명하게 물들인다. 당신의 눈빛은 마치 빈 공간에서 다른 이들 눈에 보이지 않는 형상들을 포착하려는 듯 이상하고 당신의 말은 불분명해져서 어두운 탄식이 되어 버린다. 그러자 친구들이 묻는다. '존경하는 친구여, 별일 없는가? — 소중한 친구여, 무슨 일 있는

가?' 이제 당신은 온갖 이글거리는 색채와 그림자와 빛을 가진 내면의 형상을 표현하려 하고 첫머리를 떼기 위해 적당한 말을 찾으려 노력한다. 당신은 자신에게 일어난 놀랍고, 멋지고, 경악스럽고, 재미있고, 끔찍한 모든 일들을 제대로 포괄하는 첫 한 단어로 마치 전기 충격처럼 모든 사람을 사로잡아야 할 것만 같다. 하지만 한 마디 한 마디가, 말할 수 있는 모든 것이 당신에게는 색채가 없고 냉랭하며 죽은 것처럼 보인다. 당신은 시도하고 또 시도하고, 더듬거리고 어물거린다. 그리고 친구들의 냉철한 질문들이 쌀쌀한 미풍처럼 당신 내면의 불길 속으로 들이닥친다. 그 불이 꺼지려 할 때까지. 하지만 당신이 당돌한 화가처럼 일단 대담한 획을 몇 개 그려 내면의 영상을 스케치했다면 이제 당신은 쉽사리 점점 더 이글이글 불타는 색을 칠하고 생기 있게 붐비는 다채로운 형상들이 친구들을 매료시키고 그들은 당신처럼 저 자신이 당신의 마음에서 나온 그림 한가운데에 있는 것을 보는 것이다! ─ 너그러운 독자여! 고백컨대 사실 나에게 젊은 나타나엘의 이야기에 대해 물은 사람은 아무도 없었다. 하지만 당신이 잘 알다시피 나는 작가라는 유별난 종(種)에 속한다. 작가들이란 내가 방금 설명했듯이 속에 무언가를 지니고 있으면 마치 자기 근처에 오는 모두가 그리고 아울러 아마 온 세상이 자신에게 이렇게 묻는 듯한 느낌을 받는다. '그게 대체 뭔데요? 이야기해 줄래요?' ─ 이처럼 나는 나타나엘의 파멸적인 삶을 당신에게 말하려는 충동에 몹시 강하게 이끌렸다. 그 삶의 놀랍고 기이한 면이 내 온 영혼을 사로잡았지만 바로 그 때문에 그리고 나는, 오 나의 독자여, 당신이 사소하지 않은 기이함을 견딜 마음이 생기게끔 만들어야 했기에 나타나엘의 이야기를 의미심장하게 — 독창적이고 인상적으로 시작하고자 애썼다. "옛날에" — 모든 이야기를 시작하기에 제일 좋은 표현이지만 너무 무미건조하다! —"작은 지방 도시인 S에" — 조금 낫다, 적어도 클라이맥스를 예비하는 느낌. — 아니면 단도직입적으로, "청우계 장수 주세페 코폴라가 들어오자 대학생 나타나엘은 분노와 경악이 담긴 사나운 눈빛으로 소리쳤다. 썩 꺼져." — 대학생 나타나엘의 사나운 눈빛에서 무언가 우스꽝스러운 점이 느껴진다고 생각했을 때 실제로 나는 이렇게 적었다. 하지만 이 이야기는 전혀 우습지 않다. 내면의 영상이 지닌 휘황찬란한 색채를 조금이라도 반영하는 듯 보이는 말이 내게는 떠오르지 않았다. 나는 아예 시작하지 말자고 마음먹었다. 너그러운 독자여, 친구인 로타어가 고맙게도 내게 건넨 저 세 통의 편지를 그 영상의 윤곽으로 받아들이라. 나는 이제 이야기를 진행하면서 거기에 계속해서 더 많은 색채를 부여하려고 노력할 것이다. 어쩌면 나는 훌륭한 초상화가처럼 많은 형상을 포착하는 데 성공할 것이고 그리하여 당신은 원본을 모르는 상태에서 그것이 비슷하다고 여길 것이다. 심지어 당신은 이 사람을 본인의 두 눈으로 이미 자주 본 것 같은 인상을 받을 것이다. 오 나의 독자여! 그러면 아마 당신은 실제 삶보다 더 기이하고 미친 것은 아무것도 없다고, 하지만 작가는 이 실제 삶을 그저 흐릿한 거울에 비친 어두운 상처럼 포착할 수 있을 뿐이라고 생각하리라.

맨 처음에 알아야 할 사항들을 명확히 알아 두도록 앞의 편지들에 덧붙이자면, 나타나엘의 아버지가 죽은 후 얼마 안 되어 나타나엘의 어머니는 마찬가지로 죽은 먼 친척의 자녀들로서 고아로 남겨진 클라라와 로타어를 자기 집에 거두었다. 클라라와 나타나엘은 서로에게 강한 애착을 가졌으며 세상 누구도 거기에 대해 뭐라고 할 사람은 없었다. 그리하여 나타나엘이 학업을 계속하기 위해 G시로 떠났을 때 두 사람은 약혼한 사이였다. 마지막 편지를 쓸 때 나타나엘은 그곳에 머물며 유명한 물리학 교수 스팔란차니의 강의를 듣고 있다.

이제 나는 마음 놓고 이야기를 계속할 수 있으리라. 하지만 순간 클라라의 모습이 너무도 생생하게 눈앞에 나타난 나머지 나는 눈을 돌릴 수가 없다. 그녀가 상냥하게 미소 지으며 나를 바라볼 때면 늘 그랬듯이 말이다. ── 클라라는 결코 아름답다고 할 수는 없었다. 본분상 아름다움에 정통한 모든 이들이 그렇게 생각했다. 하지만 건축가들은 그녀의 몸매가 완벽한 비율을 가졌다고 칭찬했다. 화가들은 목과 어깨와 가슴의 형태가 지나치게 정숙하다 할 정도라고 생각하면서도 모두가 막달레나처럼 경이로운 머리카락에 홀딱 반했으며 특히 바토니[9]풍의 색채에 대해 이 말 저 말을 지껄여 댔다. 그리고 그들 가운데 진짜 공상가인 한 사람은 굉장히 특이하게도 클라라의 눈을 구름 없는 하늘의 순수한 파란색, 숲이 우거지고

─────────────
9) 폼페오 지롤라모 바토니(Pompeo Girolamo Batoni, 1708~1787). 이탈리아의 화가. 유명한 작품으로 「참회하는 마리아 막달레나」가 있다.

꽃이 핀 벌판, 풍요로운 풍경의 다채롭고 쾌활한 온 생명이 거울처럼 비치는 라위스달[10]의 호수와 비교했다. 하지만 시인들과 대가들은 더 나아가 이렇게 말했다. '호수가 뭐야 — 거울이 뭐야! — 우리가 그 아가씨를 바라볼 때면 항상 그녀의 눈빛에서 경이로운 천상의 노래와 소리가 우리를 향해 흘러나오고 우리 마음속 깊숙이 파고들어 모든 것을 깨우고 생동하게 만들지 않아? 그런데도 정말로 지혜로운 걸 하나도 노래하지 못한다면 우리에게 능력이 부족한 거야. 단지 낱낱의 음이 혼란스럽게 뒤섞인 것일 뿐인데도 그걸 노래랍시고 클라라 앞에서 흥얼거리려 할 때 그녀의 입술 주위에 떠 있는 옅은 미소에서 또한 우리는 그것을 똑똑히 알 수 있지.' 그랬다. 클라라는 명랑하고 스스럼없고 유치한 어린아이의 생기 넘치는 상상력을 지녔고, 마음씨가 여성스럽게 부드럽고 속이 깊었으며, 명쾌하고 예리한 지성의 소유자였다. 세상과 동떨어진 환상에 빠진 자들은 그녀에게서 재미를 보지 못했다. 왜냐하면 클라라는 과묵한 천성대로 말을 아꼈으며 맑은 눈빛과 예의 아이러니한 미소를 통해 그들에게 이렇게 말했기 때문이다. '친애하는 친구들이여! 어떻게 너희는 내게 너희의 덧없는 그림자 형상을 살아 움직이는 진짜 형상으로 보라고 요구할 수 있지?' — 그래서 많은 이들은 클라라가 차갑고 감정이 없으며 산문적이라고 욕했다. 하지만 삶을 명확한 깊이에서 파악하는

---

10) 야코프 판 라위스달(Jacob van Ruisdael, 1628/29~1682). 네덜란드의 풍경화가.

이들은 감수성이 풍부하고 이성적이며 천진난만한 이 아가씨를 대단히 사랑했다. 하지만 학문과 예술 분야에서 힘차고 쾌활하게 활동하는 나타나엘만큼 그녀를 사랑한 사람은 아무도 없었다. 클라라는 온 마음을 다해 연인에게 애착했다. 그와 헤어졌을 때 그녀의 삶에 처음으로 구름 그림자가 드리웠다. 로타어에게 쓴 마지막 편지에서 예고한 것처럼 이제 나타나엘이 실제로 고향 도시에 와서 어머니의 방으로 들어섰을 때 클라라는 어찌나 황홀해하며 그의 품으로 달려들었는지. 나타나엘이 생각한 대로였다. 클라라를 다시 본 순간 그는 변호사 코펠리우스도 클라라의 이성적인 편지도 생각하지 않았으며, 언짢은 감정은 전부 사라져 버렸다.

하지만 나타나엘이 친구 로타어에게 혐오스러운 청우계 장수 코폴라의 형상이 적대적으로 자신의 삶에 들어왔다고 쓴 것은 옳았다. 처음 며칠 동안 나타나엘이 완전히 딴사람 같아 보였기에 모두가 그것을 느꼈다. 그는 음울한 몽상에 잠겼고 전에 없이 이상하게 행동했다. 모든 것, 삶 전체가 그에게는 꿈이자 예감이 되어 버렸다. 그는 늘 말하길 모든 사람은 자신이 자유롭다고 착각하면서 어두운 힘들이 벌이는 잔혹한 놀이에 봉사할 뿐이며 아무리 반항해도 헛일이라고, 정해진 운명에 고분고분하게 순응할 수밖에 없다고 했다. 그는 인간이 예술과 학문에서 스스로의 자유 의지에 따라 무언가를 창조한다고 믿는 것은 어리석은 일이라고 주장하기에 이르렀다. 창조를 하자면 영감이 꼭 필요한데 그것은 우리의 내부에서 생기지 않으며, 우리 자신의 외부에 있는 어떤 더 높은 원리의 작용이라고 했다.

이성적인 클라라에게 이런 신비적인 몽상은 굉장히 거슬렸다. 하지만 반박해 봐야 소용이 없을 것 같았다. 다만 나타나엘이 코펠리우스가 사악한 원리이며 커튼 뒤에 숨어 엿듣던 그 순간에 자신을 사로잡았다고, 이 혐오스러운 마귀가 끔찍한 방법으로 그들의 행복한 사랑을 방해할 것이라고 증명할 때면 클라라는 몹시 진지해져서 말했다. "그래, 나타나엘! 당신 말이 옳아. 코펠리우스는 사악하고 적대적인 원리야. 그는 끔찍한 일을 불러올 수 있어. 삶 속으로 명백히 들어온 악마적인 힘처럼 말이야. 하지만 오직 당신이 그자를 마음과 생각 속에서 몰아내지 않을 때에만 그럴 수 있어. 당신이 그의 존재를 믿는 한 그는 실제로도 존재하고 영향력을 미쳐. 당신의 믿음만이 그의 힘이야."— 나타나엘은 클라라가 마귀는 오직 그 자신의 내면에 존재할 뿐이라고 주장하자 완전히 화가 나서 악마와 무서운 힘들에 대한 모든 신비주의적 학설을 내세우려 했다. 하지만 클라라는 중간중간 대수롭지 않은 말들을 던지며 짜증스럽게 이야기를 끊었고 이에 나타나엘은 적잖이 분노했다. 그는 차갑고 둔감한 마음에게는 그러한 심오한 비밀이 열리지 않는다고 생각했다. 그는 자신이 클라라를 바로 그런 하등한 천성의 소유자 중 하나로 여긴다는 사실을 똑똑히 의식하지 못했다. 그래서 그녀를 비밀의 세계로 이끌려는 노력을 포기하지 않았다. 이른 아침에 클라라가 아침 식사 준비를 거들 때면 그는 곁에 서서 온갖 신비한 책들을 읽어 주었다. 그러면 클라라는 이렇게 부탁했다. "그런데 사랑하는 나타나엘, 만일 내가 지금 당신을 나의 커피에 적대적인 영향을 미치는 사악한 원칙이라고 나무라고 싶다면 어쩔 거야? — 만일 내가 당신이 원하는 대로 모든 걸 놔두고 당신이 책을 읽는 동안 당신 눈을 들여다봐야 한다면 커피가 불 속으로 들어가서 모두가 아침을 먹지 못하잖아!" 나타나엘은 탁 하고 세게 책을 덮고는 불만에 가득 차서 자기 방으로 달려가 버렸다. 예전에 그는 매력적이고 생동감 넘치는 이야기를 쓰는 데 특별히 재주가 있었고 클라라는 진심으로 즐거워하면서 그의 이야기에 귀 기울였다. 이제 그의 작품들은 음울하고 이해할 수 없고 형태가 없었다. 비록 클라라는 나타나엘의 마음이 상할까 봐 그것을 말하지 않았지만 그는 자신의 작품이 그녀에게 별 감흥을 주지 않는다는 사실을 잘 알았다. 클라라에게 지루한 것보다 끔찍한 건 없었다. 그럴 때면 그녀는 자신의 정신이 참을 수 없게 졸리다는 것을 눈빛과 말을 통해 드러냈다. 나타나엘의 작품들은 사실 매우 지루했다. 클라라의 차갑고 산문적인 마음에 대한 그의 불만은 점점 커져 갔고 클라라는 나타나엘의 어둡고 음울하며 지루한 신비주의에 대한 언짢음을 이겨 낼 수 없었다. 그리하여 두 사람은 본인들도 의식하지 못한 채 마음속에서 자꾸만 서로 멀어져 갔다. 나타나엘이 스스로 인정할 수밖에 없었듯이 추한 코펠리우스의 형상은 그의 환상 속에서 퇴색되었고 많은 경우 그는 자신의 작품에서 무서운 운명의 도깨비로 등장하는 코펠리우스를 제대로 생생하게 그려 내기가 힘들었다. 마침내 나타나엘은 코펠리우스가 그의 행복한 사랑을 방해할 것이라는 어두운 예감을 소재로 시를 쓰려는 생각을 하게 되었다. 그는 소중한 사랑으로 결합된 자신과 클라라를 묘사했다. 하지만 때때로 검은 주먹이 두 사람의 삶에 들어와 그들에게 싹튼 어떤 기쁨을 낚아채 가는 듯했다. 마침내 그들이 결혼식 제단 위에 섰을 때 끔찍한 코펠리우스가 나타나 클라라의 사랑스러운 두 눈을 만진다. 눈들은 피투성이가 된 불꽃처럼 그을고 타면서 나타나엘의 가슴으로 튀고 코펠리우스가 나타나엘을 붙잡아 활활 불타는 원 속으로 던진다. 불타는 원은 폭풍처럼 빠르게 회전하면서 윙윙, 휘휘 소리와 함께 그를 낚아챈다. 사납게 날뛰는 모양이 마치 격노한 태풍이 거품 이는 파도에 채찍질을 해 대고 파도가 하얀 머리를 가진 검은 거인처럼 격렬하게 싸우며 솟구치는 듯하다. 하지만 이렇듯 사나운 혼돈 속에서 그는 클라라의 목소리를 듣는다. '당신은 나를 못 보는 거야? 코펠리우스가 당신을 속였어. 당신의 가슴에서 그토록 불타던 그건 내 눈이 아니었어. 그건 당신 심장의 피였어. 이글이글 타오르는 핏방울이었다고. ― 나는 내 눈을 가지고 있어, 나를 보라고!' ― 나타나엘은 생각한다. '클라라야. 그리고 나는 영원히 그녀의 것이야.' ― 그때 이 생각이 불타는 원 속으로 강하게 밀고 들어가는 것 같고 불타는 원이 멈춰 선다. 그리고 어두운 심연 속으로 굉음이 둔중하게 사라져 간다. 나타나엘은 클라라의 눈을 들여다본다. 하지만 클라라의 눈으로 친근하게 그를 바라보는 것, 그것은 죽음이다.

이 시를 짓는 동안 나타나엘은 몹시 차분하고 신중했다. 그는 행 하나하나를 다듬고 고쳤다. 그는 운율의 구속을 따랐기에 모든 게 깔끔하고 듣기 좋게 맞춰질 때까지 쉬지 않았다. 마침내 작업을 끝내고 혼자서 큰 소리로 시를 낭독했을 때 그는 공포와 걷잡을 수 없는 경악에 사로잡혀 이렇게 소리쳤다. "이 소름 끼치는 목소리가 누구 거지?"─하지만 잠시 후에는 전체가 다시금 아주 잘 쓴 작품으로 보였다. 그리고 분명 이 시가 클라라의 차가운 마음에 불을 붙일 것만 같았다. 비록 그는 대체 무엇 때문에 클라라의 마음에 불을 붙이려는 것이며, 그들의 사랑을 파괴하는 끔찍한 운명을 예언하는 이 소름 끼치는 이미지들을 가지고 그녀를 불안하게 하는 게 대관절 어떤 결과를 가져올지 분명하게 생각하지 않았지만 말이다. 나타나엘과 클라라, 두 사람은 어머니의 아담한 정원에 앉아 있었다. 나타나엘은 이 시를 쓴 사흘 동안 자신의 꿈과 예감으로 클라라를 괴롭히지 않았기에 그녀는 몹시 쾌활했다. 나타나엘 또한 평소처럼 활달하고 명랑하게 유쾌한 일들을 이야기했고 그래서 클라라는 이렇게 말했다. "이제야 당신을 완전히 되찾았네. 우리가 그 추한 코펠리우스를 몰아낸 거야. 그렇지?" 이때 나타나엘은 낭독하려던 그 시가 주머니 속에 있다는 것을 비로소 떠올렸다. 그는 바로 종이를 꺼내 읽기 시작했다. 클라라는 평상시처럼 무언가 지루한 것을 예상하고는 그것을 감수하면서 조용히 뜨개질을 하기 시작했다. 그런데 어두운 구름장이 점점 시커멓게 피어오르자 그녀는 뜨던 양말을 내려뜨리고 나타나엘의 눈을 응시했다. 시는 그의 마음을 걷잡을 수 없게 사로잡았다. 내면의 불길이 그의 뺨을 새빨갛게 물들였고 눈에서는 눈물이 샘솟았다. ─ 마침내 그는 낭독을 끝냈고 기진맥진해서 신음을 내뱉었다. ― 그는 클라라의 손을 잡고는 정신 나간 사람처럼 절망적인 비탄에 빠져 슬피 말했다. "아! ― 클라라 ― 클라라." ― 클라라는 그를 가슴에 살포시 끌어안았고 나지막이, 그러나 아주 천천히 진지하게 말했다. "나타나엘 ― 진정으로 사랑하는 나타나엘 ― 그런 미치고 ― 터무니없고 ― 정신 나간 동화는 불속에 던져 버려." 그러자 나타나엘이 격분해서 벌떡 일어나더니 클라라를 밀치면서 소리쳤다. "이 생명 없는 빌어먹을 자동인형 같으니!" 그는 달려가 버렸고 깊은 상처를 받은 클라라는 쓰라린 눈물을 쏟았다. "아, 그는 나를 결코 사랑한 적이 없어. 그는 나를 이해하지 못하니까." 그녀는 큰 소리로 흐느꼈다. ― 로타어가 정자로 들어섰다. 클라라는 무슨 일이 있었는지 이야기할 수밖에 없었다. 로타어는 동생을 헌신적으로 사랑했으며 그녀가 하소연하는 한 마디 한 마디는 그의 마음속에 불꽃처럼 떨어졌다. 그러자 몽상적인 나타나엘에 대해 그가 오랫동안 가슴속에 품어 오던 불만에 불이 붙어 격한 분노가 일었다. 로타어는 나타나엘에게 달려가 사랑하는 동생에게 한 어처구니없는 행동을 심한 말로 비난했다. 그러자 감정이 격해진 나타나엘도 마찬가지 말로 응수했다. 공상에 빠진 미치광이라는 표현에 가련하고 별 볼 일 없는 평범한 인간이란 표현으로 대꾸했다. 결투는 불가피했다. 두 사람은 다음 날 아침에 정원 뒤에서 그곳 대학의 관례에 따라 날카로운 펜싱용 검을 가지고 싸우기로 합의했다. 그들은 말없이 침울하게 슬금슬금 돌아다녔다. 클라라는 두 사람이 격하게 언쟁하는 소리를 들었으며 어스름한 새벽에 펜싱 사범이 검을 가져오는 것을 보았다. 그녀는 무슨 일이 일어날지 예감했다. 결투 장소에 도착한 로타어와 나타나엘이 음울하게 침묵하면서 이제 막 웃옷을 벗어 던지고 불타는 눈은 살기 어린 전의로 가득 차서 서로를 향해 달려들려던 찰나에 클라라가 정원 문으로 뛰어 들어왔다. 그녀는 흐느끼면서 크게 소리쳤다. "거칠고 끔찍한 사람들 같으니! ─ 서로에게 덤벼들기 전에 나부터 쓰러뜨려. 애인이 오빠를, 아니면 오빠가 애인을 죽이는데 내가 이 세상에 더 살아 뭐 하겠어!" ─ 로타어는 무기를 내리고 말없이 땅을 내려다보았다. 그리고 나타나엘의 내면에서는 가슴을 갈기갈기 찢어 놓는 비애와 함께, 찬란한 어린 시절의 가장 아름다운 나날에 사랑스러운 클라라에게 느꼈던 모든 사랑이 다시 샘솟았다. 살인 무기가 그의 손에서 떨어졌고, 그는 클라라의 발치에 몸을 던졌다. "나를 용서해 줄 수 있겠어? 나의 오직 하나뿐인, 진심으로 사랑하는 클라라! ─ 나를 용서해 주겠어? 진정으로 사랑하는 나의 형제 로타어!" ─ 로타어는 친구의 깊은 아픔에 마음이 움직였다. 화해한 세 사람은 눈물을 펑펑 쏟으며 서로 얼싸안았고, 늘 사랑과 신의를 지키며 서로 떨어지지 말자고 맹세했다.

나타나엘은 자신을 바닥으로 누르던 무거운 짐이 굴러떨어진 기분이었다. 자신을 사로잡은 어두운 힘들에 저항함으로써 파멸의 위기에 처한 자신의 온 존재를 구원한 것 같은 기분이었다. 그는 사랑하는 이들 곁에서 지극히 행복하게 사흘을 더 보낸 뒤 G시로 돌아갔다. 그곳에서 일 년 더 머무른 다음에 고향 도시로 영원히 돌아갈 생각이었다.

코펠리우스와 관련된 모든 일은 어머니에게 비밀로 했다. 어머니는 나타나엘처럼 남편의 죽음이 코펠리우스 탓이라고 여기기에 코펠리우스 생각만 하면 경악한다는 것을 모두가 알았기 때문이다.

집에 들어가려던 나타나엘은 건물 전체가 불에 타 사라져 버리고 폐허 더미에서 헐벗은 방화벽이 우뚝 솟은 것을 보고 얼마나 깜짝 놀랐던가. 아래층에 사는 약사의 실험실에서 불이 났고 따라서 건물이 아래에서 위로 탔는데도 불구하고 대담하고 민첩한 친구들은 너무 늦기 전에 위층에 있는 나타나엘의 방에 들어가 책과 원고와 기구 들을 구해 낼 수 있었다. 친구들은 모든 것을 온전한 상태로 다른 건물에 옮겨다 놓은 뒤 그곳에 방을 하나 잡았고, 나타나엘은 곧장 그 방으로 이사했다. 그는 맞은편에 스팔란차니 교수가 산다는 사실에 특별히 신경 쓰지 않았고, 자기 방 창문에서 그 집 방 안을 바로 들여다볼 수 있다는 것을 알아차렸을 때 이 역시 대수롭지 않게 여겼다. 그 방에는 올림피아가 홀로 앉아 있을 때가 많았는데, 비록 얼굴 표정은 불분명하고 혼란스러웠지만 그녀의 모습을 똑똑히 알아볼 수 있었다. 마침내 나타나엘은 올림피아가 일전에 유리문을 통해 본 것과 똑같은 자세로 자주 몇 시간 동안 작은 탁자 앞에 앉아 아무것도 하지 않으며, 고정된 눈빛으로 그가 있는 쪽을 바라보는 듯하다는 것을 알게 되었다. 그는 이보다 아름다운 몸매는 본 적이 없다고 스스로도 인정할 수밖에 없었다. 하지만 마음속에 오직 클라라 뿐이었기에 뻣뻣하고 굳은 올림피아에게 별 관심이 없었고 이따금 개론서 너머로 그 아름다운 조각상 쪽을 스치듯 바라볼 뿐이었다. 그게 다였다. ― 그가 막 클라라에게 편지를 쓰고 있을 때 가볍게 문을 두드리는 소리가 들렸다. 그가 들어오라고 하자 문이 열리더니 코폴라의 혐오스러운 얼굴이 안을 들여다보았다. 나타나엘은 마음속 깊숙한 곳이 전율하는 것을 느꼈다. 하지만 스팔란차니가 동향 사람인 코폴라에 대해 한 말과 자신이 모래 사나이 코펠리우스를 두고 사랑하는 이들과 한 신성한 약속을 떠올린 그는 유치하게 귀신을 무서워하는 자기 자신이 부끄러웠고 온 힘을 그러모아 가능한 한 부드럽고 태연하게 말했다. "청우계는 안 삽니다! 그냥 가세요!" 그러나 코폴라는 방 안으로 완전히 들어오더니 넓은 주둥이를 일그러뜨려 흉한 미소를 짓고 긴 회색 속눈썹 아래 작은 눈을 날카롭게 번뜩이며 쉰 목소리로 말했다. "아, 청우계는 아니, 청우계는 필요읍군요![11] ― 예쁜 눈깔도 있스요. ― 예쁜 눈깔!" ― 나타나엘이 소스라쳐서 소리쳤다. "미친 사람 같으니, 눈을 판다니 말이 됩니까? 눈 ― 눈을? ― " 하지만 그 순간 코폴라가 청우계를 옆에 두더니 넓은 웃옷 주머니에 손을 집어넣고 로니에트[12]며 안경 들을 꺼내 탁자 위에 놓았다. ―"자 ― 자 ― 안경 ― 코에 얹지는 안경. 이게 내 눈깔

―――――――

11) 코폴라는 이탈리아 출신으로 어눌하고 이상한 독일어를 구사한다.
12) 긴 손잡이가 달린 안경.

이쵸 — 예쁜 눈깔!"— 그러면서 그는 계속해서 안경을 꺼내
놓았고 그 바람에 탁자 전체가 기이하게 반짝이고 번쩍이기
시작했다. 수많은 눈이 쳐다보고, 경련하듯 움찔대고, 나타나
엘을 응시했다. 하지만 그는 탁자에서 눈길을 돌릴 수가 없었
다. 코폴라는 계속해서 안경을 놓았고 불타는 눈빛들이 점점
더 격렬하게 뒤섞이면서 핏빛 광선을 나타나엘의 가슴으로 쏘
았다. 그는 미칠 듯한 경악에 사로잡혀 고함을 질렀다. "그만!
그만, 이 끔찍한 사람 같으니!"— 이미 탁자가 안경으로 뒤덮
였는데도 안경을 더 꺼내려고 막 주머니에 손을 집어넣는 코
폴라의 팔을 나타나엘이 꽉 움켜잡았다. 코폴라는 듣기 싫은
쉰 목소리로 웃으면서 부드럽게 팔을 빼고 말했다. "아! — 원
하는 게 읍군요. — 하지만 여기 예쁜 망원경 있어요."— 그
는 안경을 전부 그러모아 집어넣고는 웃옷의 옆 주머니에서
크고 작은 망원경들을 한 무더기 꺼냈다. 안경들이 사라지자
마자 나타나엘은 완전히 평정심을 되찾았다. 클라라를 생각
하면서 그는 그 끔찍한 귀신이 자신의 머릿속에서 생겨났다
는 것을, 그리고 코폴라가 굉장히 성실한 기계 제작자이자 안
경 판매상이지 절대 코펠리우스의 저주스러운 도플갱어이자
망령일 리 없다는 것을 잘 알았다. 더군다나 코폴라가 탁자에
놓은 망원경들에는 별다른 점이 전혀 없었다. 적어도 안경처
럼 으스스한 점은 없었다. 모든 것을 만회하기 위해 이제 나타
나엘은 코폴라에게서 정말로 물건을 하나 사기로 마음먹었다.
그는 아주 깔끔하게 만들어진 작은 휴대용 망원경을 집었고
시험 삼아 창밖을 내다보았다. 지금껏 살면서 대상을 이토록

깨끗하고 선명하고 명확하게 눈앞에 바로 가져다주는 망원경을 본 적은 없었다. 그는 저도 모르게 스팔란차니네 방 안을 들여다보았다. 올림피아가 평소처럼 작은 탁자에 두 팔을 올리고 양손을 모은 채 앉아 있었다. ─ 이제야 비로소 나타나엘은 올림피아의 너무나도 아름다운 얼굴 생김새를 알아보았다. 오직 눈만이 이상하게 굳고 죽은 듯 보였다. 하지만 망원경을 점점 더 자세히 들여다보자 흡사 올림피아의 눈에서 젖은 달빛이 떠오르는 듯했다. 마치 이제야 시력이 점화된 듯 눈빛이 점점 더 생기를 띠며 타오르는 것처럼 보였다. 나타나엘은 마법에 걸려 붙박인 듯 창밖으로 완전히 몸을 내민 채 천상의 존재처럼 아름다운 올림피아를 계속해서 관찰했다. 헛기침 소리와 긁는 소리가 깊은 꿈속에 빠진 듯한 그를 깨웠다. 코폴라가 뒤에 서 있었다. "트레 제키니 ─ 3두카트입니다." ─ 나타나엘은 그 안경 판매상을 까맣게 잊고 있었다. 나타나엘은 요구하는 돈을 잽싸게 치렀다. "그르쵸? ─ 예쁜 망원경 ─ 예쁜 망원경이쵸!" 코폴라가 음흉한 미소를 지으며 듣기 싫은 쉰 목소리로 물었다. "네네, 그래요!" 나타나엘이 짜증스럽게 답했다. "잘 가요!" ─ 코폴라는 여러 차례 이상하게 나타나엘을 곁눈질하며 방을 나갔다. 나타나엘은 그가 층계에서 크게 웃는 소리를 들었다. "그렇군." 나타나엘이 말했다. "틀림없이 이 작은 망원경을 너무 비싼 값에 샀다고 비웃는 거야. ─ 너무 비싸게!" ─ 나지막이 이 말을 하는 동안 마치 깊은 죽음의 탄식이 소름 끼치게 방 안에 울리는 듯했다. 나타나엘은 내면의 불안감에 숨이 멎었다. ─ 하지만 그렇게 탄식한 것은 자기 자신이었고 그는 그것을 잘 알았다. 그는 스스로에게 말했다. "클라라가 옳아. 아마 그녀 말대로 나는 허깨비나 보는 한심한 사람일 거야. 하지만 코폴라에게서 너무 비싼 값에 망원경을 샀다는 멍청한 생각이 아직도 나를 이토록 이상하게 불안에 빠뜨리다니, 정말 바보 같잖아 — 아, 바보보다 더할지도. 왜 그런지 도무지 모르겠어." — 이제 나타나엘은 클라라에게 보내는 편지를 마무리하려고 자리에 앉았다. 하지만 창밖을 힐끔 보니 올림피아가 여전히 그곳에 앉아 있었다. 그 순간, 그는 마치 저항할 수 없는 힘에 이끌린 듯 벌떡 일어나 코폴라의 망원경을 집어 들었고, 친구이자 동료인 지크문트가 스팔란차니 교수의 강의에 가자고 부를 때까지 올림피아의 매혹적인 모습에서 눈을 떼지 못했다. 운명의 유리문에 쳐진 커튼은 빈틈없이 닫혀 있었고 그곳에서는 그녀의 모습을 볼 수 없었다. 나타나엘은 다음 날과 다다음 날 내내 거의 창가를 떠나지 않고 계속해서 코폴라의 망원경을 들여다보았지만 그녀의 방에서도 그녀를 발견할 수 없었다. 사흘째 되는 날에는 심지어 창문도 커튼으로 가려졌다. 그는 완전히 좌절하고 동경과 불타는 열망에 이끌려 대문 앞으로 달려 나갔다. 올림피아의 형체가 그의 앞에서 둥실둥실 떠서 움직이더니 덤불 밖으로 나왔다. 그리고 맑은 개울에서 빛나는 커다란 눈으로 그를 주시했다. 클라라의 모습은 그의 마음속에서 완전히 사라졌다. 그는 올림피아 외에 아무것도 생각하지 않았고 울먹이면서 아주 큰 소리로 하소연했다. "아, 나의 고귀하고 찬란한 사랑의 별이여. 당신이 내게 나타난 것은 그저 금방 다시

사라져서 나를 깜깜하고 암담한 밤 속에 남겨 두기 위함이었
나요?"

집으로 돌아가려던 나타나엘은 스팔란차니의 집이 시끌벅
적한 것을 알게 되었다. 문들이 열려 있었고 사람들이 온갖
집기를 안으로 들였다. 2층 창문이 떼어 내져 있었고 하녀들
이 큰 털빗자루를 이리저리 바삐 움직이며 바닥을 쓸고 먼지
를 일으켰으며 목수들과 도배공들이 안에서 뚝딱거리고 망치
질을 하고 있었다. 나타나엘은 너무도 놀란 나머지 길에서 멈
춰 섰다. 이때 지크문트가 웃으면서 다가와 말했다. "자, 자네
는 우리의 노교수 스팔란차니를 어떻게 생각하지?" 나타나엘
은 자기는 교수에 대해 아는 게 하나도 없으므로 할 말이 전
혀 없다고 했으며 그보다 이 조용하고 우중충한 집이 이렇게
몹시 분주하고 야단법석인 게 아주 놀랍다고 했다. 지크문트
는 스팔란차니가 내일 큰 연회를, 그러니까 음악회와 무도회
를 열려 하며 대학교 사람 절반이 초대를 받았다고 이야기해
주었다. 또한 스팔란차니가 그토록 오래도록 노심초사하면서
누구에게도 보여 주지 않으려던 딸 올림피아를 처음으로 선보
일 것이라는 소문이 파다하다고 했다.

나타나엘은 초대장을 찾아냈고 두근두근 뛰는 가슴으로
정해진 시각에 교수의 집으로 갔다. 벌써 마차들이 오가고 있
었고 장식한 홀에서 등들이 은은하게 빛나고 있었다. 모인 손
님들은 수가 많았고 화려했다. 올림피아가 아주 호화롭고 세
련된 차림으로 나타났다. 사람들은 그녀의 아름다운 얼굴 생
김새와 몸매에 경탄을 금치 못했다. 약간 이상하게 굽은 등과

말벌처럼 가느다란 몸은 코르셋 끈을 너무 세게 조여서 그런 것 같았다. 그녀의 걸음걸이와 자세는 무언가 규칙적이고 뻣뻣한 느낌이었고 많은 이들에게 거슬렸다. 사람들은 그것이 손님들 때문에 불편하고 긴장한 탓이라 여겼다. 음악회가 시작되었다. 올림피아는 그랜드 피아노를 굉장히 능란하게 연주했고 고도의 기교가 필요한 아리아 역시 밝고 거의 째지는 듯한 유리종 같은 목소리로 능숙하게 불렀다. 나타나엘은 완전히 매료되었다. 그는 맨 뒤 열에 서 있었고 눈부신 촛불 빛 때문에 올림피아의 표정을 제대로 알아볼 수 없었다. 그래서 코폴라의 망원경을 슬쩍 꺼내서 아름다운 올림피아 쪽을 보았다. 아! — 나타나엘은 그녀가 동경에 가득 차서 자기 쪽을 바라보는 것을, 그의 내면을 불붙이며 관통하는 사랑의 눈빛 속에서 비로소 음 하나하나가 똑똑히 떠오르는 것을 알게 되었다. 인공적인 룰라드[13]가 나타나엘에게는 사랑으로 광명을 얻은 마음이 내지르는 천국의 환호 같았다. 이제 마침내 카덴차[14] 뒤에 긴 트릴[15]이 아주 힘차게 홀을 가로지르며 울렸을 때 그는 뜨겁게 달아오른 두 팔에 갑자기 붙들린 듯 더 이상 자신을 주체할 수 없었다. 그는 아픔과 황홀함을 못 이기고 큰 소리로 외쳤다. "올림피아!" — 모두가 그를 돌아보았고 어떤 이들은 웃음을 터뜨렸다. 하지만 대성당의 오르간 연주

---

13) 장식음의 일종.
14) 악곡이나 악장이 끝나기 직전에 독주자나 독창자가 연주하는 기교적이고 화려한 부분.
15) 장식음의 일종.

자는 전처럼 어두운 표정을 지으며 다만 이렇게 말했다. "자자!" ─ 음악회가 끝나고 무도회가 시작되었다. 그녀와 춤을 추는 거야! ─ 그녀와! 이것이 이제 나타나엘이 무엇보다 바라고 기필코 이루려는 목표였다. 그런데 어떻게 용기를 내서 연회의 여왕인 그녀에게 춤을 청하지? 까짓것 해 보자! ─ 나타나엘 자신도 어떻게 그리되었는지 몰랐지만, 춤이 시작되었을 때 어느새 그는 아직 춤추자는 청을 받지 않은 올림피아 옆에 바짝 서 있었고 간신히 몇 마디 더듬더듬하면서 그녀의 손을 잡았다. 올림피아의 손은 얼음장처럼 차가웠고 그는 자신의 몸이 끔찍한 죽음의 한기로 전율하는 것을 느꼈다. 그가 올림피아의 눈을 응시하자 그녀의 눈은 그를 향해 사랑과 동경을 한껏 발했고 이 순간 마치 차가운 손에서 맥박이 뛰고 생명의 핏줄기가 달아오르기 시작하는 것 같았다. 그리고 나타나엘의 안에서도 사랑의 쾌감이 더욱 불타올랐다. 그는 아름다운 올림피아를 안고서 그녀와 함께 대열 사이로 나는 듯 움직였다. ─ 나타나엘은 평소 자신이 정확히 박자에 맞춰 춤을 춘다고 생각했지만 올림피아가 특유의 한결같은 리듬으로 움직이고 이에 자신의 자세가 완전히 무너지곤 하자 자기가 얼마나 박사김이 없는지를 금세 깨달았다. 그럼에도 그는 다른 여자들과는 더 이상 춤을 추려 하지 않았으며, 올림피아에게 다가와 춤을 청하는 자가 있으면 마음 같아서는 모조리 바로 죽여 버리고 싶었다. 하지만 그런 일은 두 번밖에 일어나지 않았고 놀랍게도 그 후 올림피아는 춤을 추지 않고 자리에 앉아 있었기에 그는 기회를 놓치지 않고 계속해서 그녀를 일으켜 춤을 추었다. 나타나엘이 아름다운 올림피아 외에 무언가 다른 것을 볼 수 있었더라면 온갖 불쾌한 언쟁과 싸움이 불가피했으리라. 왜냐하면 구석구석에 있는 젊은이들 가운데서 나직하게 키득거리는 웃음소리가 일었고 그 웃음은 올림피아를 향한 것이 분명했기 때문이다. 그들은 아주 호기심 어린 눈빛으로 아름다운 올림피아를 좇고 있었다. 왜 그럴까? 도무지 이유를 알 수가 없었다. 춤으로 그리고 한껏 마신 포도주로 뜨겁게 달아오른 나타나엘은 평소의 수줍음을 내려놓았다. 그는 올림피아 옆에 앉아 그녀의 손을 잡고 있었고, 아무도 이해할 수 없는 말로 굉장히 열정적이고 열렬하게 사랑을 고백했다. 그도, 올림피아도 이해할 수 없는 말로. 하지만 어쩌면 올림피아는 이해했을지도. 왜냐하면 그녀는 확고부동하게 그의 눈을 들여다보았고 거듭 한숨을 쉬었기 때문이다. "아 — 아 — 아!" — 그러자 나타나엘이 말했다. "오, 찬란한 천상의 여인이여! — 당신은 예고된 사랑의 저편에서 오는 빛 — 내 온 존재를 비추는 깊은 마음입니다." 이와 같은 말들을 더 늘어놓았다. 하지만 올림피아는 그저 계속해서 한숨만 쉬었다. "아, 아!" — 스팔란차니 교수는 이 행복한 두 사람에게 몇 차례 와서 그들을 향해 아주 묘하고 흡족한 미소를 지어 보였다. 돌연 나타나엘은, 자신이 완전히 다른 세상에 있는데도 불구하고, 현세에서 스팔란차니 교수의 집이 눈에 띄게 깜깜해진 듯한 느낌을 받았다. 그는 주위를 둘러보았고 빈 홀에서 마지막 남은 등불 둘이 타 내려가면서 꺼지려 하는 것을 알아차리고는 적잖이 소스라쳤다. 음악과 춤은 끝난 지 오래였다. "헤어진다니, 헤어져야 한다니." 그가 몹시 격하고 절망스럽게 소리쳤다. 그는 올림피아의 손에 입을 맞추고 그녀의 입을 향해 몸을 숙였다. 얼음장처럼 차가운 입술이 나타나엘의 불타는 입술과 만났다! — 올림피아의 차가운 손을 만지자마자 그는 내면의 공포에 사로잡히는 느낌이었다. 죽은 신부에 대한 전설이 갑자기 머릿속을 스쳐 갔다. 하지만 올림피아가 그를 끌어안고 있었고, 그녀의 입술은 입맞춤 속에서 생명의 온기를 얻는 듯했다. — 스팔란차니 교수가 빈 홀을 느릿느릿 가로질러 왔다. 교수의 발걸음 소리가 공허하게 울렸고 뚜렷한 그림자가 주위에서 장난치듯 가물거리는 그의 형체는 무시무시한 유령 같았다. "나를 사랑하나요 — 나를 사랑하나요, 올림피아? — 이 말 한마디면 돼요! — 나를 사랑해요?" 나타나엘이 속삭였지만 올림피아는 일어서면서 그저 이렇게 속삭일 뿐이었다. "아 — 아!" "그래요, 나의 사랑스럽고 찬란한 사랑의 별이여." 나타나엘이 말했다. "내게 떠오른 당신은 빛날 것이고 나의 내면에 영원한 광명을 가져다줄 거예요!" "아, 아!" 올림피아가 걸어가면서 응답했다. 나타나엘은 그녀를 뒤따랐고 그들은 교수 앞에 섰다. "내 딸아이와 굉장히 활발하게 대화를 나누더군요." 교수가 미소를 지으며 말했다. "자, 자, 친애하는 나타나엘 군. 이 아둔한 아가씨와 대화하는 게 마음에 든다면, 언제든 찾아오세요. 저는 환영입니다." — 밝게 빛나는 온 하늘을 가슴속에 품은 채 나타나엘은 그곳을 떠났다. 스팔란차니의 연회는 이후 며칠간 사람들 입에 오르내렸다. 교수가 정말 화려하게 보이려고 모든 노력을 기울였음에도 익살꾼들은 연회에서 있었던 온갖 부적절하고 이상한 점들에 대해 입방아를 찧었다. 무엇보다 사람들은 죽은 것처럼 뻣뻣하고 말이 없는 올림피아를 두고 비난을 퍼부었다. 그녀의 아름다운 외모에도 불구하고 사람들은 그녀가 완전히 우둔하다는 소리를 지어냈고 스팔란차니가 그토록 오랫동안 딸을 숨겨 온 이유를 거기에서 찾으려 했다. 나타나엘은 이런 이야기를 들으며 속으로 분노했지만 침묵을 지켰다. 왜냐하면 그는 '올림피아의 속 깊고 훌륭한 마음씨를 알아보지 못하는 게 바로 이들 자신의 우둔함 탓이라는 것을 이 녀석들에게 증명하는 게 무슨 소용일까?' 하고 생각했기 때문이다. "부탁이 있는데, 친구여." 어느 날 지크문트가 말했다. "부탁인데 말해 주게. 어떻게 자네같이 똑똑한 친구가 그 밀랍 얼굴에, 저기 있는 그 나무 인형에게 반할 수가 있지?" 나타나엘은 버럭 화를 내려다가 빠르게 마음을 가다듬고 말했다. "지크문트 자네야말로 내게 말해 보게. 평소에는 모든 아름다운 것을 분명하게 포착하던 자네의 시선이, 자네의 활발한 감각이 어떻게 올림피아의 훌륭한 매력을 알아보지 못하는 거지? 하지만 바로 그 덕분에 나는 자네와 연적으로 맞서지 않게 됐으니 운명에 감사하네. 안 그랬으면 우리 중 한 사람은 피를 흘리며 쓰러졌을 게 뻔하니 말이야." 지크문트는 친구가 어떤 상태인지 잘 눈치채고는 노련하게 대화를 전환했다. 그는 사랑의 문제에서는 결코 대상에 대해 판단을 내릴 수는 없다고 말한 뒤 이렇게 덧붙였다. "그런데 희한한 건 우리 중 많은 이들이 올림피아에 대해 내리는 판단이 상당히 일치한다는 거야. 우리에게 그녀는 — 나쁘게 듣지는 마, 친구여! — 이상하게 뻣뻣하고 영혼이 없어 보여. 그녀의 몸매는 균형 잡혔고 얼굴도 마찬가지지. 그건 사실이야! — 그녀는 아름답다고 할 수 있을지도. 만일 그녀의 눈빛에 그토록 생명의 빛이, 말하자면 시력이 전혀 없지 않았더라면 말이야. 그녀의 걸음걸이는 이상하게 규칙적이고, 동작 하나하나는 태엽을 감은 톱니바퀴 장치의 움직임을 따르는 것 같아. 그녀는 노래하는 기계처럼 불쾌할 정도로 정확하고 영혼 없는 박자로 연주와 노래를 하고 춤출 때도 꼭 똑같아. 우리한테 이 올림피아는 아주 섬뜩한 존재가 되었고 우리는 그녀와 전혀 엮이고 싶지 않아. 우리가 느끼기에 그녀는 마치 그저 생명이 있는 존재처럼 행동할 뿐이었어. 하지만 그녀에게는 나름의 사정이 있는 것 같아." — 나타나엘은 지크문트의 말을 듣자 자신을 사로잡으려 하는 쓰라린 감정에 전혀 굴복하지 않았다. 그는 언짢은 감정을 다스렸고 다만 매우 진지하게 말했다. "차갑고 산문적인 사람인 너희에게는 올림피아가 섬뜩할지도. 오직 시적인 마음에게만 똑같이 시적인 것이 펼쳐지는 거야! — 그녀가 보내는 사랑의 눈빛은 오직 나에게만 떠오르고 내 마음과 생각을 구석구석 비춰 주지. 오직 올림피아의 사랑 속에서만 나는 나 자신을 다시 발견해. 그녀가 얄팍한 마음을 가진 다른 이들처럼 얕은 대화를 나누며 헛소리를 늘어놓지 않는 게 너희에게는 못마땅하겠지. 그녀가 말수가 적은 건 사실이야. 하지만 그녀가 하는 적은 말들은 내면세계의 진정한 상형 문자로 나타나고, 영원한 저편을 관조하는 정신적 삶의 고차원적 인식과 사랑을 듬뿍 담고 있어.

그러나 너희에게는 이 모든 것에 대한 감각이 없고 아무리 말해 봐야 소용없지." "신의 가호가 있기를, 친구여." 지크문트는 몹시 부드럽게, 거의 비애감에 차서 말했다. "하지만 내가 보기에 자네는 그릇된 길을 가고 있어. 언제든 나한테 의지해도 좋아. 만일 모든 게 — 아니, 더 이상은 말하지 않겠네!" 돌연 나타나엘은 차갑고 산문적인 지크문트가 자신을 몹시 진정으로 대한다는 느낌을 받았다. 그래서 그는 자신에게 건네진 손을 잡고 진심으로 악수를 나눴다.

나타나엘은 자신이 원래 사랑하던 클라라라는 여자가 이 세상에 존재한다는 사실을 완전히 잊었다. — 어머니 — 로타어 — 모두가 기억에서 사라졌고 그는 오로지 올림피아를 위해 살았다. 그는 매일 몇 시간이고 그녀 곁에 앉아서 자신의 사랑에 대해, 살아 숨 쉬는 열렬한 공감에 대해, 영혼의 친화력에 대해 공상을 늘어놓았고 올림피아는 이 모든 이야기를 굉장히 열심히 경청했다. 나타나엘은 책상 속 가장 깊숙한 곳에서 예전에 쓴 글을 모조리 꺼냈다. 시, 환상, 공상, 소설, 이야기와 함께 온갖 허무맹랑한 소네트, 스탠자,[16] 칸초네[17]가 날마다 늘어났고 그는 이 모든 것을 올림피아에게 몇 시간이고 연달아 읽어 주며 지칠 줄을 몰랐다. 하지만 그는 지금껏 이렇게 자기 말을 잘 경청해 주는 여자를 만난 적이 없기도 했다. 그녀는 수를 놓거나 뜨개질을 하지도, 창밖을 내다

---

16) 시구의 형식 중 하나.
17) 이탈리아 르네상스에서 유래한 시 형식.

보지도, 새에게 모이를 주지도, 애완견이나 좋아하는 고양이를 데리고 놀지도, 종이 쪼가리나 뭐 다른 것을 손에 쥐고 돌리지도 않았고, 부자연스럽게 살짝 헛기침을 하며 하품을 억누르지 않아도 됐다. ─ 요약하자면 이렇다! ─ 그녀는 몇 시간 동안 조금도 움직이지 않으면서 굳은 시선으로 사랑하는 사람의 눈을 물끄러미 들여다보았으며 이 시선은 점점 더 불타오르고 점점 더 생기를 띠었다. 오직 나타나엘이 마침내 일어서서 그녀의 손에, 그리고 아마 입에도 키스할 때에만 그녀는 이렇게 말했다. "아, 아!" ─ 그리고 이렇게. "잘 자요, 내 사랑!" ─ 나타나엘은 자기 방에서 외쳤다. "오, 훌륭하고 속 깊은 마음을 가진 여인이여. 오직 당신, 오로지 당신만이 나를 완전하게 이해해요." 자신과 올림피아의 마음이 날이 갈수록 얼마나 경이롭게 일치하는지 생각할 때면 그는 내면의 황홀감으로 전율했다. 왜냐하면 나타나엘은 올림피아가 그의 작품에 대해, 그의 시적 재능에 대해 말할 때면 그녀가 자신의 깊은 속마음을 제대로 대변하는 듯 느꼈기 때문이다. 심지어 그 목소리는 나타나엘 자신의 안에서 나오는 것 같았다. 실제로도 그럴 수밖에 없었으리라. 올림피아는 앞서 언급한 것 이외의 말은 결코 하지 않았으니까. 하지만 정신이 맑고 또렷한 때, 가령 아침에 깨어난 직후 나타나엘이 실제로 올림피아의 완전한 수동성과 과묵함을 떠올리더라도 그는 이렇게 말했다. "말이 뭐라고 ─ 말이! ─ 그녀가 천상의 눈으로 보내는 시선은 지상의 그 어떤 언어보다 더 많은 걸 말하는데 말이야. 대관절 천국의 아이가 가련한 지상의 필요에 따라 그려진 좁은 원 안에 자신을 끼워 맞출 수 있겠어?"─스팔란차니 교수는 딸과 나타나엘의 관계에 몹시 흡족해하는 듯 보였다. 그는 호의가 담긴 온갖 명확한 신호를 나타나엘에게 보냈다. 마침내 나타나엘이 과감하게 올림피아와의 결합을 넌지시 암시하자 교수는 만면에 웃음을 띠며 말하길 모든 걸 딸의 선택에 맡기겠다고 했다. ─ 이 말에 용기를 얻고 가슴속에 불타는 열망을 품은 나타나엘은 다음 날 당장 올림피아에게, 그녀의 사랑스럽고 애정 어린 눈빛이 오래전부터 그에게 말해 온 것을 명확한 말로 솔직하게 표현해 달라고, 영원히 그의 것이 되어 달라고 간청하기로 마음먹었다. 그는 떠나올 때 어머니에게 선물 받은 반지를 찾았다. 그는 자신의 헌신, 그녀와 더불어 싹트고 꽃피는 자신의 삶을 나타내는 상징으로서 그 반지를 올림피아에게 선사하려 했다. 반지를 찾던 중 클라라의 편지와 로타어의 편지가 손에 집혔다. 나타나엘은 두 편지를 무심하게 옆으로 던졌고 반지를 찾아내서 챙긴 뒤 올림피아에게로 달려갔다. 층계와 복도에서부터 그는 이상하고 요란한 소리를 들었다. 소리는 스팔란차니의 연구실에서 울려 나오는 듯했다. ─ 발 구르는 소리 ─ 쩽그랑거리는 소리 ─ 부딪치는 소리 ─ 문을 때리는 소리, 그 사이로 욕설을 내뱉고 저주를 퍼붓는 소리가 들렸다. "놔 ─ 놔 ─ 비열한 놈 ─ 악독한 놈아! ─ 그러려고 거기에 모든 걸 다 바친 줄 알아? ─ 하하 하 하! ─ 얘기한 것과 다르잖아 ─ 나는, 나는 눈을 만들었다고 ─ 나는 톱니바퀴 장치를 만들었어 ─ 그따위 톱니바퀴 장치나 만드는 멍청한 놈아 ─ 빌어먹을 개 같은 단순

한 시계공아 ― 꺼져 버려 ― 사탄 ― 그만 ― 인형 깎는 선
반공아 ― 악독한 짐승 같으니! ― 그만 ― 꺼져 ― 놓으라
고!"― 스팔란차니의 목소리와 소름 끼치는 코펠리우스의 목
소리가 서로 뒤섞여 시끌시끌하게 악다구니를 쓰고 있었다.
나타나엘은 형언할 수 없는 불안감에 사로잡혀 안으로 달려
들어갔다. 교수가 한 여자 형체의 양 어깨를, 이탈리아인 코폴
라가 양발을 붙들고 있었다. 두 사람은 화가 잔뜩 나서 그 형
체를 차지하려 싸웠고 형체를 잡아끌고 이리저리 당겼다. 그
형체가 올림피아라는 것을 알아본 나타나엘은 엄청나게 경악
해서 뒤로 펄쩍 물러났다. 타오르는 격한 분노에 사로잡힌 그
는 사납게 날뛰는 두 사람에게서 올림피아를 빼앗으려 했지만
그 순간 코폴라가 엄청난 힘으로 몸을 돌리며 교수의 손에서
형체를 빼내더니 그걸로 교수를 살벌하게 가격했고 이에 교
수는 뒤로 비틀비틀하면서 플라스크, 증류기, 병, 시험관 들이
놓인 탁자를 덮치고 바닥에 쓰러졌다. 모든 도구들이 일제히
쨍그랑거리면서 수천 조각으로 깨졌다. 이제 코폴라는 형체를
어깨에 둘러메고 끔찍하게 째지는 웃음을 터뜨리며 잽싸게 층
계 아래로 내달렸다. 그러자 형체의 양발이 아래로 흉하게 늘
어뜨려신 채로 계단에 부딪히며 나무처럼 달가닥거리고 요란
하게 울렸다. ― 나타나엘은 굳은 채로 서 있었다. ― 그는 올
림피아의 죽은 듯 창백한 밀랍 얼굴에 눈이 없는 것을, 그 대
신 검은 구멍이 나 있는 것을 너무나도 똑똑히 보았다. 그녀는
생명이 없는 인형이었다. 스팔란차니가 바닥에서 몸을 굴렀
다. 유리 조각이 그의 머리와 가슴과 팔을 베어 놓았고 피가

분수처럼 솟구쳤다. 하지만 그는 온 힘을 그러모았다. —"그놈을 따라가 — 따라가라고, 뭘 망설이는 거야? — 코펠리우스 — 코펠리우스, 그자가 나의 가장 훌륭한 자동인형을 강탈해 갔어. — 그걸 만드느라 이십 년 동안 작업했는데 — 모든 걸 다 바쳤는데 — 톱니바퀴 장치 — 말 — 걸음걸이 — 내 것 — 눈 — 눈은 자네한테 훔쳤지. — 빌어먹을 놈 — 저주받을 놈 — 그놈을 따라가 — 올림피아를 내게 데려와 — 저기 자네 눈이 있어!" 이제 나타나엘은 한 쌍의 피투성이 눈이 바닥에 놓인 채로 자신을 응시하는 것을 보았다. 스팔란차니는 다치지 않은 손으로 그 눈들을 움켜쥐고는 나타나엘을 향해 던졌고 눈들이 그의 가슴을 때렸다. — 그러자 광기가 불타는 발톱으로 그를 움켜쥐었고 마음과 생각을 갈기갈기 찢으면서 그의 내면을 파고들었다. "휘 — 휘 — 휘! — 불타는 원 — 불타는 원아! 돌아라, 불타는 원아 — 즐겁게 — 즐겁게! — 나무 인형 휘 예쁜 나무 인형아, 돌아라 — ." 나타나엘은 이 말과 함께 교수를 덮쳤고 그의 목을 꽉 졸랐다. 시끄러운 소리에 이끌려 온 많은 사람들이 안으로 달려들어 사납게 날뛰는 나타나엘을 떼어 내고 교수를 구한 뒤 곧장 붕대를 감아 주지 않았더라면 나타나엘은 교수를 목 졸라 죽였을 것이다. 힘센 지크문트도 광분하는 나타나엘을 제어할 수가 없었다. 나타나엘은 끔찍한 목소리로 계속해서 "나무 인형아, 돌아라."라고 부르짖으며 주위로 마구 주먹질을 해 댔다. 마침내 여러 사람이 힘을 합쳐 그를 제압하는 데 성공했다. 사람들은 그를 바닥에 내동댕이치고 줄로 묶었다. 그의 말은 짐승의 무서운 포효가 되었다. 이처럼 무시무시하게 날뛰고 발광하던 나타나엘은 정신 병원으로 보내졌다.

관대한 독자여! 불행한 나타나엘에게 뒤이어 무슨 일이 일어났는지 이야기를 계속하기 전에 혹시 당신이 노련한 기계공이자 자동인형 제작자인 스팔란차니에게 얼마간 관심이 있을까 싶어 말해 두자면, 장담컨대 그는 부상에서 완전히 회복되었다. 나타나엘의 이야기가 세인의 이목을 끈 데다, 점잖은 티파티에(올림피아는 이 모임에 성공리에 참석했다) 살아 있는 사람 대신 나무 인형을 몰래 들인 일을 모두가 결코 용납할 수 없는 기만으로 여겼기에 스팔란차니는 그사이 대학을 떠나야 했다. 법률가들은 심지어 그 일이 대중을 상대로 벌어졌으며 아무도 알아채지 못할 만큼(아주 영리한 대학생들은 제외하고) 치밀하게 계획되었기에 더더욱 심한 처벌을 받아야 하는 교묘한 사기라고 했다. 이제 와서는 너도나도 그 속임수를 알았던 양 굴면서 제 딴에 수상쩍게 보였던 온갖 사실을 증거로 대려 했지만 사실 이들이 밝힌 정황 중 납득이 가는 것은 하나도 없었다. 가령 티파티의 일원인 한 세련된 신사의 진술대로 올림피아가 예절에 전혀 맞지 않게 하품보다 재채기를 더 자주 한 것을 누가 수상쩍게 여겼을 리가 있겠는가? 우아한 신사는 이 재채기가 숨겨진 동력 장치가 스스로 감기는 것이며 그때 삐걱거리는 소리가 명백히 났다는 등의 말을 했다. 시학과 웅변술을 연구하는 교수는 코담배를 한 줌 집은 후 통을 닫고 헛기침을 하고는 엄숙하게 말했다. "존경해 마지않는 신사 숙녀 여러분! 핵심이 무엇인지 모르신단 말입니까? 이 모든 게 알레고리입니다. — 연속되는 메타포예요! — 무슨 말인지 아시지 않습니까! — 사피엔티 사트(Sapienti sat)!"[18] 하지만 존경해 마지않는 많은 신사들은 마음을 가라앉히지 못했다. 자동인형에 대한 이야기는 그들의 영혼에 깊숙이 뿌리를 박았고 실제로 인간의 형상에 대한 꺼림칙한 불신이 암암리에 퍼졌다. 이제 많은 남자들은 자신의 애인이 나무 인형이 아니라는 것을 완전히 확신하기 위해 사랑하는 여자에게 박자에 어긋나게 노래하고 춤추라는 둥, 낭독 중 수를 놓고 뜨개질을 하고 애완견을 데리고 놀라는 둥 이런저런 일을 요구했다. 무엇보다 그냥 듣고 있지만 말고 가끔은 말도 하라고, 정말로 사고와 감정이 바탕이 된 말을 하라고 요구했다. 어떤 커플들에게서는 사랑의 유대가 더욱 굳건해지면서 더욱 매력을 가지게 된 반면 어떤 커플들은 조용히 서로 갈라섰다. 몇몇 이들은 말했다. "정말이지 보증할 수 없는 일이야." 티파티에서 사람들은 예의 의혹에 대처하기 위해 믿을 수 없을 만큼 자주 하품을 했고 재채기는 절대 하지 않았다. — 앞서 말했듯이 스팔란차니는 기만적인 방식으로 인간 사회에 자동인형을 슬쩍 밀어 넣은 일 때문에 수사를 피해서 떠나야만 했다. 코폴라 역시 사라져 버렸다.

나타나엘은 무서운 악몽에서 깨어나듯 눈을 떴고 형언할 수 없는 환희가 천국과 같은 아늑한 온기로 온몸에 흐르는 것을 느꼈다. 그는 아버지 집에 있는 자기 방 침대에 누워 있었

---

18) '지혜로운 사람이라면 알 것이다'라는 뜻의 라틴어.

다. 클라라가 그의 위로 몸을 숙이고 있었고 멀지 않은 곳에 어머니와 로타어가 서 있었다. "드디어, 드디어 깨어났구나, 오 진정으로 사랑하는 나타나엘. — 이제 당신은 중한 병에서 회복되었어. — 이제 당신은 다시 내 것이야!" 클라라가 정말 이지 진심을 다해 말하고는 나타나엘을 품에 안았다. 그리고 나타나엘의 눈에서는 순전한 비애와 황홀감으로 맑고 뜨거운 눈물이 샘솟았다. 그는 깊이 탄식했다. "나의 — 나의 클라라!" — 엄청난 고난에 빠진 친구 곁을 충직하게 지킨 지크문트가 방으로 들어왔다. 나타나엘은 그에게 손을 내밀었다. "충직한 친구여, 자네는 나를 떠나지 않았군." — 광기는 흔적도 없이 전부 사라졌고 나타나엘은 어머니와 애인과 친구들의 정성 어린 간호 속에서 곧 기운을 되찾았다. 그러는 사이 집안에 행운이 찾아왔다. 아무도 뭘 기대하지 않던 늙은 구두쇠 숙부가 죽었는데 별 볼 일 없는 재산 외에 그 도시에서 멀지 않은 쾌적한 곳에 있는 작은 농장을 어머니에게 남긴 것이었다. 어머니, 나타나엘과 그의 클라라 — 나타나엘은 이제 그녀와 결혼할 생각이었다 — 그리고 로타어는 그곳으로 이사할 계획이었다. 나타나엘은 과거 어느 때보다 더 온화해지고 천진난만해졌으며 클라라의 천사같이 순수하고 훌륭한 마음을 이제야 제대로 알아보았다. 아주 희미하게나마 그에게 과거를 떠올리게 하는 사람은 아무도 없었다. 다만 지크문트가 떠나갈 때 나타나엘은 이렇게 말했다. "맙소사 친구여! 나는 나쁜 길을 가고 있었네. 그런데 천사가 제때 나를 밝은 길로 인도해 주었어! — 아, 그 천사는 클라라였어!" 지크문트는 깊은 상처를 주는 기억이 나타나엘에게 너무 밝고 격렬하게 떠오를까 염려가 된 나머지 더는 말하지 않도록 말렸다. — 이제 행복한 네 사람이 농장으로 떠날 때가 되었다. 점심때 그들은 도시에서 거리를 지나가고 있었다. 그들은 여러 가지 물건을 샀고, 높은 시청 첨탑이 거대한 그림자를 시장에 드리우고 있었다. "참!" 클라라가 말했다. "우리 한 번 더 올라가서 저 멀리 있는 산을 구경하자!" 말이 떨어지지가 무섭게 실행에 옮겨졌다! 나타나엘과 클라라 두 사람은 첨탑을 올랐고 어머니는 하녀와 함께 집으로 돌아갔다. 로타어는 숱한 계단을 힘들게 오를 마음이 내키지 않아 아래에서 기다리기로 했다. 사랑하는 두 사람은 팔짱을 끼고 탑의 가장 높은 회랑에 서서 옅은 안개에 싸인 삼림을 바라보았다. 그 뒤로 푸른 산맥이 거대한 도시처럼 우뚝 솟아 있었다.

"저 작고 이상한 회색 덤불 좀 봐. 정말로 우리를 향해 걸어오는 것처럼 보여." 클라라가 말했다. — 나타나엘은 기계적으로 옆 주머니에 손을 넣었다. 그는 코폴라의 망원경을 집어서 옆쪽을 보았다. — 클라라가 망원경 앞에 서 있었다! — 이때 나타나엘의 맥박과 혈관이 발작적으로 경련을 일으켰다. — 그는 사색이 되어 클라라를 응시했다. 곧바로 그의 희번덕거리는 눈에서 불줄기가 타오르고 불꽃이 튀더니 그가 쫓기는 짐승처럼 소름 끼치는 소리로 울부짖었다. 이어서 나타나엘은 공중으로 껑충껑충 뛰어올랐고 사이사이에 끔찍하게 웃으면서 날카로운 어조로 외쳤다. "나무 인형아, 돌아라 — 나무 인형아, 돌아라." — 그리고 우악스러운 힘으로 클라라를 붙잡고는 그녀를 아래로 내던지려 했다. 하지만 클라라는 절망적인 죽음의 공포 속에서 난간에 꽉 매달렸다. 로타어는 나타나엘이 광포하게 날뛰는 소리를 들었다. 그리고 클라라가 공포에 질려 내지르는 비명 소리를 들었다. 끔찍한 예감이 그를 엄습했다. 그는 탑을 내달려 올랐다. 두 번째 층계의 문은 잠겨 있었다. — 클라라의 절규가 더 격렬해졌다. 격분과 불안으로 이성을 잃은 로타어는 문에 몸을 던졌고 그러자 마침내 문이 활짝 열렸다. — 이제 클라라의 목소리는 점점 희미해졌다. "도와줘 — 구해 줘 — 구해 — ." 목소리가 허공으로 사라져 갔다. "클라라가 죽었어. — 저 미친놈한테 살해당한 거야." 로타어가 부르짖었다. 회랑으로 통하는 문 또한 닫혀 있었다. — 절망이 로타어에게 엄청난 힘을 주었고 문이 경첩에서 떨어져 나갔다. 맙소사 — 클라라는 광분하는 나타나엘에게 붙잡힌 채 회랑 너머 공중에 매달려 있었다. — 그녀는 한 손으로 쇠막대를 꽉 움켜쥐고 있었다. 로타어는 번개처럼 날쌔게 동생을 붙잡아 안으로 끌어당겼다. 그와 동시에, 광분하는 나타나엘의 얼굴에 주먹을 날렸다. 나타나엘은 뒤로 휘청하면서 죽음의 제물을 놓아주었다.

로타어는 정신을 잃은 동생을 안고 달려 내려갔다. — 그녀는 구원을 받았다. — 이제 나타나엘은 회랑에서 이리저리 미쳐 날뛰었고 공중으로 껑충껑충 뛰면서 소리를 질렀다. "불타는 원아, 돌아라 — 불타는 원아, 돌아라." — 격렬한 외침을 듣고 사람들이 몰려들었다. 그들 가운데서 변호사 코펠리우스가 거인처럼 우뚝 솟았다. 그는 막 이 도시에 와서 시장으로 곧게 뻗은 길을 걷던 차였다. 사람들은 미처 날뛰는 자를 제압하기 위해 위로 올라가려 했다. 그때 코펠리우스가 웃으면서 말했다. "하 하 ─ 기다리시오. 틀림없이 스스로 내려올 게요." 그러고는 나머지 사람들처럼 위를 올려다보았다. 돌연 나타나엘이 굳은 듯 멈춰 서더니 아래로 몸을 숙였고 코펠리우스를 알아보고는 앙칼지게 소리쳤다. "하! 예쁜 눈깔 ─ 예쁜 눈깔." 그리고 난간 너머로 뛰었다.

나타나엘이 머리가 부서진 채로 포석에 누워 있을 때 코펠리우스는 혼잡한 군중 속으로 사라진 뒤였다.

여러 해가 지나고 먼 지방에서 클라라의 모습이 목격되었다고 한다. 그녀가 한 다정한 남자와 손을 잡고서 아름다운 시골집 문 앞에 앉아 있었고 쾌활한 사내아이 둘이 그들 앞에서 놀고 있었다고. 이로 미루어 보건대 클라라는 자신의 밝고 명랑한 심성에 맞는 평온하고 가정적인 행복을 찾은 것 같았다고 한다. 내면이 분열된 나타나엘이라면 절대로 주지 못했을 행복을.

이그나츠 데너

아주 오래전 옛날, 풀다 지방의 황량하고 외딴 숲속에 안드레스라는 이름의 성실한 사냥꾼이 살고 있었다. 그는 예전에 알로이스 폰 바흐 백작의 시종사냥꾼이었는데, 아름다운 벨쉬란트[1]를 지나는 먼 여정에서 백작을 수행했고 한번은 나폴리 왕국에서 안전하지 않은 길을 가다 노상강도 떼에게 습격을 당했을 때 기지와 용기를 발휘하여 하마터면 목숨을 잃을 뻔한 백작을 구한 적이 있었다. 그들은 나폴리에서 한 여관에 머물렀는데 그곳에는 그림처럼 아름답고 불쌍한 아가씨가 하나 있었다. 여관 주인은 어릴 적 고아로 받아들인 그 아가씨를 몹시 구박했고 마당과 부엌에서 천한 허드렛일을 시켰다. 안드

---

1) Welschland. 로망스어계 지역, 특히 이탈리아나 프랑스를 가리키던 표현.

레스는 최대한 아가씨가 알아들을 수 있게 온갖 위로하는 말로 그녀의 기운을 북돋아 주려 했고, 아가씨는 안드레스를 향한 연정에 사로잡혀 더 이상 그와 헤어지지 않고 추운 독일로 따라가려 했다. 안드레스의 청과 조르지나의 눈물에 마음이 움직인 바흐 백작은 조르지나가 마부석에서 사랑하는 안드레스 옆에 앉아 고된 여행을 함께하도록 허락했다. 이탈리아 국경을 빠져나오기도 전에 벌써 안드레스는 조르지나와 결혼식을 치렀다. 이제 마침내 일행이 바흐 백작의 영지에 돌아왔을 때 백작은 자신의 충성스러운 종복에게 제대로 보답해야겠다고 생각했고 안드레스를 사냥터지기로 임명했다. 안드레스는 조르지나와 늙은 하인을 데리고 외딴 거친 숲으로 들어갔고 밀렵꾼들과 나무 도둑들로부터 숲을 지키는 임무를 맡았다. 안드레스는 바흐 백작이 약속한 것처럼 풍족한 삶을 바랐지만 그러기는커녕 힘겹고 고생스러우며 곤궁한 생활을 했고 곧 근심과 불행에 빠졌다. 백작에게서 현금으로 받는 적은 급료로는 안드레스 자신과 조르지나가 입을 옷을 마련하기에도 빠듯했다. 나무를 팔아 얼마 안 되는 수익이 수중에 들어오기도 했지만 그 벌이는 드물었고 불확실했다. 그래서 안드레스는 뜰을 경작하고 이용하여 생계를 꾸렸지만 늑대들과 멧돼지들이 뜰을 망가뜨려 놓기 일쑤였다. 안드레스가 나름대로 하인과 파수를 서 보아도 종종 하룻밤 사이에 생계의 마지막 희망이 물거품이 되어 버리곤 했다. 게다가 그는 항상 나무 도둑들과 밀렵꾼들에게 생명을 위협받았다. 성실하고 경건한 사내인 안드레스는 모든 유혹에 맞섰으며 부정한 재물을 취하느니 궁핍하게 사는 편을 택했고 자신의 직무를 착실하고 의연하게 수행했다. 그래서 나무 도둑들과 밀렵꾼들이 위태롭게 그를 뒤쫓았고 충직한 사냥개들만이 밤에 도적 패거리의 습격으로부터 주인을 지켜 주었다. 거친 숲속의 기후와 생활 방식에 전혀 익숙지 않은 조르지나는 눈에 띄게 시들어 갔다. 갈색 기가 도는 얼굴색은 누르칙칙하게 변했고, 광채를 발하는 생기발랄한 눈은 어두워졌으며, 통통하고 풍만한 몸매는 날이 갈수록 점점 수척해졌다. 자주 그녀는 달 밝은 밤에 잠에서 깨었다. 멀리에서 탕탕거리는 총성이 숲을 가로지르고 개들이 울부짖으면 남편이 조용히 잠자리에서 일어나 하인과 웅얼거리며 살그머니 집을 나가 숲으로 갔다. 그러면 그녀는 자신과 성실한 남편을 이 끔찍한 황무지로부터, 늘 도사리는 죽음의 위험으로부터 구원해 달라며 하느님과 성자들에게 열렬히 기도를 드렸다. 사내아이를 해산한 후 조르지나는 결국 병상에 눕고 말았다. 그녀는 점점 쇠약해졌고 자신의 최후를 눈앞에 보았다. 불행한 안드레스는 멍하니 생각에 잠긴 채 천천히 주위를 서성였다. 아내의 병과 함께 모든 행복이 그에게서 사라져 버렸다. 야생 동물들은 약 올리는 허깨비처럼 덤불 속에서 밖을 내다보다가 그가 방아쇠를 당기는 즉시 공중에서 먼지처럼 사라져 버렸다. 그는 더 이상 사냥감을 맞힐 수 없었고, 바흐 백작에게 의무적으로 바칠 야생 동물은 숙련된 사수인 하인이 혼자서 마련했다. 언젠가 안드레스는 조르지나의 침대 가에 앉아서, 죽도록 기진맥진한 나머지 거의 숨도 쉬지 않는 사랑하는 아내를 뚫어져라 바라보고 있었다. 그는 먹먹하고 소리 없는 아픔 속에서 아내의 손을 잡고 있었고 먹을 게 없어 허덕이는 사내아이의 신음 소리를 듣지 못했다. 하인은 아껴 모아 둔 마지막 돈으로 병든 조르지나의 원기를 북돋아 줄 것을 좀 구해 오려고 이른 아침에 벌써 풀다로 떠났다. 폭풍이 끔찍한 비탄조로 날카로운 소리를 내며 울부짖고 개들이 불행한 주인 주위에서 절망스럽게 한탄하듯 끙끙댈 뿐, 위안을 주는 인간 존재라고는 어디에서도 찾을 수 없었다. 그때 안드레스는 갑자기 집 앞으로 무언가 다가오는 소리를 들었다. 사람의 발소리 같았다. 아직 돌아오기에는 너무 이른 시각이었지만 그는 하인이 오는가 보다고 생각했다. 그런데 개들이 급하게 달려 나가 마구 짖어 댔다. 그렇다면 낯선 사람이 분명했다. 안드레스는 몸소 문 앞으로 나갔다. 그때 키가 크고 수척한 남자가 회색 외투를 입고 여행용 모자를 깊이 눌러 쓴 모습으로 다가왔다. "아이고." 낯선 남자가 말했다. "어쩌다 이런 숲속에서 헤매게 됐는지! 폭풍이 산에서부터 내려오며 미친 듯이 날뛰고 있습니다. 끔찍한 날씨를 만난 거죠. 주인장, 댁에 들어가서 고단한 여행길에 지친 몸을 회복하고 기운을 얻어 여정을 계속할 수 있도록 허락해 주시겠습니까?" 슬픔에 빠진 안드레스가 대답했다. "아. 저희 집은 형편이 궁핍하고 곤궁한 지경입니다. 푹 쉴 수 있을 의자 말고는 기운을 차리도록 드릴 만한 게 거의 없습니다. 제 불쌍한 병든 아내에게조차도 줄 것이 없지요. 하인을 풀다로 보냈는데 늦은 저녁이 되어야 뭔가 원기를 북돋을 만한 걸 가져올 겁니다." 두 사람은 이런 말을 주고받으며 방으로 들어갔다. 낯선 남자는 여행용 모자와 외투를 벗었다. 그는 외투 속에 배낭과 작은 상자 하나를 지니고 있었다. 그는 단검 한 자루와 작은 권총 몇 자루도 꺼내서 탁자 위에 두었다. 안드레스는 조르지나의 침대에 가 있었다. 조르지나는 의식을 잃은 상태로 누워 있었다. 낯선 남자 역시 그쪽으로 오더니 병든 여인을 날카롭고 신중한 눈빛으로 오래도록 바라보았고 그녀의 손을 움켜쥐고는 세심하게 맥을 짚었다. 안드레스가 절망에 빠져 외쳤다. "아, 신이시여, 이제 죽는가 보구나!" 그러자 낯선 남자가 말했다. "그럴 일은 결코 없습니다, 친애하는 주인장! 침착하십시오. 아내분에게는 영양가가 풍부하고 좋은 음식만 있으면 됩니다. 자극을 주면서 원기를 북돋는 약이 일단은 아주 도움이 될 겁니다. 저는 의사는 아니고 상인이지만 약학에 대해 어느 정도 압니다. 그리고 옛날 옛적부터 전해 내려오는 여러 묘약을 가지고 있습니다. 저는 그것들을 지니고 다니면서 팔기도 하지요." 이 말과 함께 낯선 남자는 작은 상자를 열고 플라스크를 하나 꺼내서 짙은 암적색 액체를 설탕 위에 몇 방울 떨어뜨리고는 그것을 병자에게 주었다. 그런 다음 배낭에서 훌륭한 라인산(産) 포도주가 든 작은 컷글라스 병을 꺼내 병자의 입에 몇 순가락 가득 떠 넣었다. 낯선 남자는 아이가 침대에 누워 엄마 품에 바싹 붙어 있게 하고 두 사람을 가만히 두라고 지시했다. 안드레스는 마치 성자가 이 외딴 곳에 내려와 위로와 도움을 주는 것 같은 기분이었다. 처음에 안드레스는 낯선 남자의 매섭고 교활한 눈빛에 겁을 먹었지만 이제 그가 세심한 관심을 보이고 불쌍한 조르지나를 돕는 것이 명백해지자 낯

선 남자에게 마음이 끌렸다. 안드레스는 주인인 바흐 백작이
베풀려 한 바로 그 은혜로 인해 자기가 궁핍하고 곤궁한 처지
에 빠졌으며 아마 살아생전에는 이 갑갑한 가난과 빈곤에서
벗어나지 못할 것이라는 이야기를 낯선 남자에게 숨김없이 털
어놓았다. 낯선 남자는 그렇지 않다며 안드레스를 위로하면서
예기치 못한 행운이 가장 희망 없는 이에게 평생의 모든 재물
을 가져다주는 일이 얼마나 자주 일어나는지 말했고 그 행운
의 주인이 되려면 아마 뭔가를 과감히 시도해야 할 거라고 했
다. "아!" 안드레스가 답했다. "저는 하느님을 믿고 성자들의 중
보를 믿습니다. 우리, 그러니까 저와 제 충실한 아내는 매일
열심히 성자들에게 기도를 드리죠. 제가 돈과 재물을 마련하
려고 대체 뭘 하겠습니까? 하느님의 지혜에 따라서 돈과 재물
이 저의 몫으로 주어지지 않았다면 그것을 얻으려 노력하는
건 죄를 짓는 일이 될 것입니다. 하지만 제가 이 세상에 있는
동안 재물을 얻는다면, 이건 아름다운 조국을 떠나 이 거친
황무지로 저를 따라온 불쌍한 아내 때문에 제가 바라는 바입
니다만, 아마 저는 천하고 속된 재물을 위해 목숨을 거는 일
없이 그리 될 것입니다." 낯선 남자는 경건한 안드레스가 하
는 말을 들으면서 아주 묘하게 미소를 지었고 뭔가 답하려 했
다. 바로 그때, 잠에 빠져 있던 조르지나가 깊은 한숨을 내쉬
며 깨어났다. 그녀는 기운이 샘솟는 느낌이었다. 아이 또한 엄
마 품에서 귀엽고 사랑스럽게 미소를 지었다. 안드레스는 기뻐
서 어쩔 줄 몰랐다. 울고 기도하고 집 안을 돌아다니며 환호했
다. 그사이에 하인이 돌아와서 가져온 양식으로 능력껏 식사

를 차렸고 낯선 남자도 식사 자리에 함께하기로 했다. 낯선 남자는 조르지나를 위해 손수 영양가 많은 고기 수프를 끓였다. 그가 직접 가져온 온갖 양념과 그 밖의 재료들을 넣는 모습을 볼 수 있었다. 늦은 저녁이 되었기에 낯선 남자는 안드레스 집에서 하룻밤을 묵어야 했다. 그는 안드레스와 조르지나가 자는 방에 짚을 깔아 잠자리를 마련해 달라고 청했다. 부탁대로 잠자리가 준비되었다. 조르지나가 걱정되어 잠을 이룰 수 없었던 안드레스는 낯선 남자가 조르지나의 호흡이 거칠어질 때면 거의 매번 벌떡 일어나는 것을, 그가 매시간 일어나 조용히 침대로 다가가 맥을 짚어 보고 그녀의 입에 약 방울을 떨어뜨려 주는 것을 알아차렸다.

아침이 밝았을 때 조르지나의 상태는 다시 눈에 띄게 호전되어 있었다. 안드레스는 낯선 남자를 수호천사라 부르며 진심을 다해 감사를 표했다. 조르지나도 아마 자신의 열렬한 기도를 들은 하느님께서 그녀를 구해 주라고 친히 그를 보낸 것 같다고 말했다. 낯선 남자는 이렇듯 격하게 터져 나오는 감사의 표현을 어떤 면에서는 번거롭게 여기는 듯 보였다. 그는 눈에 띄게 당황했으며 거듭 말하길 자신의 지식과 자신이 지니고 다니는 약으로 아픈 사람을 돕지 않는다면 필시 자기는 사람도 아닐 거라고 했다. 더군다나 감사를 표해야 할 사람은 안드레스가 아니라 자기라고 했다. 어려운 집안 사정에도 불구하고 자신을 이렇게 환대하며 받아 주었다는 것이었다. 그리고 기필코 그 은혜에 보답할 것이라 했다. 낯선 남자는 두둑한 주머니를 하나 끄집어낸 다음 금화 몇 개를 집어 안드레스에게 건넸다. "아이고." 안드레스가 말했다. "어째서, 무엇 때문에 제가 대체 이렇게 많은 돈을 받는단 말입니까? 거칠고 드넓은 숲속에서 길을 잃은 당신을 저희 집에 묵게 해 드린 건 기독교도로서 마땅히 해야 할 일이었습니다. 그리고 그것을 뭔가 감사할 만한 일로 여기신다면, 당신은 넘칠 만큼, 제가 그저 말로 표현할 수 있는 것 이상으로 보답하셨습니다. 훌륭한 의술을 갖춘 지혜로운 선생님께서는 죽을 게 뻔해 보였던 제 사랑하는 아내를 구해 주셨으니까요. 아, 선생님! 제게 베푸신 은혜를 영원히 잊지 않겠습니다. 선생님의 고귀한 행위에 제 생명과 피로 보답할 수 있는 기회를 하느님께서 주시길." 성실한 안드레스가 이 말을 하자 낯선 남자의 눈빛이 번개처럼 빠르게 번득였다. "착실한 사내여." 그가 말했다. "이 돈을 무조건 받으십시오. 아내분을 위해서라도 꼭 받아야 해요. 이 돈으로 아내분에게 더 좋은 음식을 마련해 주고 아내분을 더 잘 보살필 수 있을 겁니다. 그래야 아내분이 이전과 같은 상태로 돌아가지 않고 아이를 먹일 수 있습니다." "아, 선생님." 안드레스가 답했다. "용서하십시오. 하지만 제 내면의 목소리는 제가 받을 자격이 없는 돈을 받아서는 안 된다고 하는군요. 저는 이 내면의 목소리를 제 보호성인의 계시처럼 늘 신뢰하며 그것은 이제껏 제 삶을 안전하게 인도해 주고 육체와 영혼의 모든 위험으로부터 저를 지켜 주었습니다. 선생님께서 아량을 베풀어 이 불쌍한 자에게 또 한 가지 일을 해 주고 싶으시다면, 비약 한 병을 남겨 두고 가 주십시오. 그 약의 힘으로 아내가 완전히 낫도록 말입니다." 조르지나가 침대에서 몸을 일으켰다. 그녀가 안드레스에게 던지는 고통에 찬 애처로운 눈빛은 이번에는 내면의 저항에 그토록 엄격히 따르지 말고 인자한 남자의 선물을 받으라며 간청하는 듯했다. 낯선 남자는 그것을 눈치채고 말했다. "제 돈을 절대 안 받으실 생각이라면 사랑하는 아내분께 이 돈을 드리지요. 아내분께서는 당신을 괴로운 곤궁에서 구하려는 제 선의를 무시하지 않으시겠죠." 이 말과 함께 그는 다시 한번 주머니에 손을 넣었고 조르지나에게 다가가면서 앞서 안드레스에게 건넨 만큼의 돈을 또다시 그녀에게 주었다. 조르지나는 기쁨으로 빛나는 눈으로 번쩍거리는 아름다운 금화를 보았다. 그녀는 한마디 감사의 말도 입 밖에 내지 못했고 맑은 눈물이 뺨을 타고 줄줄 흘러내렸다. 낯선 남자는 잽싸게 그녀로부터 몸을 돌리고 안드레스에게 말했다. "이봐요, 친애하는 주인장! 제가 드리는 선물을 안심하고 받아도 됩니다. 저한테는 그런 게 넘쳐 나고 그중 일부만 나누어 드리는 것이니. 고백하건대 저는 겉보기와는 다른 사람입니다. 수수한 옷차림을 보고, 그리고 가난한 떠돌이 장사꾼처럼 도보로 여행하는 모습을 보고 분명 당신은 제가 가난한 사람이고 견본시와 연시(年市)에서 소소한 벌이로 근근이 살아간다고 생각할 테지요. 하지만 말씀드리건대 저는 여러 해 전부터 일급 보석들을 가지고 성공적으로 장사를 해 오면서 굉장한 부자가 되었습니다. 하지만 옛 습관에 따라 소박한 생활 방식만은 그대로 유지하고 있죠. 이 작은 배낭과 상자에는 귀한 장신구들과 값진 보석들이 들어 있습니다. 보석 중 일부는 까마득한 고대에 세공되었고 모두 수천, 수만의 값어치가 나가는 물건들이죠. 저는 이번에 프랑크푸르트에서 거래를 하면서 이문을 아주 많이 남겼기 때문에 당신의 사랑하는 아내분에게 선물한 것은 제가 얻은 수익의 백분의 일에도 한참 미치지 않을 겁니다. 더군다나 저는 아무 대가 없이 돈을 드리는 게 아니라 그 대신 온갖 호의를 베풀어 줄 것을 요구하는 겁니다. 저는 평소처럼 프랑크푸르트에서 카셀로 가려다가 골짜기에서 엉뚱한 길로 빠지고 말았습니다. 그사이 저는 평소 여행자들이 꺼리는 이 숲을 통과하는 길이 도보 여행자에게 정말이지 운치 있다는 것을 알게 되었습니다. 그래서 앞으로 똑같은 여정을 할 때 항상 이 길을 이용하고 당신 집에 들르고 싶습니다. 따라서 저는 매년 두 번 이곳을 찾아올 것입니다. 그러니까 부활절에, 프랑크푸르트에서 카셀로 여행하는 중에 들르고, 또 늦가을에, 라이프치히 미하엘리스 견본시에서 프랑크푸르트로 가는 길에, 그곳에서 스위스랑 아마 벨쉬란트로도 갈 텐데, 그 길에 들를 겁니다. 그러면 당신은 넉넉한 사례금을 받고 하루, 이틀 아니면 어쩌면 사흘 동안 저를 댁에 묵게 해 주면 됩니다. 이것이 첫 번째 부탁입니다.

또한 부탁드리건대 제가 다음 가을에 다시 들를 때까지 이 상자를 맡아 주십시오. 카셀에서는 필요 없는 물건들이 들었는데 여행할 때 걸리적거리거든요. 이 물건들이 수천의 값어치를 가진다는 점을 숨기지 않겠습니다. 하지만 그렇다고 더욱 신경 써 달라고 하고 싶지는 않습니다. 당신이 보여 준 성실하고 독실한 태도를 감안했을 때 저는 당신이 제가 남겨 두고 가는 물건을 아무리 사소한 것이라도 세심하게 보관하리라고 믿으니까요. 더욱이 상자 속에 넣어 잠가 둔 것처럼 큰 값 어치를 가진 물건들이라면 확실히 잘 맡아 두시겠지요. 자, 이 것이 당신에게 원하는 두 번째 부탁입니다. 제가 바라는 세 번째 부탁은 아마 당신에게 가장 어려운 일일 테지만 저에게는 지금 가장 필요한 일이지요. 딱 오늘만, 사랑하는 아내분 곁을 떠나 숲 밖으로 히르슈펠트 방면 도로까지 길을 안내해 주십시오. 저는 그곳에서 지인들 집에 들른 다음 카셀로 여행을 계속할 것입니다. 저는 숲길을 잘 모르니 또 한 번 길을 잃을 수 있고, 뿐만 아니라 당신처럼 성실한 사내의 집에 묵지 않고 서는 이 지방이 썩 안전하지 않기도 하니까요. 이 지방 출신 사냥꾼인 당신은 아무 해도 당하지 않겠지만 저같이 홀로 여 행하는 사람은 위험에 처할지도 모릅니다. 프랑크푸르트에서 사람들이 말하길 전에 샤프하우젠 지방을 위험하게 만들었고 위로 스트라스부르까지 퍼졌던 도적패가 이제 풀다 지방으로 넘어왔다더군요. 라이프치히에서 프랑크푸르트로 여행하는 상인들을 공략하면 이전에 활동하던 곳에서보다 더 높은 수 익이 보장되니까요. 그 도적패가 프랑크푸르트에서부터 제가 부유한 보석상인 걸 미리 알고 저를 노릴지 몰라요. 충분히 그 럴 수 있죠. 그러니 제가 아내분을 구해 드린 데 대해 감사를 받아 마땅하다면 이 숲에서 나가는 길을 안내해 주십시오. 그 거면 충분한 보답이 될 수 있습니다." 안드레스는 요구하는 모 든 것을 기꺼이 들어줄 용의가 있었고 낯선 남자가 원하는 대 로 곧장 길을 나설 채비를 갖췄다. 안드레스는 사냥꾼 제복을 입고 쌍발총과 유용한 사냥칼을 찼고 개 두 마리를 줄에 매라고 하인에게 지시를 내렸다. 그동안 낯선 남자는 작은 상자를 열고 호화롭기 그지없는 장신구며 목걸이며 귀고리며 팔찌를 꺼내 조르지나의 침대 위에 늘어놓았고 이에 조르지나는 놀라움과 기쁨을 전혀 감출 수 없었다. 이제 낯선 남자는 그녀에게 가장 아름다운 목걸이 중 하나를 두르고 굉장히 예쁘게 생긴 팔에 화려한 팔찌들을 차 보라고 권했으며 그러고 나서 작은 손거울을 그녀 앞에 대 주었다. 조르지나는 거울에 비친 제 모습을 마음껏 들여다볼 수 있었고 어린아이처럼 즐거워하며 환성을 질렀다. 그러자 안드레스가 낯선 남자에게 말했다. "아, 선생님! 어째서 제 불쌍한 아내의 욕망을 부추겨 자기에게 결코 걸맞지 않고 전혀 어울리지도 않는 물건들로 치장을 하게 만드십니까. 제 말을 나쁘게 받아들이지 마십시오, 선생님! 하지만 제가 처음 나폴리에서 만났을 때 저의 조르지나가 목에 걸고 있던 소박한 붉은 산호 목걸이가 제게는 휘황찬란한 장신구보다 천 배 더 마음에 듭니다. 제게는 그 물건이 정말이지 허황되고 거짓되어 보입니다." "당신은 지나치게 엄격한 사람이군요." 낯선 남자가 조롱하듯 웃으며 말했다. "아내분이 아픈 와중에 제가 가진 아름다운 장신구들로 치장을 하며 순수한 즐거움을 누리는 걸 절대 가만히 내버려 두지 않으시니 말입니다. 이 장신구들은 결코 거짓된 것이 아니라 정말 참된 것입니다. 이런 물건이 바로 여자들을 굉장히 기쁘게 한다는 걸 모르시는 겁니까? 그리고 이런 호사가 아내분에게 걸맞지 않다고 말씀하셨는데, 제 생각은 정반대입니다. 아내분은 이렇게 꾸며도 될 만큼 충분히 예쁩니다. 그리고 아내분이 이런 장신구를 직접 소유하고 차고 다닐 만큼 충분히 부유해질지도 모르는 거 아닙니까." 안드레스는 몹시 진지하고 확고한 어조로 말했다. "부탁입니다! 그런 이해할 수 없고 위험한 말씀은 삼가 주십시오! 그런 속된 호사와 사치를 향한 헛된 욕망에 사로잡혀 우리의 가난한 처지를 더 답답하게 느끼고 모든 삶의 평화와 모든 유쾌함을 잃도록 제 불쌍한 아내를 현혹하시려는 겁니까? 그 아름다운 물건들을 챙겨 넣으십시오, 선생님! 돌아오실 때까지 성실하게 맡아 두겠습니다. 그런데 만일, 그런 일은 없어야겠지만, 그사이 당신에게 불행이 닥쳐서 이 집에 돌아오지 못하게 된다면, 그럼 제가 누구에게 상자를 내주어야 합니까? 그리고 제가 당신을 얼마나 기다린 다음에, 당신이 말하는 자에게 보석들을 건네주어야 합니까? 또 선생님 성함은 어떻게 되십니까?" "제 이름은." 낯선 남자가 답했다. "이그나츠 데너이고 알다시피 상인입니다. 저는 아내도 아이도 없고 친척들은 발리스주[2]에 삽니다. 하지만 저는 그들을 결코 사랑하거나 존경할 수가 없습니다. 제가 아직 가난하고 곤궁하던 시절에 그 사람들은 저를 거들떠보지도 않았으니까요. 제가 삼 년 후에도 나타나지 않으면 마음 편히 상자를 가지십시오. 보나마나 당신과 조르지나 두 사람은 제게서 그 많은 유산을 받기를 거부할 테니 그 경우 보석이 든 상자를 당신의 아이에게 주겠습니다. 아이가 견진성사를 받을 때 이그나티우스란 이름을 붙여 주시기를 청합니다." 낯선 남

---

2) 스위스 남부에 있는 주.

자가 이렇듯 이례적으로 아낌없이 베풀고 아량을 보이자 안드레스는 이를 어떻게 받아들여야 할지 정말로 몰랐다. 그는 낯선 남자 앞에서 완전히 말문이 막힌 채 서 있었다. 그사이 조르지나는 낯선 남자의 선의에 감사를 표했고, 머나먼 힘든 여행길에서 그를 보호해 주고 항상 이 집으로 무사히 돌아오게 해 달라고 하느님과 성자들에게 열심히 기도하겠다고 약속했다. 낯선 남자는 특유의 투로 기이하게 미소를 지었고 자신의 기도보다 아름다운 여인의 기도가 아마 더 효험이 있을 거라고 말했다. 그러니 기도는 그녀에게 맡겨 두고 자기는 본인의 튼튼하게 단련된 몸과 훌륭한 무기를 믿겠다고 했다.

낯선 남자의 이 말이 경건한 안드레스로선 몹시 못마땅했다. 하지만 그는 뭔가 대꾸하려다가 마지막 순간에 그냥 입을 다물었고 낯선 남자에게 이제 길을 나서자고 재촉했다. 그러지 않으면 자기가 늦은 밤에야 집에 돌아오게 되고 조르지나가 공포와 불안에 빠질 것이라고 했다.

낯선 남자는 작별할 때 조르지나에게 이렇게 말했다. 분명히 밝혀 두건대, 어차피 이 외딴 거친 숲속에서 그녀에게는 즐길거리가 하나도 없으니 그의 장신구로 치장을 해서 그녀가 즐겁다면 그래도 된다고. 조르지나는 속으로 기뻐서 얼굴이 붉어졌다. 그녀는 휘황찬란한 옷 그리고 특히 값진 보석에 대한 자기 민족[3] 특유의 욕망을 당연히 억누를 수 없었기 때문이다. ─ 이제 데너와 안드레스는 깜깜하고 황량한 숲속에

---

3) 이탈리아인을 가리킨다.

서 서둘러 앞으로 걸어갔다. 빽빽한 덤불 속에서 개들이 이리 저리 킁킁대더니 영리하고 의미심장한 눈빛으로 주인을 바라보며 짖었다. "이곳은 안전하지 않군요." 안드레스가 말하고는 총의 공이를 세우고 낯선 상인 앞에서 개들과 함께 신중하게 걸어갔다. 안드레스는 자주 나무들 속에서 바스락거리는 소리가 들리는 것 같았고 곧 멀리에서 어두운 형체들을 보았다. 형체들은 금방 다시 덤불 속으로 사라져 버렸다. 그는 개들을 풀려고 했다. "그러지 마십시오!" 데너가 소리쳤다. "장담하건대 조금도 두려워할 것 없습니다." 그가 이 말을 다 마치기도 전에 불과 몇 발짝 앞에서 헝클어진 머리에 입가에는 큰 수염이 있고 손에 총을 든 덩치 큰 검은 사내가 덤불 속에서 나왔다. 안드레스는 발사할 태세를 갖췄다. "쏘지 마요, 쏘지 마십시오!" 데너가 소리쳤다. 검은 사내는 데너에게 친근하게 고개를 끄덕이더니 나무들 속으로 사라져 버렸다. 마침내 두 사람은 숲에서 나와 통행이 잦은 도로에 다다랐다. "이렇게 안내해 주셔서 진심으로 감사드립니다. 만일 아까 우리가 본 형체들과 다시 맞닥뜨리면 신경 쓰지 말고 차분히 갈 길을 가십시오. 아무것도 알아채지 못한 양 행동하고 개들을 줄에 그대로 매어 두십시오. 그러면 아무런 위험 없이 집에 도착할 겁니다." 안드레스는 이 모든 것을, 그리고 퇴마사처럼 마법으로 적을 몰아내고 가까이 오지 못하게 하는 듯 보이는 이 기이한 상인을 어떻게 생각해야 할지 알 수가 없었다. 안드레스는 그가 대체 왜 숲길을 안내해 달라고 했는지 납득이 가지 않았다. 안드레스는 안심하고 숲을 지나 돌아갔고 의심스러운 것은 전혀 아무것도 만나지 않은 채 무사히 집에 도착했다. 조르지나는 쾌활하고 힘차게 침대에서 일어나 환희에 차 그의 품으로 달려들었다.

낯선 상인이 아낌없이 베푼 덕분에 안드레스의 가난한 살림살이는 완전히 달라졌다. 조르지나가 완전히 낫자마자 안드레스는 그녀와 풀다로 가서 꼭 필요한 생필품에다가 집안에 부족한 물건도 여럿 샀고 이로써 안드레스네는 어느 정도 살만한 모양새를 갖추었다. 또한 낯선 남자가 방문한 후로 밀렵꾼과 나무 도둑 들이 이 지역에서 몰려난 듯했고 덕분에 안드레스는 마음 놓고 직무를 수행할 수 있었다. 안드레스의 사냥운도 다시 돌아왔고 그래서 그가 쏘는 총알은 여느 때처럼 거의 빗나가는 일이 없었다. 낯선 남자는 미카엘 축일 때 다시 찾아와 사흘간 머물렀다. 집주인 부부의 완고한 거절에도 불구하고 그는 또 처음과 같이 넉넉하게 인심을 베풀었다. 낯선 남자는 자신의 의도가 그들을 잘살게 만들고 이로써 자기가 묵는 숲속의 숙소를 더 안락하고 쾌적하게 만드는 것이라고 장담했다.

이제 그림처럼 예쁜 조르지나는 더 잘 차려입을 수 있었다. 그녀는 낯선 남자가 이탈리아의 여러 지방에서 소녀들과 여인들이 땋아서 엮어 올린 머리에 꽂곤 하는 우아한 금 머리핀을 선물로 주었다며 안드레스에게 고백했다. 안드레스는 어두운 표정을 지었다. 하지만 그 순간 조르지나가 문 밖으로 뛰쳐나가더니 오래 지나지 않아 안드레스가 예전에 나폴리에서 봤을 때와 꼭 똑같이 차려입고 꾸민 모습으로 돌아왔다. 그림같이 알록달록한 꽃들을 엮어 넣은 검은색 머리칼 속에서 아름다운 금 머리핀이 휘황찬란하게 빛을 발했다. 그러자 안드레스는 낯선 남자가 조르지나가 참으로 기뻐하도록 선물을 제대로 잘 골랐다는 사실을 인정할 수밖에 없었다.

안드레스는 이를 숨김없이 말했다. 조르지나는 낯선 남자가 아마 궁핍의 구렁텅이에 빠진 자신들을 끌어올려 부유하게 만들어 주는 수호천사 같다고, 안드레스가 왜 계속 그 낯선 사람을 대할 때 그토록 말수가 적고, 그토록 마음을 터놓지 않으며, 도대체 왜 그토록 우울하고, 그토록 생각에 잠기는지 도무지 이해할 수 없다고 했다. "아, 사랑하는 여보!" 안드레스가 말했다. "그때 그 낯선 남자에게 절대 아무것도 받아서는 안 된다고 크게 말하던 내면의 목소리가 지금까지 전혀 그치지 않고 있어. 나는 내면에서 들려오는 비난 때문에 자주 고통을 받고 있어. 그 낯선 남자의 돈과 함께 부당한 재물이 우리 집에 들어온 것 같은 느낌이고 때문에 나는 그 돈으로 마련한 어느 것에도 제대로 기뻐할 수 없어. 아마 이제 나는 영양가 있는 음식과 포도주 한 잔으로 더 자주 기운이 나겠지. 하지만 자, 사랑하는 조르지나! 예전에 어쩌다 나무를 잘 팔았을 때, 하느님 덕에 성실하게 일해서 평소보다 몇 푼 더 벌었을 때 마시던 보잘것없는 포도주가 지금 그 사람이 가져다주는 훌륭한 포도주보다 내게는 훨씬 맛이 좋았어. 나는 그 기이한 상인과 절대 친해질 수 없어. 그래, 그 사람이 있으면 몹시 섬뜩한 기분이 들 때가 많아. 혹시 눈치챘어, 조르지나? 그가 아무도 똑바로 쳐다보지 못한다는 거 말이야. 그러면서 깊숙이 자리한 작은 눈이 이따금 아주 기이하게 번득이지. 그리고 그 사람은 우리가 소탈한 이야기를 할 때 자주 — 말하자면 몹시 비열하게 웃고 그럼 나는 등골이 오싹해져. — 아, 내가 속으로 생각하는 게 사실이 아니길. 하지만 온갖 불길한 재앙이 배후에 있는 것 같은 느낌이 자주 들어. 그 낯선 남자가 우리를 교묘한 올가미로 옭아 맨 다음 단번에 재앙을 불러올 것만 같아."

조르지나는 불길한 생각을 하지 않도록 남편을 설득하려 애썼다. 자신이 조국에서 자주, 특히 양부모의 여관에서 그보다 훨씬 불쾌한 외모를 가진 사람들을 봐 왔지만 그들이 알고 보니 지극히 좋은 사람들이었다고 장담했다. 안드레스는 마음이 편해진 듯 보였지만 속으로는 경계를 늦추지 않기로 마음먹었다.

굉장히 예쁘고 엄마를 꼭 빼닮은 안드레스네 사내아이가 막 구 개월이 되었을 때 낯선 남자가 다시 안드레스네 집에 들렀다. 그날은 조르지나의 영명축일이었다. 그녀는 아이를 낯설고 특이하게 단장시키고 자신이 좋아하는 나폴리식 복장을 차려입었으며 평소보다 좋은 음식을 준비했다. 낯선 남자는 배낭에서 훌륭한 포도주 한 병을 내놓았다. 이제 모두가 즐겁게 식탁에 앉고 작은 사내아이가 몹시 총명한 눈으로 주위를 둘러볼 때 낯선 남자가 말하기 시작했다. "두 분의 아이는 특별한 소질을 가져서 정말로 벌써부터 앞날이 창창하군요. 두 분께서 아이를 제대로 교육할 형편이 못 될 거라는 점이 유감스럽습니다. 한 가지 제안을 드리고 싶습니다. 두 분은 제가 오직 두 분을 행복하고 잘살게 만들려는 생각에서 이런 제안을 한다는 점을 헤아리면서도 그것을 거절하려 하실 테지만요. 아시다시피 저는 부유한 사람이고 자식이 없습니다. 저는 두 분의 아이에게 아주 특별한 사랑과 애착을 느끼고 있습니다. ― 아이를 제게 주십시오! ― 제가 아이를 스트라스부르로 데려가 제 친구인 명망 있는 노부인에게 맡기겠습니다. 그곳에서 아이는 최상의 교육을 받고 두 분에게나 저에게나 큰 기쁨을 안겨 줄 것입니다. 두 분은 이 아이를 맡김으로써 큰 짐을 더는 겁니다. 그런데 빨리 결정을 내리셔야 합니다. 저는 오늘 저녁 안에 떠나야 하니까요. 아이를 품에 안고 가까운 마을까지 간 다음 그곳에서 마차를 탈 겁니다." 이 말에 조르지나는 낯선 남자가 자기 무릎에 앉히고 흔들거려 주던 아이를 서둘러 낚아채서 가슴에 꼭 끌어안았고, 그동안 그녀의 눈에서는 눈물이 났다. "이보십시오, 선생님!" 안드레스가 말했다. "제 아내가 선생님의 제안에 답하는 것처럼 저도 똑같은 생각입니다. 정말 좋은 의도로 하신 말씀이겠죠. 하지만 어떻게 저희가 이 세상에서 가진 가장 소중한 것을 뺏어가려 하십니까? 비록 저희는 선생님의 호의로 가난에서 벗어났지만, 만약 저희가 아직 심한 곤궁에 빠져 있더라도 이 아이는 저희의 삶을 즐겁게 해 줄 텐데 어떻게 이런 아이를 짐이라 하실 수 있습니까? 이보십시오, 선생님! 스스로 말씀하시길 아내도 자식도 없다고 하셨죠. 그래서 선생님께서는 한 아이가 태어날 때 말하자면 열린 천국의 영광으로부터 남편과 아내에게 쏟아져 내리는 더없는 행복을 모르시는 것 같습니다. 말없이 조용히 엄마 품속에 누워 있으면서도 유창한 혀로 부모의 사랑을, 부모의 지극한 삶의 행복을 말하는 자식을 바라볼 때 부모의 마음을 사로잡는 것은 가장 순수한 사랑이자 천국의 환희 그 자체입니다. ── 안 됩니다, 선생님! 당신이 저희에게 베푼 친절이 아무리 커도, 그것은 저희 아이가 가진 가치에는 한참 못 미칩니다. 이 소유물에 비견할 만한 보물이 세상에 어디 있겠습니까? 그러니 무리한 요구를 이렇게 딱 잘라 거절한다고 해서 저희를 배은망덕하다고 책망하지 마십시오! 만일 당신 자신도 아버지라면 저희가 죄송하다 어쩌다 할 필요가 없을 겁니다." ── "자, 자." 낯선 남자가 어둡게 옆을 바라보며 답했다. "아드님을 부유하고 행복하게 만들어 드리면 두 분에게 좋은 일을 하는 거라고 생각했습니다. 탐탁지 않으시다면 이 이야기는 이제 그만둡시다." ── 조르지나는 마치 아이가 큰 위험에서 구출되어 돌아온 양 아이에게 입을 맞추고 아이를 껴안았다. 낯선 남자는 다시 아무렇지 않은 듯 쾌활한 태도를 취하느라 노력하는 기색이 역력했다. 하지만 아이를 달라는 청을 주인 부부가 거절한 것을 그가 얼마나 언짢아하는지 아주 훤히 알 수 있었다. 그는 앞서 말한 것처럼 그날 중으로 길을 나서는 대신 사흘을 더 머물렀다. 하지만 보통 때처럼 조르지나와 집에 머무르지 않고 안드레스와 함께 사냥을 나갔으며 그 참에 알로이스 폰 바흐 백작에 대해 많은 것을 물었다. 그 후 이그나츠 데너가 다시 친구인 안드레스네 집에 들렀을 때 그는 아이를 데려가려는 계획에 대해 더는 생각하지 않았다. 그는 전처럼 나름의 방식대로 친절하게 굴었고 계속해서 조르지나에게 후한 선물을 주었다. 또한 자기가 안드레스에게 맡겨 놓은 상자에서 원할 때마다 보석을 꺼내 치장을 하라며 그녀에게 자꾸만 권했다. 조르지나는 이따금 남몰래 실제로 그렇게 했다. 여느 때처럼 데너는 자주 아이를 데리고 놀려 했지만 아이는 함께 놀기를 거부하면서 울었다. 아이는 자기를 부모에게서 빼앗아 가려는 적대적인 계획에 대해 뭔가 아는 양 이제 절대로 낯선 남자에게 가려 하지 않았다. ── 꼬박 이 년 동안 낯선 남자는 여행 중에 안드레스네를 방문했다. 시간과 습관은 마침내 데너를 향한 두려움과 불신을 이겨냈고 그리하여 안드레스는 자신의 부유함을 평온하고 유쾌하게 누렸다. 삼 년째 가을, 데너가 보통 들르곤 하던 시기가 벌써 지났을 때였다. 어느 폭풍우 치는 밤에 누가 안드레스네 집 문을 세차게 두드렸고 여러 사람의 거친 목소리가 그의 이름을 불렀다. 안드레스는 화들짝 놀라 침대에서 벌떡 일어났다. 깜깜한 밤에 이렇게 잠을 방해하는 게 누구냐고, 곧장 개들을 풀어 불청객들을 쫓아낼 거라고 창 쪽을 향해 말하자 누군가가 문 좀 열어 달라고, 친구가 왔다고 했다. 안드레스는 데너의 목소리를 알아들었다. 안드레스가 불을 들고 집 문을 열자 데너가 홀로 다가왔다. 안드레스는 여러 사람의 목소리가 자기 이름을 불렀던 것 같다고 말했다. 데너는 안드레스가 필시 바람이 울부짖는 소리를 착각한 거라고 말했다. 두 사람은 방으로 들어섰다. 안드레스는 데너를 자세히 살펴보고 옷차림이 완전히 달라진 것을 알아보고는 적잖이 놀랐다. 데너는 소박한 희색 옷과 외투 내신 암적색 더블릿[4]을 입고 폭이 넓은 가죽 허리띠를 차고 있었는데 거기에 단검 하나와 피스톨 네 정이 꽂혀 있었다. 그 밖에 그는 사브르[5] 한 자루로 무장하고 있었으며 얼굴 자체도 변한 듯했다. 평소 매끈하던 이마에는 이제 눈썹이 무성했고 뻣뻣한 검은색 수염이 입술과 뺨을 덮고 있었다. "안드레스!" 데너가 이글거리는 눈으로 안드레스를 쏘아보며 말했다. "안드레스! 내가 거의 삼 년 전에 자네의 아내를 죽음에서 구해 냈을 때 자네는 생명과 피로 보답할 수 있는 기회를 달라고 신에게 청했지. 자네의 소원은 이루어졌네. 이제 자네의 감사와 자네의 신의를 증명할 수 있는 때가 되었으니까. 옷을 걸치게나. 총을 챙기고 나와 함께 가세. 집에서 몇 발짝만 벗어나면 자세한 이야기를 해 주겠네." 안드레스는 데너의 터무니없는 요구를 어떻게 받아들여야 할지 알 수가 없었다. 하지만 그는 데너가 이르는 말을 또렷이 기억하고는, 올바름과 미덕과 종교에 반하지 않는 한 자기가 할 수 있는 모든 일을 할 준비가 되었다고 장담했다. "그 점에 관해서는 마음 푹 놓아도 되네." 데너가 미소 띤 얼굴로 안드레스의 어깨를 두드리며 외쳤다. 벌떡 일어난 조르지나가 불안에 덜덜 떨면서 남편을 꼭 껴안자 그것을 알아차린 데너는 그녀의 팔을 잡고 부드럽게 뒤로 당기면서 말했다. "나와 함께 가도록 남편을 보내 줘요. 몇 시간 후 다시 무사히 집에 돌아올 겁니다. 그리고 어쩌면 좋은 걸 가져올지도 모르고요. 내가

---

4) 과거 유럽에서 남자들이 많이 입던 윗옷으로 허리가 잘록하여 몸에 끼는 모양이다.
5) 살짝 휜 외날 검.

언제 당신들한테 나쁜 짓을 한 적이 있습니까? 당신들이 나를 오해할 때조차 나는 당신들에게 선의를 베풀지 않았습니까? 참으로 당신들은 유난히 의심이 많군요." 안드레스는 여전히 옷을 입기를 주저하고 있었다. 그러자 데너가 그에게로 몸을 돌리고 성난 눈빛으로 말했다. "약속을 지키길 바라네. 이제는 자네가 약속한 말을 행동으로 증명해야 하네!" 안드레스는 재빨리 옷을 걸쳤고 데너와 문으로 나가면서 다시 한번 말했다. "선생님! 당신을 위해 뭐든 하겠습니다. 하지만 옳지 않은 일을 저에게 요구할 수는 없습니다. 저는 제 양심에 어긋나는 일은 아무리 사소한 것이라도 할 수 없을 테니까요." 데너는 아무 대답도 하지 않고 빠르게 앞으로 나아갔다. 두 사람은 우거진 수풀을 뚫고 들어가 널찍한 잔디밭에 다다랐다. 그곳에서 데너가 휘파람을 세 번 불자 그 소리가 소름 끼치는 협곡으로부터 주위로 메아리쳤다. 이어서 덤불 속 사방팔방에서 횃불들이 가물거리고 어둑한 길에서 바스락거리고 달그락거리는 소리가 들리더니 어둡고 무시무시한 형체들이 유령처럼 몰려나와 데너를 둥그렇게 둘러쌌다. 무리 중 하나가 앞으로 나와 안드레스를 가리키며 말했다. "새로운 동료인가 보군요. 그렇죠, 두목?" "그렇다." 데너가 대답했다. "자고 있는 걸 데려왔지. 이 녀석은 시험을 치를 거야. 이제 바로 일을 진행할 수 있어." 안드레스는 이 말을 듣자 멍한 무감각 상태에서 깨어났고 이마에 식은땀이 돋았다. 하지만 용기를 내서 격렬하게 소리쳤다. "이 비열한 사기꾼 같으니. 상인인 양 행세하더니 끔찍하고 사악한 짓을 일삼는 극악무도한 도둑놈인 거냐? 너는 사탄처럼 교묘하고 음흉하게 나를 꾀어 끌어들이려 했다 만 나는 절대 너의 동료가 되지 않을 거고 너의 파렴치한 짓 거리에 함께하지 않을 거다. ― 당장 나를 보내 줘, 이 방자한 악당아. 그리고 네 무리와 함께 이 지역에서 떠나라. 안 그러 면 네 은신처를 당국에 알릴 거고 그럼 너는 네가 저지른 파 렴치한 짓에 대한 대가를 치르게 될 거다. 이제 나는 네가 제 패거리와 함께 국경에서 행패를 부리고 강도질과 살인을 일삼 던 그 검은 이그나츠라는 걸 잘 아니 말이다. ― 당장 나를 보 내 줘. 두 번 다시 널 보고 싶지 않다." 데너가 큰 소리로 웃음 을 터뜨렸다. "이 겁쟁이 자식, 뭐라고?" 그가 말했다. "감히 나 한테 대들고 나의 뜻에, 나의 엄명에 거역하겠다고? 너는 오래 전부터 이미 우리 동료였지 않은가? 거의 삼 년 전부터 이미 우리 돈으로 살고 있지 않은가? 네 아내는 우리가 강탈한 것 들로 몸을 치장하고 있지 않은가? 너는 지금 우리와 함께인데 이것저것 누리기만 하고 일은 하지 않겠다고? 만일 네가 우리 를 따르지 않는다면, 네가 곧바로 우리의 든든한 동료로서 행 동하지 않는다면, 너를 묶어서 우리 동굴 속에 처넣고 우리 패거리를 네 집으로 보내 집을 불사르고 네 아내와 네 아이를 죽여 버릴 것이다. 네가 고집을 피우면 그와 같은 결과를 낳을 뿐이야. 하지만 내가 그런 조치를 취해선 안 되겠지. 자! ― 선 택해라! ― 이제 떠날 시간이다!"― 이제 안드레스는 자신이 조금이라도 거부하면 사랑하는 조르지나와 아이가 목숨을 잃 게 되리라는 것을 잘 알았다. 그래서 속으로는 교활한 배신자 인 데너를 지옥에나 가라고 저주하면서, 겉으로는 그의 뜻에

순종하는 모습을 보이자고 마음먹었다. 다만 도둑질과 살인에는 전혀 관여하지 않고 도적패의 은신처에 더 깊숙이 들어가서 기회를 노리다 좋은 기회가 오는 즉시 패거리가 체포되게 만들자고 결심했다. 마음속으로 이렇게 결단을 내린 뒤 안드레스는 데너에게 이야기하길, 마음이 내키지 않지만 조르지나를 구해 준 데 대한 감사를 표하기 위해 무언가를 할 의무가 자기에게 있다고, 따라서 원정에 함께하겠다고, 다만 부탁하건대 자신은 신참이니 실제 행동에 가담하는 일은 가급적 면하게 해 달라고 했다. 데너는 잘 결정했다고 칭찬하며 덧붙여 말하길, 정식으로 패거리로 넘어오라는 요구는 절대 안 한다고 했다. 그보다는 사냥터지기로 계속 남으라고, 안드레스가 사냥터지기인 것이 자신과 패거리에게 지금 이미 굉장히 이득이며 앞으로도 그럴 것이라고 했다.

도적패의 계획은 다름 아니라 마을에서 멀리 떨어진 곳에 있는 한 부유한 소작인의 집을 습격해 약탈하는 것이었다. 도적패는 그 소작인이 많은 돈과 귀중품을 소유했을 뿐 아니라 곡식을 팔아 받은 거액의 돈을 현재 보관 중이라는 것을 알았고 그렇기에 더더욱 짭짤한 노획물을 기대하고 있었다. 횃불이 꺼지고 도적패는 좁은 샛길을 조용히 지나 건물에 바싹 다가갔고 패거리 중 몇몇이 건물을 에워쌌다. 다른 이들은 담장을 타고 넘어가 안에서 대문을 부숴 열었다. 몇몇은 세워 망을 보게 했는데 안드레스는 그중 하나였다. 곧 그는 도적패가 문들을 부숴 열고 집 안으로 달려 들어가는 소리를 들었다. 도적들이 욕설을 퍼붓고 외쳐 대는 소리, 학대받는 사람들이 울부짖는 소리가 들렸다. 그리고 총성이 한 발 울렸다. 용감한 사내인 소작인이 아마 저항을 한 듯싶었다. — 이어서 조용해졌다. — 부서진 자물쇠들이 덜그럭거렸고 도적들이 궤짝 여러 개를 대문으로 끌고 나갔다. 소작인 쪽 사람 중 하나가 어둠 속에서 달아나 마을로 달려간 게 틀림없었다. 왜냐하면 갑자기 경종 소리가 밤을 가르며 울리고 곧이어 밝게 타오르는 불을 든 무리가 길을 올라와 소작인 집으로 몰려왔기 때문이다. 이제 연달아 총성이 울렸다. 도적패는 마당에 모인 뒤 담장에 다가오는 것은 모조리 쓰러뜨려 버렸다. 앞서 도적패는 횃불을 켜 놓았다. 언덕 위에 서 있던 안드레스는 모든 것을 위에서 내려다볼 수 있었다. 그는 농부들 사이에서 자기 주인인 바흐 백작의 하인 제복을 입은 사냥꾼들을 보고 경악했다! — 이제 어쩌지? — 그들에게로 가는 것은 불가능했다. 최대한 빨리 도망가는 것만이 자신을 구할 수 있는 길이었다. 하지만 그는 마치 마법에 걸려 굳은 듯 서서 소작인 집 마당을 응시했다. 그곳에서 싸움은 점점 살벌해지고 있었다. 다른 쪽에 있는 작은 문을 통해 바흐 백작의 사냥꾼들이 돌입하여 도적패와 접전을 벌였기 때문이다. 도적패는 퇴각할 수밖에 없었다. 그들은 싸우면서 대문을 통과하고 안드레스가 있는 곳을 향해 몰려왔다. 안드레스는 데너의 모습을 보았다. 데너는 쉼 없이 총을 장전하고 쏘았으며 그의 총알은 백발백중이었다. 부유한 옷차림을 하고 바흐 백작의 사냥꾼들에게 둘러싸인 한 젊은이가 지휘관 역할을 하는 것 같았다. 데너는 그에게 총을 겨누었다. 하지만 미처 방아쇠를 당기기도 전에 총알을 맞고는 둔탁한 외침과 함께 쓰러졌다. 도적패는 달아났고 어느새 바흐 백작의 사냥꾼들이 돌진해 왔다. 그때 흡사 저항할 수 없는 힘에 내몰린 듯 안드레스가 뛰어가서 데너를 구했다. 건장한 안드레스는 데너를 어깨에 들쳐 메고 부리나케 달아났다. 그는 추적을 당하지 않고 다행히도 숲에 다다랐다. 이따금 총성 몇 발만이 울리더니 곧 완전히 조용해졌다. 이로써 부상을 입고 쓰러져 낙오되지 않은 도적들이 숲속으로 달아나는 데 성공했고 사냥꾼들과 농부들이 우거진 수풀을 뚫고 들어가지 않기로 했다는 것을 알 수 있었다. "나를 내려 주게, 안드레스!" 데너가 말했다. "발을 다치고 재수 없게도 넘어졌지. 상처가 굉장히 아프네만, 내 생각에 절대 대수로운 건 아니야." 안드레스는 데너를 내려 주었고 데너는 주머니에서 작은 플라스크를 꺼냈다. 데너가 플라스크를 열자 밝은 빛이 흘러 나왔고 덕분에 안드레스는 상처를 자세히 살펴볼 수 있었다. 데너 말이 옳았다. 탄환이 오른발을 세게 스쳐 지나간 것뿐이었고 그곳에서 피가 심하게 났다. 안드레스는 손수건으로 상처를 동여매 주었다. 데너가 예의 휘파람을 불자 멀리에서 답이 들려왔다. 이제 데너는 좁은 숲길을 따라 조심조심 안내해 달라고 부탁했다. 곧 패거리가 그곳에 나타날 것이라 했다. 과연 오래 지나지 않아 어두운 덤불을 뚫고 불빛이 비치는 것이 보였고 두 사람은 처음 출발한 잔디밭에 다다랐다. 남은 도적들이 그곳에 이미 모여 있었다. 데너가 무리에게로 가서 안드레스를 칭찬하자 모두가 기쁨의 환호성을 터뜨렸다. 그사이 안드레스는 혼자서 깊이 생각에 잠긴 채 아무 말도 할 수가 없었다. 패거리의 절반 이상이 죽거나, 심한 부상을 입고 현장에 쓰러진 채 낙오되었음이 확인되었다. 노획물을 안전한 곳으로 나르는 임무를 맡았던 도적들 중 몇몇은 싸움이 벌어지는 와중에 거액의 돈과 아울러 귀중품이 든 궤짝 몇 개를 빼내는 데 성공했고, 비록 계획이 어긋나기는 했어도 상당한 노획물이 남아 있었다. 이제 필요한 일들을 상의하고 있을 때였다. 그사이 제대로 붕대를 감고 이제는 거의 아픔을 느끼지 않는 듯 보이는 데너가 안드레스 쪽으로 몸을 돌리고 말했다. "나는 자네의 아내를 죽음으로부터 구해 주었고, 자네는 오늘 밤 나를 잡히지 않게 도와주고 그로써 불 보듯 뻔한 죽음으로부터 나를 해방해 주었네. 우리는 비긴 거야! 집으로 돌아가도 좋네. 앞으로 며칠 후, 어쩌면 내일일지도 모르는데, 우리는 이 지방을 떠날 걸세. 그러니 마음 푹 놓아도 돼. 오늘과 같은 일을 자네에게 다시 요구하지는 않을 테니까. 자네는 정말이지 독실한 바보이고 우리한테는 쓸모가 없는 사람이야. 그래도 오늘 노획한 물건 중 자네 몫을 챙기고 나를 구해 준 데 대한 보답을 받는 게 마땅한 일일세. 그러니 이 돈주머니를 받고 나에 대해 좋은 기억을 간직하게나. 나는 나중에 자네 집에 들르기를 바라니 말이야." 그러자 안드레스가 격하게 대답했다. "당신의 수치스러운 노획물에서 단 1페니히도 받지 않도록 주님께서 나를 지켜 주시길. 추악하기 그지없는 위협을 받아 어쩔 수 없이 함께 갔지만 나는 이 일을 영원히 후회할 것이오. 내가 네놈을, 이 파렴치한 악당아, 네놈을 도와 정당한 벌을 면하게 해 준 건 아마 죄악일 테지. 하지만 하느님께서 나를 관대하게 용서해 주실지도. 그 순간 마치 나의 조르지나가 네놈의 생명을 구해 달라고 간청하는 것 같았다. 네가 그녀의 생명을 구해 줬으니까. 그래서 나는 내 생명과 내 명예를 잃을 위험을 무릅쓰고, 그래 내 아내와 내 아이의 행과 불행을 걸고, 네놈을 위험에서 구해 줄 수밖에 없었지. 만일 내가 다쳤더라면 어떻게 됐겠느냐? 네놈의 극악무도한 살인자 무리 속에서 죽어 있는 나의 모습이 발견됐더라면, 그래 내 가련한 아내와 내 아이가 어떻게 됐겠느냐? — 만일 네가 이 지방을 떠나지 않으면, 이곳에서 단 한 번이라도 강도질이나 살인이 일어난 것을 내가 알게 되면, 당장 풀다로 가서 당국에 네 은신처를 알릴 것이다. 이 점 똑똑히 알아 둬라." — 도적들은 안드레스에게 달려들어 그가 한 말에 대해 징벌을 가하려 했다. 하지만 데너가 그러지 말라고 명하며 말했다. "이 우둔한 놈이 지껄이는 대로 놔둬라. 그러거나 말거나 우리한테 무슨 상관이냐? — 안드레스." 데너가 말을 이었다. "자네는 내 손아귀에 들어 있어. 자네 아내와 자네 아이도 마찬가지고. 하지만 만약 자네가 집에 가만히 있으면서 오늘 밤 일에 대해 아는 것을 하나도 누설하지 않는다고 약속한다면 자네도 그렇고 자네 아내와 아이도 계속 안전할 거야. 그러지 않으면 나의 복수가 무시무시하게 자네를 덮칠 테고 더구나 당국은 자네 스스로가 이 일에 가담한 것 그리고 자네가 이미 오랫동안 나의 재물을 누린 것을 두고 그냥 넘어가지 않을 테니, 더더욱 입 다물고 있는 게 좋을 거네. 대신 다시 한번 약속하지. 나는 이 지방을 완전히 뜰 거고 적어도 나와 내 무리가 이곳에서 활동하는 일은 더 없을 거네." 안드레스는 도적 우두머리가 제시한 조건을 어쩔 수 없이 받아들이고 입을 다물기로 엄숙히 약속했다. 그러고 나서 도적 둘이 제멋대로 풀이 우거진 오솔길을 지나 넓은 숲길로 그를 데려갔다. 그가 집으로 들어가 걱정과 두려움으로 사색이 된 조르지나를 안았을 때는 아침이 훤히 밝은 지 오래였다. 안드레스는 데너가 극악무도한 악당이라는 것이 밝혀졌으며 그래서 데너와의 관계를 전부 끊었다는 사실을 조르지나에게 대강 말해 주었다. 데너가 다시는 이 집 문지방을 넘어서는 안 된다고 했다. "그런데 보석 상자는?" 조르지나가 그의 말을 끊고 말했다. 그러자 안드레스는 무거운 짐이 얹힌 듯 마음이 무거워졌다. 데너가 남겨 두고 간 보석들을 미처 생각지 못한 것이었다. 데너 또한 그것에 대해 한 마디도 하지 않은 게 이상스럽게 여겨졌다. 안드레스는 그 상자를 어떻게 해야 할지 곰곰이 생각했다. 상자를 풀다로 가져가 당국에 넘길까 생각해 봤다. 하지만 자신이 왜 상자를 가지고 있는지 둘러대는 과정에서 데너와의 약속을 어길 위험에 조금도 노출되지 않는 게 가능하겠는가? — 결국 안드레스는 우연한 기회에 데너에게 돌려주거나 아니면, 이 편이 더 좋은데, 약속을 어기지 않으면서 당국에 가져갈 수 있을 때까지 보물을 잘 보관해 두기로 마음먹었다.

소작인 집 습격 사건은 온 지방에서 적잖은 공포를 불러일으켰다. 그것은 수 년 사이 도적떼가 저지른 가장 대담한 범행이었으며, 처음에는 평범한 도둑질을 하다가 몇몇 여행자들을 막아 세우고 약탈을 일삼던 패거리가 상당히 세를 키웠음을 보여 주는 확실한 증거였기 때문이다. 소작인이 목숨을 부지하고 현금 대부분을 지킬 수 있었던 것은 오직 바흐 백작의 조카가 백부의 수하들과 함께 마침 소작인 집에서 멀지 않은 마을에서 묵다가 처음 소란이 일자 서둘러 가서, 도적들과 맞서려 나간 농부들을 도운 덕택이었다. 현장에 남아 있던 도적들 중 세 명은 다음 날에도 목숨이 붙어 있었고 상처가 회복될 희망이 보였다. 사람들은 그 세 명의 상처에 세심하게 붕대를 감아 주고 그들을 마을 감옥에 가두었다. 사흘째 되는 날 이른 아침에 그들을 연행하려고 간 사람들은 그 세 사람이 여러 군데 칼을 맞고 살해당한 것을 발견했다. 어떻게 된 일인지 도무지 짐작할 수 없었다. 이로써 붙잡힌 도적들에게서 패거리에 대해 자세한 정보를 얻으려던 재판관들의 희망은 물거품이 되어 버렸다. 안드레스는 이 모든 이야기를 듣고, 그리고 바흐 백작 수하의 여러 농부와 사냥꾼이 일부는 죽고 일부는 심하게 다쳤다는 소식을 듣고는 속으로 몸서리를 쳤다. — 풀다 기병의 정예 정찰대가 숲을 수색하고 다녔고 자주 그의 집을 찾아왔다. 안드레스는 데너 자신이, 혹은 적어도 패거리 중 한 명이 붙잡혀서 저 대담한 범행의 한패인 자신을 알아보고 고발할까 매순간 두려워할 수밖에 없었다. 살면서 처음으로 안드레스는 고문을 당하듯 고통스러운 양심의 가책을 느꼈다. 하지만 오로지 아내에 대한, 아이에 대한 사랑 때문에 데너의 무도하고 부당한 요구를 따를 수밖에 없었다.

모든 조사는 성과가 없었고, 도적패의 행적을 알아내기는 불가능했다. 곧 안드레스는 데너가 약속을 지켰으며 무리를 데리고 이 지방을 떠났다고 확신했다. 그는 데너에게 선물로 받은 돈 중 남은 것과 금 머리핀을 보석들이 든 작은 상자에 넣어 두었다. 이 이상 죄를 더하기를 원하지 않았고 노략질한 돈으로 먹고 즐기고 싶지 않았기 때문이다. 그렇게 해서 안드레스는 금방 다시 예전처럼 곤궁과 가난에 빠지게 되었다. 하지만 방해받지 않고 평온한 삶을 보내는 시간이 길어질수록 그의 내면은 점점 더 밝아졌다. 이 년이 지나고 안드레스의 아내가 사내아이를 또 하나 낳았다. 비록 그녀는 예전에 몸을 추스르는 데 도움이 된 것처럼 더 나은 음식을 먹고 더 잘 보살핌을 받기를 갈망했지만 이번에는 첫째 때와 달리 병들지는 않았다. 언젠가 저녁노을이 질 때 안드레스는 아내와 함께 오붓하게 앉아 있었다. 아내는 최근에 태어난 아이를 가슴에 안고 있었고 그동안 첫째는 주인의 총애를 받아 방 안에 있을 수 있었던 큰 개와 뒹굴며 놀았다. 그때 하인이 들어오더니 몹시 수상쩍어 보이는 사람이 벌써 한 시간 가까이 집 주위를 살금살금 돌아다니고 있다고 말했다. 안드레스가 총을 집어 나가려는 찰나에 집 앞에서 누군가 그의 이름을 불렀다. 안드레스는 창문을 열었고, 가증스러운 이그나츠 데너를 한눈에 알아보았다. 데너는 다시 회색 상인 복장을 하고 옆구리에 배낭을 끼고 있었다. "안드레스." 데너가 외쳤다. "오늘 밤 나를 자네 집에 묵게 해 주어야겠네. 나는 내일 떠날 걸세." "뭐라고? 이 뻔뻔한 악당아?" 안드레스가 노기등등해서 소리쳤다. "감히 이곳에 다시 나타나? 나는 오로지 네가 약속한 것을 이행하고 영원히 이 지방에서 떠나도록 너와의 약속을 충실하게 지키지 않았느냐? 너는 더는 우리 집 문지방을 넘어서는 안 돼. — 속히 가 버려라. 안 그러면 흉악한 악한인 네놈을 쏴 죽여 버리겠다! — 잠깐, 사탄인 네가 내 아내를 현혹하기 위해 이용한 네 돈과 장신구를 네 발밑에 던져 주겠다. 그걸 받고서 빨리 이곳을 떠나라. 사흘간 시간을 주겠다. 사흘이 지났는데도 너와 네 패거리의 존재가 어떤 식으로든 감지된다면 나는 서둘러 풀다로 가서 내가 아는 모든 걸 당국에 폭로할 것이다. 나와 내 아내에게 가한 위협을 어디 원하는 대로 실행에 옮겨 봐라. 나는 하느님의 도우심을 믿는다. 그리고 악당인 너를 내 훌륭한 총으로 명중시킬 것이다." 안드레스는 그 작은 상자를 서둘러 가져왔고 그것을 내던지려 했다. 하지만 창가에 갔을 때 데너는 이미 사라지고 없었다. 개들이 집 주변 지역을 샅샅이 수색했음에도 데너를 찾아낼 수는 없었다. 이제 안드레스는 자신이 데너의 악의에 내맡겨졌고 커다란 위험에 빠졌음을 잘 알았고 따라서 밤마다 경계를 늦추지 않았다. 하지만 아무 일 없이 계속 잠잠했고 안드레스는 데너가 그냥 혼자서 숲을 지나간 것이라고 확신하게 되었다. 그동안 자신의 불안한 상태에 종지부를 찍기 위해, 그렇다, 여러 비난으로 자신을 괴롭히는 양심을 달래기 위해 이제 그는 더 이상 침묵하지 않고 풀다의 관청에 가서 자신이 데너와 맺은 무고한 관계를 실토하는 동시에 보석이 든 상자를 넘기기로 결심했다. 안드레스는 자신이 벌을 면할 수 없다는 사실을 잘 알았지만, 사탄처럼 극악무도한 이그나츠 데너의 유혹과 강요에 의한 과오를 후회하는 자신의 고백을 믿었고 또 주인인 바흐 백작의 변호를 믿었다. 백작은 충복에게 유리한 증언을 해 주기를 거절할 리 없었다. 안드레스는 이미 하인을 데리고 여러 차례 숲을 정찰했지만 뭔가 의심스러운 것과 맞닥뜨린 적은 한 번도 없었다. 따라서 아내에게 이제 위험은 없었고 그는 주저 없이 풀다로 가서 자신의 계획을 실행하려 했다. 아침에 안드레스가 여행 준비를 마쳤을 때 바흐 백작의 사자가 오더니 당장 주인의 성으로 오라는 명을 전했다. 그래서 안드레스는 풀다로 가는 대신 사자와 함께 성으로 향했다. 주인이 이렇게 호출을 하는 건 아주 이례적인 일인데 이게 무슨 의미일까 하는 걱정이 없지 않았다. 안드레스는 성에 도착하자 바로 백작의 방으로 가야 했다. "기뻐하게, 안드레스." 백작이 외쳤다. "아주 뜻밖의 행운이 자네에게 찾아왔네. 우리가 나폴리에서 묵었던 여관의 퉁명스러운 늙은 주인 생각나나? 조르지나의 양부 말이야. 그 사람이 죽었네. 그런데 임종 때 그 불쌍한 고아를 지독하게 대했던 게 양심에 걸려서 조르지나에게 2000두카텐을 유산으로 남겼네. 유산이 환어음으로 이미 프랑크푸르트에 도착했고 자네는 내 담당 은행가한테 가서 그 돈을 찾을 수 있어. 자네가 바로 프랑크푸르트로 출발한다면 필요한 증명서를 당장 작성해 주겠네. 아무 문제 없이 돈을 지불받도록 말이야." 안드레스는 기뻐서 말을 잃었고 바흐 백작은 충복이 환희하는 모습에 적잖이 즐거워했다. 정신을 차린 안드레스는 아내에게 뜻밖의 기쁨을 선사하기로 마음먹었다. 그래서 주인의 관대한 제의를 받아들였고, 자격을 공인하는 증서를 받은 뒤 프랑크푸르트로 길을 나섰다.

아내에게는 백작이 그에게 중요한 임무를 맡겨 파견을 보냈다고, 따라서 며칠 동안 돌아오지 않을 거라고 전하게 했다. — 안드레스가 프랑크푸르트에 도착해 백작의 담당 은행가를 찾아가자 그는 유산 지급을 위임받은 다른 상인에게 안드레스를 보냈다. 안드레스는 마침내 그 상인을 찾아 거액의 돈을 실제로 지급받았다. 늘 조르지나만을 생각하며, 조르지나에게 완벽한 기쁨을 선사하려는 마음을 늘 품은 채, 안드레스는 그녀에게 줄 온갖 아름다운 물건들을 샀고 아울러 데너가 그녀에게 선물했던 것과 꼭 같은 금 머리핀도 하나 샀다. 이제 무거운 배낭을 가지고 도보로 이동하기는 어려웠던지라 그는 말 한 필을 마련했다. 그렇게 그는 떠난 지 엿새가 되었을 때, 기분 좋게 귀로에 올랐다. 그는 곧 숲과 자기 집에 다다랐다. 안드레스는 집 문이 굳게 잠겨 있는 것을 발견했다. 큰 소리로 외쳐 하인과 조르지나를 불렀지만 아무도 답하지 않았다. 개들은 집 안에 갇혀 낑낑대고 있었다. 이에 안드레스는 큰 불행을 예감하고 격렬하게 문을 두드리며 크게 소리쳤다. 조르지나! — 조르지나! — 그때 지붕창에서 바스락거리는 소리가 나더니 조르지나가 밖을 내다보며 소리쳤다. "아, 주여! — 아, 주여! 안드레스, 당신이야? — 당신이 다시 돌아오다니, 하느님의 힘을 찬양할지어다." 이제 안드레스가 열린 문을 통해 들어가자 아내가 사색이 된 채 크게 울부짖으며 그의 품으로 달려들었다. 그는 가만히 그 자리에 서 있었다. 마침내 그는 팔다리를 늘어뜨리고 바닥으로 쓰러지려 하는 아내를 붙잡고 방으로 데려갔다. 하지만 끔찍한 광경을 보고 마치 오싹한 발톱에 붙들린 듯 경악에 사로잡혔다. 온 방의 바닥과 벽에 핏자국이 가득했고 아기 침대에는 둘째가 가슴이 찢긴 채로 죽어 있었다! ─ "게오르게는 어디, 게오르게는 어디에 있어?" 마침내 안드레스가 격한 절망 속에서 소리쳤다. 하지만 그 순간 그는 아이가 종종걸음으로 계단을 내려오며 아빠를 부르는 소리를 들었다. ─ 깨진 유리잔이며 병이며 접시가 사방에 널려 있었다. 평소 벽에 붙여 놓았던 무겁고 큰 탁자가 방 가운데로 옮겨져 있었고 기이한 모양의 화로와 여러 개의 플라스크와 굳은 피가 든 사발이 탁자 위에 놓여 있었다. 안드레스는 불쌍한 작은 아이를 침대에서 꺼냈다. 조르지나는 남편이 무슨 생각을 하는지 알고는 수건 몇 장을 가져왔다. 두 사람은 시신을 감싸고 뜰에 묻어 주었다. 안드레스는 떡갈나무로 작은 십자가를 조각하여 봉분 위에 놓았다. 이 불행한 부모의 입술에서는 어떤 말도, 어떤 소리도 새어 나오지 않았다. 두 사람은 먹먹하고 암담한 침묵 속에서 일을 마쳤고 이제 저녁노을이 지는 가운데 굳은 시선을 먼 곳에 향한 채로 집 앞에 앉아 있었다. 다음 날이 되어서야 조르지나는 안드레스가 없는 동안에 일어난 일의 경과를 이야기할 수 있었다. 안드레스가 집을 떠난 지 나흘째 되던 날 한낮에 하인은 온갖 수상쩍은 형체들이 흔들거리며 숲을 지나는 모습을 다시 보았고 그 때문에 조르지나는 남편이 돌아오기를 간절히 바랐다. 한밤중에 그녀는 집 바로 앞에서 시끄럽게 날뛰고 외치는 소리에 잠에서 깼다. 하인이 달려 들어와서 공포에 질려 알리길 온 집이 도적패에게 둘러싸였고 저항은 생각도 할 수 없다고 했다. 개들이 사납게 날뛰었지만 금세 누가 달래서 얌전하게 만든 것 같았다. 그리고 도적들이 크게 외쳤다. 안드레스! ― 안드레스! ― 하인은 용기를 내서 창문을 열고는 사냥 터지기 안드레스가 집에 없다고 소리쳤다. "뭐, 상관없다." 한 목소리가 아래에서 대답했다. "우리는 이 집에 있어야 하니까 문을 열어라. 안드레스가 곧 뒤쫓아 올 거다." 하인은 문을 여는 수밖에 없었다. 그러자 도적들이 무더기로 몰려 들어왔고 안드레스가 두목의 자유와 생명을 구한 은인이라며 동료의 아내인 조르지나에게 인사를 했다. 도적들은 조르지나에게 맛좋은 음식을 차려 줬으면 좋겠다고 요구했다. 밤에 고된 일을 하나 마쳐서 그렇다고, 하지만 멋지게 성공했다고 했다. 조르지나는 덜덜 떨면서 부엌에서 크게 불을 붙이고 식사를 준비했다. 패거리의 주방장이자 포도주 관리자로 보이는 도적 하나가 사냥한 짐승의 고기와 포도주, 기타 온갖 재료를 조르지나에게 주었다. 하인에게는 식탁을 차리고 식기를 가져오라고 했다. 하인은 잠시 기회를 틈타 부엌에 있는 여주인에게 살그머니 갔다. 그가 경악에 차 말하기 시작했다. "아, 저 도적놈들이 오늘 밤 무슨 짓을 했는지 아십니까? 저들은 오래도록 모습을 보이지 않고 오래도록 준비를 갖춘 끝에 몇 시간 전에 바흐 백작님의 성을 습격했습니다. 사람들은 용감하게 맞섰지만 백작님 수하의 여러 명과 백작님 본인이 죽임을 당했고 도적들이 성에 불을 질렀습니다." 조르지나는 쉴 없이 절규했다. "아, 내 남편, 내 남편이 성에 있었더라면 ― 아, 불쌍한 백작님!" ― 그사이 도적패는 방 안에서 미친 듯이 날뛰며 노래를 불렀고 식사가 차려질 때까지 맛있게 포도주를 즐겼다. 어느새 동이 트기 시작했을 때 가증스러운 데너가 나타났다. 이제 도적들은 짐말에 싣고 온 궤짝과 배낭 들을 열었다. 조르지나는 많은 돈을 헤아리는 소리와 은 식기가 달그락거리는 소리를 들었다. 모든 것을 기록해 두는 듯했다. 벌써 날이 밝아졌을 때 마침내 도적들이 출발했고 데너만이 남았다. 그는 친절하고 상냥한 표정을 지으며 조르지나에게 말했다. "참으로 놀라셨겠군요, 부인. 자기가 이미 꽤 오래전부터 우리 동료라는 사실을 남편이 말해 주지 않은 것 같으니 말입니다. 그가 집에 오지 않아서 정말로 아쉽군요. 분명 다른 길로 가서 우리와 엇갈린 겁니다. 당신 남편은 두 해 전에 온갖 가능한 방법을 동원해서 우리를 추적한 그 악당, 바흐 백작의 성에 우리와 함께 있었습니다. 전날 밤 우리는 그놈한테 복수를 해 주었죠. — 백작은 싸움 중에 당신 남편의 손에 쓰러졌습니다. 마음을 가라앉히세요, 부인. 그리고 안드레스에게 전해 주세요. 무리가 한동안 각자 흩어져 있을 거라 당분간은 나를 다시 보지 못할 거라고요. 나는 오늘 저녁에 이 집을 떠나겠습니다. — 아이들이 참 예쁘네요, 부인! 둘째애도 아주 훌륭하군요." 이 말과 함께 데너는 조르지나의 품에서 아기를 데려가 다정하게 놀아 주었다. 어찌나 잘 놀아 주었는지 아이는 웃음을 터뜨리고 환호성을 질렀으며 그와 함께 있는 것을 좋아했다. 얼마 후 데너는 엄마에게 다시 아이를 돌려주었다. 어느새 저녁이 되었을 때 데너가 조르지나에게 말했다. "정말 슬프게도 나한테는 아내와 아이가 없습니다. 하지만 보다시피 나는 조그만 아이들과 놀아 주고 장난치기를 매우 좋아한답니다. 얼마 안 있으면 이곳을 떠나야 하는데 그때까지 아기를 돌보게 해 주세요. 이 아이는 태어난 지 이제 막 구 주가 됐죠, 안 그래요?" 조르지나는 알았다고 말했고, 속으로 내키지는 않았지만 데너에게 아기를 건넸다. 데너는 아이를 데리고 현관문 앞에 앉았고, 한 시간 뒤 떠나야 한다며 조르지나에게 저녁 식사를 차려 달라고 청했다. 부엌에 채 들어서기도 전에 조르지나는 데너가 아이를 안고 방으로 들어가는 것을 보았다. 곧이어 이상한 냄새의 증기가 집 안에 퍼졌다. 그것은 방에서 나오는 것 같았다. 조르지나는 형언할 수 없는 불안감에 사로잡혔다. 그녀는 서둘러 방으로 내달렸고 문이 안에서 잠긴 것을 발견했다. 아이가 작게 흐느껴 우는 소리가 들리는 듯했다. "내 아이를 저 악당의 마수에서 구해 줘, 구해 달라고!" 끔찍한 짓을 예감한 조르지나는 이제 막 집으로 들어선 하인을 향해 소리쳤다. 하인이 서둘러 도끼를 쥐고 문을 부쉈다. 지독한 냄새를 풍기는 짙은 증기가 두 사람에게 훅 밀려왔다. 조르지나는 단숨에 방 안으로 뛰어들었다. 아이는 벌거벗은 채로 사발 위에 누워 있었고 아이의 피가 사발로 뚝뚝 떨어지고 있었다. 이어서 그녀가 본 것은 하인이 도끼를 쳐들어 데너를 향해 휘두르고, 데너가 도끼를 피한 뒤 하인에게 달려들어 드잡이를 벌이는 모습이 전부였다. 이제 마치 여러 사람의 목소리가 창 바로 앞에서 들리는 듯했고 그녀는 의식을 잃고는 바닥에 쓰러졌다. 조르지나가 다시 깨어났을 때는 이미 깜깜한 밤이었고 그녀는 몸이 완전히 마비되어 굳은 팔다리를 움직일 수가 없었다. 마침내 날이 밝았고 이제 그녀는 방 안이 피바다가 된 광경을 보고 경악했다. 데너의 옷 조각이 사방에 널려 있었고 — 하인의 뜯겨진 머리털이 — 그 옆에는 피투성이 도끼가 있었고 — 아이가 가슴이 갈린 채로 탁자 아래에 내동댕이쳐져 있었다. 조르지나는 다시금 정신을 잃었고 자신이 죽는 줄 알았다. 하지만 어느새 한낮이 되었을 때 마치 죽음의 잠에서 깨어나듯 정신을 차렸다. 그녀는 힘겹게 몸을 일으켰고 큰 소리로 게오르크를 불렀으나 아무도 답하지 않았다. 그러자 그녀는 게오르크도 살해당했다고 생각했다. 절망이 그녀에게 힘을 주었고, 그녀는 방에서 뜰로 달아난 뒤 크게 소리쳤다. "게오르크! — 게오르크!" 그러자 저 위 지붕창에서 힘없고 처량한 목소리가 들려왔다. "엄마, 아 사랑하는 엄마, 거기 있어? 이리로 올라와! 배가 너무 고파!" — 조르지나는 부리나케 다락방으로 뛰어 올라갔고 아이를 발견했다. 아이는 집 안에서 소란이 벌어지자 무서워서 다락방으로 기어 들어갔다가 감히 나올 엄두를 못 내고 있었던 것이다. 조르지나는 감격에 겨워 아이를 가슴에 꼭 끌어안았다. 그녀는 집 문을 잠그고 다락방에서 안드레스가 오기를 이제나저제나 기다렸다. 하지만 그녀는 안드레스 역시 잃었다고 생각했다. 여러 명의 남자가 집으로 들어가서 데너와 함께 죽은 사람 한 명을 들고 나오는 모습을 아이가 다락방에서 내려다보았던 것이다. — 마침내 조르지나는 안드레스가 가져온 돈과 아름다운 물건들을 발견했다. "아, 이게 진짜야?" 그녀가 경악해서 소리를 질렀다. "당신이 그런 짓을." — 안드레스는 그녀의 말을 가로막고는 자신들에게 어떤 행운이 찾아왔으며 어쩌다 자신이 프랑크푸르트에 갔고 어디에서 그녀의 유산을 지급받았는지 그간의 사정을 상세히 설명했다. 살해당한 바흐 백작의 조카가 이제 영지의 주인이 되었다. 안드레스는 새 주인을 찾아가 그간에 있었던 모든 일을 이실직고하고 데너의 은신처가 있는 곳을 털어놓은 뒤 자신에게 이토록 많은 고난과 위험을 가져다주는 사냥터지기직에서 물러나게 해 달라고 청하려 했다. 조르지나를 아이와 함께 집에 남겨둘 수는 없었다. 그래서 안드레스는 자신이 가진 것 중 쉽게 옮길 수 있는 가장 좋은 물건들을 꾸려서 작은 마차에 싣고 앞에 말을 맨 뒤 아내와 아이와 함께 이 지방을 영영 떠나기로 결심했다. 이곳은 그에게 끔찍하기 그지없는 기억들만 불러일으켰고 더욱이 결코 평온과 안전을 제공할 수 없었다. 안드레스네는 사흘째 되는 날 떠나기로 결정했다. 그리고 막 상자에 짐을 싸고 있을 때 힘찬 말발굽 소리가 점점 가까이 다가왔다. 안드레스는 성에 사는 바흐 백작의 산림감독관을 알아보았다. 그의 뒤로 풀다 용기병의 분견대가 말을 타고 오고 있었다. "저기 저 악당놈이 지금 막 제 노획물을 안전한 곳에 옮기려 하고 있구나." 함께 온 범위 집행관이 외쳤다. 안드레스는 깜짝 놀라고 경악해서 굳어 버렸다. 조르지나는 반쯤 정신을 잃었다. 그들은 안드레스를 덮치고 그와 아내를 밧줄로 포박했고 이미 집 앞에 서 있는 마차에 두 사람을 던져 실었다. 조르지나는 아이가 걱정되어 큰 소리로 울부짖었고 제발 아이를 함께 가게 해 달라고 간청했다. "네 자식도 지독한 타락에 빠뜨리려는 게냐?" 집행관이 말하고는 아이를 조르지나의 품에서 억지로 떼어 냈다. 어느새 떠날 때가 되자 거칠지만 정직한 사람인 늙은 산림감독관이 다시 한번 마차로 와서 말했다. "안드레스, 안드레스, 어쩌다 사탄의 유혹에 넘어가 그런.흉악한 짓을 저지른 건가? 자네는 평소 항상 아주 경건하고 성실한 사람이었는데!" "아, 산림감독관님!" 안드레스가 엄청난 비탄에 빠져 소리쳤다. "저는 장차 복된 죽음을 맞기를 바라는 사람이며 신께 맹세코 죄가 없습니다. 당신은 저를 어릴 적부터 알아 오셨습니다. 옳지 않은 일은 절대 하지 않던 제가 어떻게 그런 역겨운 악당이 되었단 말입니까? — 당신이 저를 극악무도한 도적으로 여기는 것, 사랑하는 불쌍한 백작님의 성에서 자행된 악행에 제가 가담했다고 여기는 거 잘 압니다. 하지만 제 목숨과 제 축복을 걸고 말씀드리는데 저는 죄가 없습니다!" "자." 늙은 산림감독관이 말했다. "만일 자네가 죄가 없다면, 정황상 많은 것들이 자네에게 불리할지라도 무죄가 밝혀질 것이네. 자네가 남겨 두고 가는 아이와 재산은 내가 잘 맡아 두겠네. 자네와 자네 아내의 무죄가 입증되면, 활기차고 명랑한 아이와 온전한 재산을 되찾을 수 있도록 말이야." 돈은 법원 집행관이 압수했다. 가는 도중에 안드레스는 그 작은 상자를 대체 어디에 보관해 두었냐고 조르지나에게 물었다. 그녀는 상자를 데녀에게 넘겨주었으며 그래서 몹시 후회스럽다고 고백했다. 아니면 상자를 지금 당국에 제출할 수 있었을 것이기 때문이었다. 풀다에서 사람들은 안드레스를 아내와 떨어뜨려 놓은 뒤 깊고 깜깜한 감옥에 가두었다. 며칠 후 그는 끌려가 심문을 받았다.

심문관들은 그가 바흐 백작 성에서 자행된 강도살인에 가담했다며 죄를 씌웠고 이미 모든 정황이 그에게 불리한 것이 명약관화하다며 진실을 고백하라고 타일렀다. 안드레스는 추악한 데너가 처음 집에 온 일부터 자신이 체포되던 순간까지, 자기에게 일어난 모든 일을 성실하게 이야기했다. 그는 단 한 번 저지른 죄를 깊이 뉘우치며 자백하길 자신은 아내와 아이를 구하기 위해 소작인의 재물을 약탈하는 자리에 함께 있었으며 붙잡힐 위기에 처한 데너를 구해 주었다고 했다. 그리고 최근 데너 패거리가 자행한 강도살인과는 완전히 무관하다고 단언했다. 자기는 바로 그때 프랑크푸르트에 있었다고 했다. 이제 법정의 문이 열리고 추악한 데너가 끌려 들어왔다. 그는 안드레스를 보자 사악한 조롱이 담긴 웃음을 터뜨리고는 말했다. "이봐, 친구. 자네도 붙들린 건가? 자네 아내의 기도가 자네를 구해 내지 못한 건가?" 재판관들은 데너에게 안드레스에 관한 일을 다시 자백하라고 요구했고 데너는 지금 자기 앞에 서 있는 바흐 백작의 사냥터지기인 바로 이 안드레스가 벌써 오 년 전부터 자신과 결탁했으며 사냥터지기의 집은 자신에게 가장 훌륭하고 가장 안전한 은신처였다고 진술했다. 안드레스는 비록 단 두 번만 강도질에 함께했지만 매번 누획물 중 제 몫을 받았다고 했다. 즉 한 번은 소작인을 약탈할 때로, 그때 안드레스는 자기를 급박한 위기에서 구해 주었고, 또 한 번은 알로이스 폰 바흐 백작을 노리고 일을 벌였을 때로, 바로 안드레스가 쏜 총알이 백작을 명중시켜 죽였다고 했다. ─ 안드레스는 이런 뻔뻔스러운 거짓말을 듣자 분노에 휩싸였다.

"뭐라고?" 그가 소리쳤다. "이 극악무도하고 사악한 악당아, 내가 사랑하는 불쌍한 백작님을 살해했다고 감히 모함하는 것이냐? 그건 네가 저지른 짓이지 않느냐. ─ 그래! 난 안다. 오직 너만이 그런 짓을 할 수 있지. 내가 너와의 관계를 전부 끊었기 때문에, 네가 우리 집 문지방을 넘는 즉시 극악무도한 도적이자 살인범인 네놈을 쏴 죽이겠다고 위협했기 때문에 내게 앙갚음하는 거지. 그래서 너는 내가 없는 사이에 패거리를 데리고 우리 집을 습격한 거야. 그래서 내 불쌍하고 죄 없는 아이와 착실한 하인을 살해한 거야! ─ 그러나 내가 너의 간계에 당할지라도 너는 정의로운 하느님의 무서운 벌을 면하지 못할 것이다." 이제 안드레스는 경건하게 진실을 맹세하면서 앞서 자신이 한 고백을 되풀이했다. 하지만 데너는 조롱하며 웃고는 왜 그리 죽음 앞에서 벌벌 떨면서 아직도 재판관들을 속이려 드느냐고, 그것은 그가 그토록 야단스럽게 자랑하던 경건함과 배치된다고, 그가 자신의 거짓 진술을 정당화하느라 하느님과 성자들을 끌어들인다고 말했다. ─ 재판관들은 표정과 말투를 볼 때 분명 진실한 진술을 하는 듯 보이는 안드레스를 어떻게 여겨야 할지, 또한 데너의 냉정하고 확고부동한 태도를 어떻게 봐야 할지 정말로 몰랐다. ─ 이제 조르지나가 앞으로 끌려왔다. 그녀는 이루 말할 수 없는 비탄에 잠겨 크게 울면서 남편에게로 달려들었다. 그녀는 두서없는 이야기만 늘어놓았다. 데너가 자기 아이를 끔찍하게 살해했다는 그녀의 고발에도 불구하고 데너는 전혀 노한 기색이 없었으며 전처럼 조르지나가 남편이 벌이는 일들에 대해 전혀 몰랐으며 아무

죄도 없다고 주장했다. 안드레스는 다시 감옥으로 끌려갔다. 며칠 후 꽤 친절한 간수가 그에게 말해 주길, 데너뿐 아니라 나머지 도적들도 계속해서 그의 아내에게 죄가 없다고 주장한 데다 죄가 있다는 증거도 발견되지 않았으므로 아내가 풀려났다고 했다. 고결한 영주인 젊은 바흐 백작은 심지어 안드레스에게 죄가 있는지도 의심하는 듯 보였으며 보석금을 내 주었고, 늙은 산림감독관이 좋은 마차에 조르지나를 태워 데려갔다고 했다. 조르지나는 남편을 보게 해 달라고 부탁했지만 소용이 없었다고, 법원에서 면회를 완전히 금했다고 했다. 불쌍한 안드레스에게 이 소식은 적잖이 위안이 되었다. 자신의 불행보다 감옥에서 지내는 아내의 비참한 상태가 더 마음 아프던 차였기 때문이다. 그사이 안드레스의 소송은 날이 갈수록 상황이 나빠졌다. 데너가 진술한 대로 오 년 전부터 안드레스가 어느 정도 부유해졌다는 것이 입증되었고, 강도질에 가담했다는 것 말고는 그 재물을 어디에서 났는지 설명할 길이 없었다. 게다가 안드레스가 스스로 고백한 것처럼 바흐 성에서 범행이 자행되는 동안 그는 집에 없었고 유산과 프랑크푸르트 체류에 관한 그의 진술은 여전히 의심스러웠다. 왜냐하면 그는 자신이 찾아가 돈을 지급받으려 했던 상인의 이름을 아예 대지 못했기 때문이다. 바흐 백작의 담당 은행가, 그리고 안드레스가 프랑크푸르트에서 묵은 여관의 주인은 한목소리로 확언하길 그 사냥터지기를 전혀 기억할 수 없다고 했다. 안드레스를 위해 증명서를 작성해 준 바흐 백작의 사법담당관은 죽었고 바흐 백작의 아랫사람 중 그 유산에 대해 아는 자는 아무도 없었다. 백작은 그에 대해 아무 언급도 하지 않았고, 안드레스 역시 프랑크푸르트에서 돌아오면서 아내를 깜짝 놀라게 해 주려고 그 일을 침묵했기 때문이다. 그리하여 안드레스가 약탈이 벌어질 때 프랑크푸르트에 있었으며 돈을 정직하게 얻었음을 증명하기 위해 진술한 모든 사항은 확인이 되지 않았다. 반면 데너는 자신의 예전 주장을 고수했으며 붙잡힌 모든 도적들은 그의 주장에 전부 동조했다. 하지만 이런 모든 정황에도 불구하고, 활활 타오르는 불빛 속에서 안드레스를 똑똑히 알아보았으며 그가 백작을 쏘아 쓰러뜨리는 모습을 봤다고 주장하는 바흐 백작 수하 사냥꾼 두 명의 진술이 없었더라면 재판관들은 불행한 안드레스의 죄를 아직 완전히 확신하지 못했을 것이다. 이제 재판관들의 눈에 안드레스는 완고하고 위선적인 악당이었으며, 예의 모든 진술과 증거에서 나온 결과에 근거하여 그의 고집을 굽히고 자백을 받아내기 위해 고문을 가하는 것이 승인되었다. 안드레스는 어느새 일 년 넘게 감옥에서 고초를 겪었다. 상심이 그의 기력을 소진시켰으며 평소 튼튼하고 강하던 몸은 약해지고 무력해졌다. 안드레스에게 심한 고통을 가함으로써 절대 하지도 않은 짓을 자백하게 만들 끔찍한 날이 다가왔다. 사람들은 그를 고문실로 끌고 갔다. 그곳에는 기발한 잔인성을 발휘하여 고안한 끔찍한 기구들이 있었다. 형리의 수하들은 이 불행한 자를 고문하려고 준비를 갖추었다. 심문관은 그의 소행이라고 몹시 의심되며 두 사냥꾼의 증언을 통해 확인된 그 행위를 자백하라며 다시 한번 그를 타일렀다. 안드레스는 다시금 자신에게 죄가 없다고 맹세했으며 자신과 데너의 관계에 대한 모든 사정을 첫 심문 때와 똑같은 말로 반복했다. 그러자 형리의 수하들이 그를 붙잡아 밧줄로 묶고 고문했다. 그들은 그의 사지를 비틀어 탈구시켰으며 살을 늘려 바늘을 관통시켰다. 안드레스는 고통을 견딜 수가 없었다. 그는 아픔에 마구 찢겨서, 죽음을 바라면서, 그들이 원하는 모든 것을 자백했고 정신을 잃은 채로 다시 감옥으로 질질 끌려갔다. 고문을 당한 자한테 으레 그러듯, 기운을 차리도록 포도주가 주어졌고 그는 깨어 있는 것도 아니고 자는 것도 아닌, 멍하니 생각에 잠긴 상태가 되었다. 그때 안드레스는 마치 벽에서 돌들이 떨어져 나오고 그것들이 쿵 소리를 내며 감옥 바닥에 떨어지는 듯한 느낌을 받았다. 피처럼 붉은 희미한 빛이 안으로 뚫고 들어왔고 그 빛 속에서 한 형체가 나타났다. 그 형체는 데너의 생김새를 가지고 있었지만 그럼에도 안드레스가 보기에 데너 같지는 않았다. 두 눈은 더 이글이글 번득였고, 이마의 헝클어진 머리카락은 더 검게 위로 뻗쳤으며, 침울한 눈썹은 굽은 매부리코 위에 자리한 두꺼운 근육 속으로 더 푹 가라앉았다. 얼굴은 소름 끼치도록 기괴하게 쭈글쭈글하고 일그러져 있었으며, 데너에게서는 결코 볼 수 없던 낯설고 기상천외한 복장을 하고 있었다. 불타는 빨간색에 가장자리가 금으로 잔뜩 장식된 폭이 넓은 외투가 불룩하게 주름을 지은 채 형체의 어깨에 걸쳐져 있었고, 빨간색 깃털 장식이 아래로 늘어진 스페인식 모자가 머리에 비스듬히 얹혀 있었으며, 장검이 허리에 달려 있었다. 그 형체는 왼쪽 팔에 작은 상자 하나를 끼고 있었다. 그 유령 같은 괴물이 안드레스에게 걸어오며 공허하고 둔탁한 어조로 말했다. "이봐, 친구, 고문 맛이 어떻던가? 이 모든 건 오로지 자네의 고집 덕분이야. 자네가 무리와 한패라고 고백했더라면 벌써 구원을 받았을 텐데 말이야. 하지만 자네가 나를 그리고 나의 지도를 전적으로 따르겠다고 약속한다면, 그리고 자네 아이의 심장에서 나온 피로 만든 이 물약을 용기를 내서 마신다면, 그럼 자네는 순식간에 모든 고통으로부터 해방될 걸세. 건강해지고 기운이 나게 될 거야. 그러고 나면 내가 자네를 더 돕기 위해 힘을 쓰겠네." ── 안드레스는 공포와 두려움과 피로 때문에 아무 말도 할 수 없었다. 그는 형체가 건네는 플라스크 안에서 자기 아이의 피가 붉은색의 작은 불꽃을 튀기며 움직이는 모습을 보았다. 안드레스는 비록 자신이 치욕스러운 죽음을 맞이하더라도 영원한 복락을 이루기 바란다고, 자신을 뒤쫓고 영원한 복락을 앗아 가려 하는 사탄의 마수로부터 자기를 구해 달라며 하느님과 성자들에게 열렬히 기도했다. 그러자 형체가 감옥 안이 날카롭게 울리도록 웃더니 짙은 안개 속으로 사라져 버렸다. 안드레스는 마침내 멍한 마비 상태에서 깨어났고 잠자리에서 몸을 일으킬 수 있었다. 그는 머리 밑에 있던 지푸라기가 점점 더 심하게 움직이기 시작하다 급기야는 옆으로 밀쳐지는 것을 보고 깜짝 놀랐다. 그는 바닥에서 돌 하나가 아래로부터 들려 빠지는 것을 보았고 자기 이름을 나지막이 여러 번 부르는 소리를 들었다. 그는 테너의 목소리를 알아듣고는 말했다. "나한테 뭘 원하는 거냐? 날 가만히 내버려둬. 네놈과는 아무것도 상관하고 싶지 않다!" "안드레스."

데너가 말했다. "나는 자네를 구하려고 지하실을 여러 곳 지나 왔어. 왜냐하면 형장에 가면 자네는 끝장이니까. 나는 이미 구출되어서 형장에 갈 일이 없지. 내가 자네를 도와주는 건 오직 자네 아내 때문이야. 자네 아내는 자네가 아마 짐작하는 것보다 나와 더 밀접한 관계이지. 자네는 소심한 겁쟁이야. 자네가 한 일이 아니라고 가련하게 부인한 결과가 어땠는가? 내가 붙잡힌 건 오로지 자네가 바흐 성에서 적절한 때에 집에 돌아오지 않았고 내가 자네 아내와 너무 오래 함께 있었던 탓이야. 자! ― 줄과 톱을 받게. 다가올 밤에 묶인 사슬을 풀고 감방 문의 자물쇠를 톱으로 끊게. 그리고 통로로 살금살금 빠져나가! 왼편에 있는 바깥쪽 문이 열려 있을 거야. 밖으로 나오면 우리 패 중 하나가 기다리고 있다가 자네를 안내해 줄 거야. 잘 있으라고!" 안드레스는 데너가 건네는 톱과 줄을 받은 다음에 돌을 들어서 다시 구멍에 끼웠다. 그는 내면에서 양심의 목소리가 요구하는 일을 하기로 결심했다. ― 날이 밝고 간수가 들어왔을 때 안드레스는 자기를 제발 법정으로 데려가 달라고, 그곳에서 중요한 일을 고할 게 있다고 말했다. 같은 날 오전에 그의 바람이 이루어졌다. 재판관들은 패거리가 저지른 짓 중 지금껏 알려지지 않은 새로운 악행을 안드레스가 자백할 것이라 생각할 수밖에 없었기 때문이다. 안드레스는 데너에게 받은 도구들을 재판관들에게 제출하고 간밤에 있었던 일을 이야기했다. "비록 저는 확실히, 정말로 아무 죄 없이 고통을 받고 있긴 하지만, 제가 부정한 방법으로 자유를 얻으려 하지 않도록 하느님께서 저를 지켜 주시길. 왜냐하면 그 경우 저는 저를 치욕과 죽음으로 몰아넣은 극악무도한 데너의 손에 자신을 넘기는 셈이며, 지금은 제가 죄 없이 벌을 받습니다만, 스스로 부정하고 무도한 짓을 벌임으로써 비로소 벌받아 마땅한 놈이 되니까요." 이렇게 안드레스는 보고를 마쳤다. 재판관들은 놀란 것 같았고 이 불행한 자에 대한 동정에 사로잡힌 듯 보였다. 비록 그들은 안드레스에게 불리한 갖가지 사실들로 인해 그에게 죄가 있음을 대단히 확신했기에 지금 그가 하는 행동도 의심스럽게 여겼지만 말이다. 하지만 안드레스의 정직한 태도, 그리고 특히 그가 데너의 탈주 기도를 고한 후에 도시에서, 정확히 말하면 감옥 바로 주변에서 실제로 패거리의 몇몇 잔당이 급습당해 체포된 상황은 그에게 이롭게 작용했다. 그는 지금껏 갇혀 있던 지하 감옥에서 꺼내졌고 간수의 숙소 옆에 있는 밝은 감방에 수용되었다. 그곳에서 안드레스는 충실한 아내와 아이를 생각하며 그리고 경건한 사색에 잠겨 시간을 보냈다. 곧 그는 마치 무거운 짐처럼 삶을 고통스럽게 벗어 던지려는 용기가 샘솟는 것을 느꼈다. 간수는 이 경건한 범죄자에 대해 놀라움을 금치 못했고 부득불 그의 무죄를 거의 믿게 되었다.

거의 일 년이 더 지난 뒤 마침내, 데너와 그의 공범자들에 대한 어렵고 복잡하게 얽힌 소송이 종결되었다. 패거리가 이탈리아 국경까지 퍼져 있었고 이미 상당 기간 동안 도처에서 강도 행각과 살인을 일삼았다는 것이 밝혀졌다. 데너는 교수형에 처한 뒤 시신을 태워 버리기로 했다. 불행한 안드레스에게도 교수형이 선고되었다. 다만 그가 자신이 한 일을 뉘우치

고 있으며, 데너가 탈주를 권한 사실을 고백함으로써 패거리
의 탈옥 계획이 발각되도록 했다는 사정을 참작하여 시신을
내려 형장에 매장하는 일을 허락했다.

데너와 안드레스가 처형될 아침이 밝아 왔다. 그때 감옥 문
이 열리고 젊은 바흐 백작이 들어오더니 무릎을 꿇고 조용히
기도하는 안드레스에게 갔다. "안드레스." 백작이 말했다. "자
네는 죽음을 피할 수 없어. 솔직히 고백하고 양심의 가책을 덜
게나! 말해 보게, 자네가 모시던 주인을 죽였는가? 자네가 정
말로 백부님을 죽인 살인자인가?" ── 그러자 안드레스의 눈에
서 눈물이 줄줄 흘러나왔다. 그리고 그는 고문의 고통을 견디
지 못해 억지로 거짓 자백을 하기 전에 법정에서 진술했던 모
든 이야기를 다시 한번 반복했다. 그는 자신의 말이 진실이며
자기가 사랑하는 주인의 죽음에 전혀 죄가 없다는 것을 확실
히 하기 위해 하느님과 성자들을 소환했다.

"그렇다면 이 일에는." 바흐 백작이 계속 말했다. "설명할 수
없는 수수께끼가 얽혀 있는 거로군. 나 자신은, 안드레스, 자
네한테 죄가 없다고 확신하고 있었네. 비록 정황상 많은 것이
자네에게 불리했지만. 왜냐하면 나는 자네가 어릴 적부터 백
부님의 가장 충직한 종복이었다는 걸, 그리고 언젠가 나폴리
에서 생명의 위험을 무릅쓰고 도적들의 손에서 백부님을 구
해 주었다는 걸 아니까 말이야. 그러나 어제도 백부님 수하의
두 늙은 사냥꾼인 프란츠와 니콜라우스는 자네가 도적패 한
가운데 있는 모습을 보았고 자네가 직접 백부님을 쓰러뜨리
는 걸 똑똑히 목격했다고 장담했네." 고통스럽고 끔찍하기 그

지없는 감정들이 안드레스를 관통했다. 마치 사탄이 그를 파멸시키려고 그의 모습을 했던 것만 같았다. 왜냐하면 심지어 데너조차 감옥에서 말하길, 자기가 정말로 안드레스를 보았다고 했고, 법정에서 그에게 누명을 뒤집어씌울 때에도 마음속으로 정말 확신에 가득 차 보였기 때문이다. 안드레스는 이 모든 것을 숨김없이 말했고 그러면서 덧붙이길 자신이 범죄자로서 치욕스럽게 죽는 게 하늘의 뜻이라면 그대로 따르겠노라고, 하지만 긴 세월이 지난 후에라도 자신의 죄 없음이 명명백백 밝혀질 거라고 말했다. 바흐 백작은 깊이 감동을 받은 듯 보였다. 백작은 안드레스가 바라는 대로 그의 불행한 아내에게 처형 날을 알리지 않았으며 그녀가 아이와 함께 늙은 산림감독관 집에서 지내고 있다는 것을 가까스로 말할 수 있었다. 시청의 종이 일정한 간격으로 둔탁하고 소름 끼치게 울렸다. 사람들이 안드레스에게 옷을 입혔고 행렬은 셀 수 없이 많은 군중이 몰려드는 가운데 형장을 향해 평소처럼 엄숙하게 나아갔다. 안드레스는 큰 소리로 기도했고 그의 경건한 행동은 모든 보는 이의 마음을 움직였다. 데너는 반항적이고 완고한 악당의 얼굴을 하고 있었다. 그는 명랑하고 힘차게 주변을 둘러보았으며 불쌍한 안드레스를 향해 자주 음험하고 심술궂게 웃었다. 안드레스가 먼저 처형을 당하기로 되어 있었다. 그는 사형집행인과 함께 침착하게 사다리를 올랐다. 그때 한 아낙네가 날카롭게 소리를 지르더니 정신을 잃은 채로 한 남자의 품에 쓰러졌다. 안드레스는 그쪽을 보았다. 조르지나였다. 그는 자기에게 평정심과 힘을 달라며 하늘을 향해 큰 소리로 간청했다. "저기, 저기에, 네가 다시 보이는구나, 내 불쌍하고 불행한 아내여. 나는 억울하게 죽는다!" 그가 동경에 찬 눈빛을 하늘로 보내며 외쳤다. 재판관이 사형집행인에게 서두르라고 소리쳤다. 군중 속에서 웅성웅성 불평하는 소리가 나오기 시작했고 데너를 향해 돌들이 날아왔기 때문이다. 데너 역시 이미 사다리를 올랐고 경건한 안드레스를 동정하는 구경꾼들을 조소하고 있었다. 사형집행인이 안드레스의 목에 올가미를 씌웠을 때 멀리에서 외치는 소리가 들려왔다. "멈춰 — 멈춰 — 제발 멈추시오! — 그 사람은 죄가 없습니다! — 죄 없는 사람을 처형하는 겁니다!" — "멈춰 — 멈춰라!" 수천의 목소리가 소리쳤고 군중이 몰려가서 안드레스를 사다리에서 끌어 내리려 했다. 경비병들은 군중을 거의 제어할 수 없었다. 처음으로 외친 낯선 남자가 말을 타고 이제 더 가까이 돌진해 왔고, 안드레스는 프랑크푸르트에서 조르지나의 유산을 지급해 준 상인을 첫눈에 알아봤다. 사다리에서 내려와 이제 막 몸을 추슬렀을 때 그의 가슴은 기쁨과 환희로 터질 것 같았다. 상인은 재판관에게 말하길, 바흐 성에서 강도살인이 자행된 바로 그때 안드레스가 프랑크푸르트에, 그러니까 멀리 떨어진 곳에 있었다고 했으며 자신이 법정에서 증명서와 증언으로 그 사실을 한 점 의혹 없이 명확하게 밝히겠다고 했다. 그러자 재판관이 외쳤다. "안드레스의 처형은 절대 집행할 수 없다. 굉장히 중요한 이 정황이 밝혀진다면 피고인의 완벽한 무죄가 입증되기 때문이다. 그를 즉시 감옥으로 도로 데려가라." 데너는 사다리 위에서 모든 상황을 유유히 내려다보고 있었다. 하지만 재판관이 이 말을 하자 그의 이글이글한 눈이 희번덕거렸다. 그는 이를 북북 갈았고 격한 절망에 사로잡혀 울부짖었다. 사나운 광기가 깃든 형언할 수 없는 비탄과 같이, 소름 끼치는 절규가 공중에 울려 퍼졌다. "사탄, 사탄! 네가 나를 속이다니. ― 아아! 아아! 이제 끝이야 ― 끝이라고 ― 모든 게 끝장났어!" 사람들은 그를 사다리에서 내렸다. 그는 바닥에 쓰러져 둔탁한 소리로 그르렁거리며 말했다. "전부 고백하겠소 ― 전부 고백하겠다고!" 그의 처형도 미루어졌고, 그는 절대 탈출이 불가능한 감옥으로 다시 끌려갔다. 그를 감시하는 파수꾼들의 증오는 데너 일당의 교활함을 막는 최고의 방패였다. ― 얼마 후 안드레스가 간수에게 도착했을 때 조르지나가 그의 품에 안겼다. "아, 안드레스, 안드레스." 그녀가 외쳤다. "이제 당신을 완전히 되찾았어. 왜냐하면 나는 당신한테 죄가 없다는 걸 아니까. 나 역시 당신의 정직함을, 당신의 독실함을 의심했어!" ― 사람들이 조르지나에게 처형 날을 함구했음에도 그녀는 이루 설명할 수 없는 불안과 이상한 예감에 사로잡혀 서둘러 풀다로 왔고 남편이 자신을 죽음으로 이끌 숙명의 사다리를 오르는 바로 그때 형장에 도착했던 것이다. 그 상인은 조사가 진행되던 긴 시간 내내 프랑스와 이탈리아를 여행하는 중이었으며 이제 막 빈과 프라하를 거쳐 돌아온 참이었다. 우연 혹은 그보다는 하늘의 뜻에 의해 상인은 가장 결정적인 순간에 형장에 도착하여 불쌍한 안드레스가 범죄자로서 치욕스럽게 죽지 않도록 구해 낼 수 있었다. 그는 여관에서 안드레스에 대한 이야기를 전부 들었고, 이 년 전 나폴리로부터 아내 몫으로 주어진 유산을 받아 간 그 사냥터지기가 안드레스일지 모른다는 생각에 바로 마음이 무거워졌다. 그는 서둘러 길을 떠났고 안드레스를 보자마자 자신의 추측이 맞는다는 것을 확신했다. 성실한 상인과 젊은 바흐 백작의 열성적인 노력으로 안드레스가 그때까지 프랑크푸르트에 있었다는 사실이 확인되었고 이로써 그가 강도살인 사건에서 아무 죄도 없다는 것이 밝혀졌다. 이제 데너도 자신과의 관계에 대한 안드레스의 진술이 옳다고 시인했으며 다만 사탄이 자기를 현혹했던 게 분명하다고 말했다. 그는 바흐 성에서 안드레스가 자기편에서 싸웠다고 정말로 믿고 있었다고 했다. 재판관들은 선고에서, 안드레스가 강요에 의해 소작 농가 약탈에 가담한 행위, 아울러 법을 어기며 데너를 구해 준 행위에 대해서는 오랫동안 힘든 감옥살이를 하고 고문과 죽음의 두려움을 견뎌 내면서 이미 충분히 대가를 치렀다고 판단했다. 따라서 그는 판결과 법에 의해 추가적인 모든 형벌을 면제받았고 조르지나와 함께 급히 바흐 성으로 갔다. 고상하고 자비로운 백작은 성 별채에 안드레스가 지낼 집을 내주었고 개인적으로 취미 삼아 사냥을 나갈 때 필요한 약간의 봉사만 요구했다. 재판 비용도 백작이 지불했기에 안드레스와 조르지나는 자신들의 재산을 온전히 보존할 수 있었다.

극악무도한 이그나츠 데너의 소송 건은 이제 완전히 다른 방향으로 진행되었다. 형장에서 있었던 일은 그를 완전히 딴사람으로 만든 듯했다. 조롱을 일삼던 사악하고 거만한 태도가 꺾였고 그의 뉘우치는 내면에서는 재판관들의 머리카락을 곤두서게 하는 자백들이 튀어 나왔다. 데너는 어느 모로 보나 사탄과의 결탁을 깊이 뉘우치는 빛을 보이면서 스스로의 죄를 고백했다. 그는 어린 시절부터 사탄과 결탁해 왔다고 했다. 특히 이 점에 관해서는 상부의 지시를 받은 성직자들이 와서 상세한 조사를 수행했다. 데너가 과거 자신의 삶에 대해 털어놓은 이야기들은 너무도 기이했기에, 만일 그의 출생지라고 하는 나폴리에서 조사를 통해 모든 것이 입증되지 않았더라면 그 이야기를 지나친 광기의 산물로 여길 수밖에 없었을 것이다. 나폴리 종교재판소의 심리 서류로부터 발췌한 내용에 따르면 데너의 출신과 관련하여 다음과 같이 기묘한 사정이 있었다.

오래전 나폴리에 트라바키오라는 이름을 가진 이상한 늙은 의사가 살고 있었다. 그는 신비한 방법으로 늘 환자들을 잘 치료했기에 세간에서 신의라 불리곤 했다. 나이는 그에게 아무 영향도 미치지 못하는 듯 보였다. 왜냐하면 그는 여러 토박이들의 계산에 따르면 분명 여든 살에 가까울 텐데도 젊은 이처럼 빠르게 걸었기 때문이다. 그의 얼굴은 기괴하고 끔찍하게 일그러지고 쭈글쭈글했으며, 그와 눈빛이 마주친 사람은 속으로 전율하지 않고는 배길 수 없었다. 하지만 그는 환자들에게 여러 차례 도움을 주곤 했기에 사람들은 그가 환자를 응시하는 날카로운 눈빛만으로도 고치기 어려운 중병을 자주 치유한다고 말할 정도였다. 그는 보통 검은 옷 위에 금몰과 술로 장식된, 폭이 넓은 빨간색 외투를 걸치고 다녔으며 외투의 불룩한 주름 속에서 장검이 튀어나왔다. 이런 모습으로 그는 직접 조제한 약이 든 상자를 가지고 나폴리 거리를 다니며 환자들에게 달려갔고 모두가 겁을 먹고 그를 피했다. 사람들은 엄청난 곤경에 처했을 때에만 그에게 도움을 청했다. 하지만 그는 특별히 개인적인 이득을 기대할 수 없는 경우에도 결코 환자를 찾아가기를 거절하는 법이 없었다. 트라바키오 박사는 결혼을 여러 번 했고 매번 아내를 급작스럽게 잃었다. 그의 아내들은 항상 유별나게 아름다웠으며 대개는 시골 창녀였다. 그는 아내를 가둬 두었고, 역겹도록 못생긴 노파와 동행하여 미사에 참석하는 것만 허락했다. 이 노파는 어떤 유혹에도 넘어가지 않았다. 젊은 난봉꾼들이 트라바키오 박사의 아름다운 아내에게 접근하려고 아무리 교활한 책략을 동원해도 소용이 없었다. 트라바키오 박사가 부자들에게 두둑한 보수를 받은 것은 사실이었지만 그는 수입에 비해 터무니없이 많은 돈과 보석을 집 안에 쌓아 두고 있었으며 그것을 아무에게도 감추지 않았다. 게다가 그는 때때로 낭비한다 싶을 정도로 씀씀이가 컸고 아내가 죽을 때마다 연회를 베푸는 게 습관이었는데, 이 연회에는 아마 그가 일 년 내내 진료 활동으로 벌어들이는 가장 높은 수입보다 갑절의 비용이 들었을 것이다. 그는 마지막 아내에게서 아들을 하나 보았는데 아들 역시 아내들과 마찬가지로 가둬 두었고 아무도 그 아이를 보지 못했다. 다만 마지막 아내가 죽고 난 뒤 트라바키오 박사가 베푼 연회에서 이 세 살배기 아이는 아버지 옆에 앉아 있었고, 모든 손님들은 아이의 아름다움과 영리함에 놀랐다. 겉모습에서 나이가 드러나지 않았더라면 아이가 못해도 열두 살이라 여길 정도였다. 바로 이 연회에서 트라바키오 박사는 자기가 이제 아들을 가지려는 소원을 이루었으며 더는 결혼을 하지 않겠다고 말했다. 그의 어마어마한 부, 하지만 그보다는 그의 불가사의한 특성과 거의 믿기지 않는 놀라운 치료 — 왜냐하면 그가 손수 조제한 물약을 입에 몇 방울 넣어 주는 것만으로도, 많은 경우에는 손으로 만지는 것만으로도, 눈빛만으로도 가장 고치기 어려운 병이 사라졌기 때문이다 — 이런 것들로 인해 마침내 온갖 이상한 소문이 생겨나 나폴리에 퍼졌다. 사람들은 트라바키오 박사를 연금술사, 악마 소환사로 여겼으며 종국에는 그가 사탄과 결탁했다고 욕했다. 이러한 풍문은 나폴리에서 몇몇 귀족이 겪은 한 기이한 사건으로부터 비롯되었다. 그들은 언젠가 늦은 밤에 연회에서 돌아오다 취기 탓에 길을 잘못 들어 어떤 수상쩍고 외딴 곳에 이르게 되었다. 그때 앞에서 사락거리고 바스락거리는 소리가 들리더니 빨갛게 빛나는 커다란 수탉이 뾰족뾰족한 사슴뿔을 머리에 단 채 날개를 활짝 펼치고 걸어와 이글이글 번득이는 인간의 눈으로 그들을 노려보는 바람에 귀족들은 소스라치게 놀랐다. 그들은 구석으로 몰려들었고 수탉은 그곳을 지나쳐 갔다. 그리고 가장자리가 금으로 장식된 번쩍거리는 외투를 입은 한 커다란 형상이 수탉 뒤를 따랐다. 그 형체들이 지나가자마자 귀족들 중 한 명이 저자가 신의 트라바키오라고 나지막이 말했다. 이 경악스러운 광경에 모두가 정신이 번쩍 들었고 용기를 내서 박사로 추정되는 인물과 수탉을 뒤쫓아 갔다. 수탉이 발하는 빛이 박사가 간 길을 알려 주었다. 그들은 실제로 그 형체들이 멀리 떨어진 휑하고 외딴 곳에 있는 박사의 집을 향해 걸어가는 모습을 보았다. 집 앞에 이르자 수탉이 공중으로 휙 날아오르더니 날갯짓을 하며 발코니 위의 큰 창으로 다가갔다. 창이 덜그럭거리며 열리고 염소가 우는 듯 떨리는 늙은 여자의 목소리가 들렸다. "들어와 — 집으로 들어와 — 집으로 들어와 — 침대가 따뜻해. 그리고 애인이 벌써 한참을 기다리고 있다고 — 벌써 한참 됐어!" 그때 박사가 마치 보이지 않는 사다리를 타고 오르는 듯하더니 수탉을 따라 휙 하고 창문으로 들어갔다. 뒤이어 창문이 쾅 닫혔고 그 바람에 덜그럭거리는 진동이 적막한 길을 따라 울렸다. 모든 것이 밤의 검은 어둠 속으로 사라졌고 귀족들은 공포와 경악으로 말없이 굳은 채 서 있었다. 모든 이야기가 종교재판소의 귀에 들어갔고 이 소름 끼치는 사건, 그리고 악마의 수탉이 길을 밝혀 주던 저 형체가 다름 아닌 악명 높은 트라바키오 박사였다는 귀족들의 확신은 종교재판소에서 이 사탄 같은 마법사의 뒤를 몰래 면밀하게 추적하기에 충분한 근거가 되었다. 실제로 박사의 집에 빨간색 수탉이 자주 있었으며, 마치 학자들이 자기 학문 영역에서 미심쩍은 대상을 두고 대화하는 것처럼 그가 수탉과 기이한 방식으로 이야기를 나누고 논쟁을 벌이는 듯 보였다는 사실이 밝혀졌다. 종교재판소는 트라바키오 박사를 극악무도한 마법사로 보고 막 체포하려던 참이었다. 하지만 세속재판소가 종교재판소보다 한 발 빨랐다. 박사는 막 환자를 방문하고 돌아오던 길에 경찰에 체포되어 감옥으로 끌려갔다. 노파는 벌써 진즉에 집에서 늘려갔고 사내아이는 행방이 묘연했다. 방문들은 잠기고 봉해졌으며 집 주위로 파수꾼이 배치되었다. ─ 이러한 사법 절차가 이루어진 이유는 다음과 같았다. 얼마 전부터 나폴리와 주변 지역에서 명망 있는 인물들이 여럿 죽었는데 의사들이 한목소리로 판정하기를 사인이 독이라고 했다. 이 때문에 많은 조사가 진행되었으나 성과가 없던 차에 마침내 나폴리의 유명한 난봉꾼이자 방탕아인 한 젊은이가 독살당한 백부를 자기가 살해했다며 끔찍한 행위를 자백했고 덧붙여 말하길 트라바키오의 가정부인 노파에게서 독약을 샀다고 했다. 경찰은 노파의 뒤를 쫓았고 노파가 막 단단히 잠긴 작은 상자를 들고 가려는 찰나에 노파를 덮쳤다. 실제 내용물은 독액이지만 온갖 약제의 이름이 붙은 작은 플라스크들이 상자 안에서 발견되었다. 노파는 아무것도 털어놓으려 들지 않았다. 하지만 고문을 하겠다고 위협하자 노파는 벌써 여러 해 전부터 트라바키오 박사가 아쿠아 토파나란 이름으로 알려진 인공적인 독을 만들어 왔고 자신을 통해 이 독약을 몰래 팔았으며 이것이 늘 그에게 가장 큰 수입원이었다고 고백했다. 또한 트라바키오 박사가 여러 가지 모습으로 그를 찾아오는 사탄과 결탁한 것은 너무도 분명한 사실이라고 했다. 그의 아내들은 각각 하나씩 아이를 낳았으나 집 밖에서는 아무도 그것을 몰랐다고 했다. 왜냐하면 아이가 태어난 지 아홉 주, 혹은 아홉 달이 되면 항상 그가 특수한 준비와 의식을 갖춰서 비인간적인 방법으로 아이를 살육했기 때문이라고 했다. 이때 그는 아이의 가슴을 가르고 심장을 꺼냈다고 했다. 매번 이 수술을 집도하는 자리에 사탄이 있었다고 했다. 사탄은 때로는 이런 모습을, 때로는 저런 모습을 했는데 대개는 인간의 탈을 쓴 박쥐로 나타나 넓은 날개로 숯불을 피웠고 그러면 트라바키오가 아이의 심장에서 나온 피로 어떤 질환에도 강력하게 대항하는 귀한 물약을 만들었다고 했다. 그 후 바로 트라바키오는 이런저런 은밀한 방법을 써서 아내를 죽였기에 의사가 아무리 예리한 눈으로 봐도 살해의 흔적은 결코 조금도 찾아낼 수 없었을 것이라고 했다. 다만 아직 살아 있는 아들을 낳은 마지막 아내는 자연사했다고 했다.

트라바키오 박사는 모든 것을 숨김없이 자백했고, 자신이 저지른 범행에 관한 소름 끼치는 이야기들과 특히 사탄과의 경악스러운 결탁에 대한 자세한 정황을 밝히면서 법정을 혼란에 빠뜨리는 것을 즐기는 듯 보였다. 법정에 참석한 성직자들은 박사가 자기 죄를 후회하고 깨닫게 하려고 할 수 있는 모든 노력을 기울였으나 트라바키오는 그들을 조롱하고 비웃기만 할 뿐 아무 소용이 없었다. 노파와 트라바키오 두 사람은 화형을 선고받았다. ― 그사이 사람들은 박사의 집을 조사했고 그의 재산을 전부 끄집어냈다. 재판 비용을 공제한 후 남은 재산은 여러 병원에 나눠 주기로 했다. 트라바키오의 서재에서는 수상한 책이 단 한 권도 발견되지 않았으며, 박사가 행한 사단의 술법에 관하여 단서가 될 만한 도구는 더더욱 없었다. 다만 벽으로 수많은 관들이 튀어나와 실험실임을 알 수 있는 잠긴 지하실이 하나 있었는데 온갖 기술을 동원하고 아무리 완력을 써도 문을 열 수가 없었다. 그렇다, 법원의 감독하에 철물공들과 벽돌공들이 열심히 노력한 끝에 마침내 문을 부수고 목적을 달성할라 치면 지하실 내부에서 끔찍한 목소리들이 날카롭게 외쳐 대고, 위아래로 획획거리는 소리가 나고, 얼음장처럼 차가운 날개들이 일꾼들의 얼굴을 때리고, 살을 에는 듯한 외풍이 날카롭고 소름 끼치는 소리를 내며 휘휘 복도로 부는 바람에 모두가 공포와 경악에 사로잡혀 달아나고 말았다. 결국에는 모두가 불안과 공포로 미쳐 버릴까 봐 두려워 아무도 지하실 문에 다가갈 엄두를 내지 못했다. 성직자들이 문으로 다가가 봐도 사정은 별반 나아지지 않았고 이제 팔레르모의 늙은 도미니크 수도사를 기다리는 것 말고는 다른 방법이 없었다. 지금까지 이 의연하고 경건한 수도사 앞에서 사탄의 모든 술법은 어김없이 물러나곤 했다. 이제 나폴리에 도착한 수도사는 트라바키오의 지하실에 있는 사악한 유령과 싸울 준비가 되어 있었고 십자가와 성수를 갖추고 그곳으로 갔다. 여러 성직자와 재판소 사람들이 동행했으나 그들은 문에서 멀찍이 떨어진 곳에 머물렀다. 늙은 도미니크 수도사는 기도를 하면서 문으로 다가갔다. 그런데 그때 획획거리고 웅웅거리는 소리가 격렬해지더니 사악한 유령들의 끔찍한 목소리가 날카롭게 웃음을 터뜨렸다. 하지만 수도사는 당황하지 않았다. 그는 십자가상을 높이 들어 올린 채로 문에 성수를 뿌리면서 더 힘차게 기도했다. "쇠지레를 주시오!" 그가 크게 소리쳤다. 벽돌공 도제가 덜덜 떨면서 그에게 쇠지레를 건넸다. 하지만 늙은 수도사가 문에 쇠지레를 갖다 대기가 무섭게 주변을 뒤흔드는 굉음과 함께 문이 활짝 열렸다. 푸른색 불길이 지하실 벽의 온갖 곳에서 날름거리며 타올랐고, 감각을 마비시키는 숨 막히는 열기가 내부에서 뿜어져 나왔다. 그럼에도 불구하고 도미니크 수도사는 안으로 들어가려 했다. 그때 지하실 바닥이 무너져서 집 전체가 요란하게 울렸고 심연에서 불길이 후드득 타올랐다. 불길은 광포하게 주위로 뻗어가 주변의 모든 것을 움켜쥐었다. 도미니크 수도사는 타 죽거나 파묻히지 않기 위해 다른 사람들과 함께 황급히 달아날 수밖에 없었다. 그들이 밖으로 나오자마자 트라바키오 박사의 집 전체가 불길에 휩싸였다. 군중이 모여들었고 극악무도한 마법사의 집이 불타는 것을 보자 기뻐서 환호했다. 집을 구하려는 시도는 조금도 하지 않았다. 어느새 지붕이 무너지고 내부 목조가 활활 타오르며 벽 쪽으로 기울었으며 위층의 두꺼운 들보들만이 아직 맹렬한 불에 맞서고 있었다. 그런데 트라바키오의 열두 살짜리 아들이 팔에 작은 상자를 끼고 그 희미하게 타는 들보들 중 하나를 따라 걷고 있었다. 이 광경에 군중은 소스라치게 놀라 소리를 질러 댔다. 그 모습은 단 한순간이었으며 높이 치솟는 불길 속으로 돌연 사라져 버렸다. ─ 트라바키오 박사는 그 사건에 대해 이야기를 듣자 정말 진심으로 기뻐하는 빛이었으며 대담하고 뻔뻔스러운 태도로 형장으로 갔다. 기둥에 묶일 때 그는 날카롭게 웃어젖혔고, 자신을 살기등등하게 꽉 삼아매는 사형집행인에게 말했다. "밧줄에 자네 주먹이 쏠리지 않게 조심하라고, 이 친구야." 마지막으로 자신에게 다가오려는 수도사에게 그는 끔찍한 목소리로 외쳤다. "꺼져! ─ 내게서 떨어져! 내가 너희 좋으라고 고통스럽게 죽을 만큼 멍청한 거리고 생각하는 것이냐? ─ 나의 때는 아직 오지 않았다."6) — 이제 불붙은 장작이 탁탁 소리를 내기 시작했다. 그런데 트라바키오에게 막 닿자마자 불길이 짚불처럼 밝게 확 타오르더니 먼 언덕에서 날카롭게 비웃는 소리가 들려왔다. 모두가 그쪽을 쳐다보았다. 그곳에 트라바키오 박사 자신이 가장자리가 금으로 장식된 검은색 옷을 입고, 허리에 장검을 차고, 빨간색 깃털 장식이 달리고 챙을 내린 스페인식 모자를 쓰고, 작은 상자를 팔에 끼고, 평소 나폴리 거리를 다닐 때와 완전히 똑같은 모습으로 나타나자 군중은 전율에 사로잡혔다. 기병들과 경찰들, 그 밖에 수백 명의 군중이 언덕으로 돌진했지만 트라바키오는 종적도 없이 사라져 버렸다. 노파는 끔찍스럽기 그지없는 고통 속에서, 셀 수 없이 많은 범죄를 함께 저지른 극악무도한 주인을 향해 무시무시한 저주를 퍼부으며 숨졌다.

일명 이그나츠 데너는 다름 아니라 박사의 아들이었으며 당시 아버지의 사악한 술법을 써서 매우 진기하고 신비스러운 보물들이 든 작은 상자를 불길에서 구해 낸 것이었다. 아버지는 아주 어릴 적부터 그에게 비밀스러운 지식들을 가르쳤고 그는 미처 완전한 자각에 이르기도 전에 영혼이 악마에게 맡겨졌다. 사람들이 트라바키오 박사를 감옥에 처넣었을 때 이 사내아이는 아버지가 지옥의 마법으로 집어넣은 사악한 유령들과 함께 비밀스럽게 잠긴 지하실 안에 있었다. 하지만 결국 이 마법이 도미니크 수도사의 힘에 밀려나게 되었을 때 아이

---

6) 요한복음 7장 6절에서 예수가 하는 말을 연상시킨다.

는 숨겨진 기계 장치를 작동시켰다. 그러자 불길이 일어 온 집이 불타게 되었고 아이는 무사히 불길을 뚫고 문으로 나가 아버지가 말해 준 숲으로 서둘러 달아난 것이었다. 오래 지나지 않아 트라바키오 박사 역시 숲에 나타났다. 그는 아들을 데리고 재빨리 달아났고 그러다 나폴리에서 사흘쯤 이동했을 때 고대 로마 건물이 있던 폐허에 다다랐는데 그곳에는 널찍한 동굴로 통하는 입구가 숨겨져 있었다. 여기에서 수많은 도적패가 크게 환호하며 트라바키오 박사를 맞아 주었다. 박사는 오래전부터 그들과 관계를 맺고 있었고 자신의 비밀스러운 지식으로 도적패에 아주 중요한 기여를 하고 있었다. 도적들은 박사를 다름 아닌 도적왕으로 추대함으로써 보답하려 했고 이로써 그는 이탈리아와 남부 독일에 퍼져 있던 모든 패거리의 우두머리가 될 것이었다. 트라바키오 박사는 그러한 지위를 받아들일 수 없다고 했다. 자신을 다스리는 특수한 별자리 때문에 자기는 이제 완전히 방랑하는 삶을 살아야 하며 어떤 관계에도 묶일 수 없다고 했다. 하지만 계속해서 자신의 술법과 지식으로 도적들을 도울 것이며 종종 모습을 보일 것이라고 말했다. 그러자 도적들은 열두 살 난 트라바키오를 도적왕으로 뽑기로 결정했고 박사도 이에 굉장히 만족했으므로 그때부터 아이는 도적들과 지내게 되었다. 열다섯 살이 되었을 때 소년은 이미 실질적인 우두머리로서 도적들과 활동에 나섰다. 그때부터 그의 삶 전체는 흉악한 만행과 마법으로 점철되었다. 아버지는 자주 모습을 보이고 가끔은 몇 주간 아들과 단둘이 동굴에 머무르면서 마법에 대해 점점 더 많은 것을 전수해 주었다. 매번 대담해지고 뻔뻔해지는 도적패들을 막기 위해 나폴리 왕이 강력한 조치를 내린 까닭에, 하지만 그보다는 도적들 사이에 분열이 일어난 탓에 결국 한 우두머리 밑에서 유지되던 위태로운 동맹이 깨졌고 트라바키오는 오만함과 잔인함 때문에 증오의 대상이 되었다. 아버지에게서 배운 마법은 그를 부하들의 칼로부터 지켜 주지 못했다. 그는 스위스로 달아나 이그나츠 데너로 이름을 바꾸고 여행하는 상인으로서 독일의 견본시와 연시를 다녔다. 그러던 중 예의 대규모 패거리에서 나와 뿔뿔이 흩어져 있던 도적들이 작은 패거리를 이루게 되었고 이들은 예전의 도적왕을 자신들의 우두머리로 뽑았다. 트라바키오는 자신의 아버지가 지금 여전히 살아 있고 감옥으로 자기를 찾아왔으며 형장에서 자기를 구해 주기로 약속했다고 장담했다. 이제 자신도 잘 알다시피 신의 섭리가 안드레스를 죽음으로부터 구해 냈기에 아버지의 힘은 소멸되었으며 자기는 이제 뉘우치는 죄인으로서 맹세코 모든 마법에서 손을 떼고 정당한 사형을 참을성 있게 받아들이겠다고 했다.

바흐 백작의 입으로부터 이 모든 이야기를 전해들은 안드레스는 예전에 나폴리 지방에서 주인을 공격한 게 자신이 확신하듯 바로 트라바키오의 패거리였을 거라는 점, 그리고 늙은 트라바키오 박사가 몸소 육신을 가진 사탄처럼 감옥에 나타나 나쁜 짓을 행하도록 자기를 유혹하려 했다는 점을 한순간도 의심하지 않았다. 이제 비로소 안드레스는 트라바키오가 자기 집에 발을 들인 이후 자신이 얼마나 큰 위험에 처해 있었는지를 제대로 알게 되었다. 왜 그 극악무도한 자가 그토록 유독 자신과 자기 아내를 노렸는지는 비록 여전히 이해하지 못했지만 말이다. 왜냐하면 그자가 사냥터지기의 집에 머묾으로써 얻은 이득은 그다지 클 리 없었기 때문이다.

안드레스는 끔찍한 폭풍을 겪은 후 이제 평온하고 행복한 상태였다. 그러나 저 폭풍은 너무도 격렬하게 날뛰었기에 그의 삶 전체에 무거운 여운을 남겼다. 원래 강건한 사내였던 안드레스는 상심과 긴 수감 생활로, 더군다나 형언할 수 없는 고문의 고통으로 몸이 망가져 버린 까닭에 쇠약하게 비틀거렸고 사냥을 거의 할 수 없었다. 조르지나 역시 상심과 불안과 경악이 작열하는 불처럼 남국의 천성을 소진시켜 버린 나머지 눈에 띄게 시들어 갔다. 더는 손쓸 방법이 없었고 그녀는 남편이 돌아온 후 몇 달이 지나고 죽었다. 안드레스는 절망하려 했지만, 엄마를 꼭 빼닮은 너무나 예쁘고 똑똑한 아이가 그에게 위안이 되어 주었다. 그는 이 아이를 위해서 목숨을 부지하고 최대한 기력을 되찾으려고 모든 일을 했고 그리하여 거의 이 년이 지난 후에는 충분히 건강이 회복되어 숲속으로 즐겁게 사냥을 나갈 수 있게 되었다. ─ 트라바키오의 소송은 마침내 종착점에 다다랐고 그는 과거 자기 아버지처럼 화형을 선고받았다. 얼마 후 형이 집행될 예정이었다.

어느 날 벌써 저녁노을이 지고 있을 때 안드레스는 아들과 함께 숲에서 나와 돌아가는 길이었다. 어느새 성에 가까워졌을 때 구슬프게 흐느끼는 소리가 들렸다. 울음소리는 근처 들판에 있는 바싹 마른 노랑에서 들려오는 것 같았다. 그는 서

둘러 다가갔고 초라하고 지저분한 누더기를 걸친 한 남자가 도랑 속에 누워 있는 모습을 보았는데 남자는 몹시 고통스러워하며 숨을 거두려는 듯 보였다. 안드레스는 산탄총과 총 주머니를 바닥에 내던지고 그 불행한 자를 힘겹게 끌어냈다. 이제 그 사람의 얼굴을 들여다본 안드레스는 그자가 트라바키오임을 알아보고는 경악했다. 안드레스는 소스라쳐 뒤로 물러나면서 그자에게서 떨어졌다. 그런데 그때 트라바키오가 둔탁하게 흐느꼈다. "안드레스, 안드레스, 자네인가? 내가 영혼을 맡긴 자비로운 하느님을 생각해서 나에게 동정을 베풀게! 자네가 나를 구해 준다면, 영원히 저주받은 한 영혼을 구하는 걸세. 곧 죽음이 내게 닥칠 테고 나는 아직 속죄를 다하지 못했으니 말이야!" "이 저주받은 위선자." 안드레스가 소리를 질렀다. "내 아이와 내 아내의 살인자야, 혹여 나를 더 망가뜨리려고 사탄이 네놈을 다시 이리로 이끈 것 아니냐? 나는 너와 볼일이 하나도 없다. 죽어라, 그리고 짐승의 시체처럼 썩어 버려라, 이 흉악한 놈아!" 안드레스는 그를 도랑으로 도로 밀치려 했다. 그때 트라바키오가 격하게 비탄하면서 울부짖었다. "안드레스! 자네가 날 구하면 자네 아내인 조르지나의 아버지를 구해 주는 거네! 조르지나는 지고의 존재의 옥좌 곁에서 나를 위해 기도하고 있어!" 안드레스는 움찔했다. 조르지나의 이름을 듣자 아픈 비애감이 자신을 덮치는 느낌이었다. 그의 평화, 그의 행복을 살해한 자에 대한 동정이 그를 사로잡았다. 그는 트라바키오를 붙잡아 힘겹게 등에 업고 집으로 향했고 집에서 그가 기운을 차리도록 강장제를 주었다. 기절했던 트라바키오는 곧 정신을 차렸다.

처형 전날 밤 트라바키오는 끔찍하기 그지없는 죽음의 공포에 사로잡혔고, 형언하기 어려운 화형의 고통에서 이제 그 무엇도 자신을 구해 줄 수 없으리라고 굳게 믿고 있었다. 그때 그는 광기 어린 절망 속에서 감방 창문의 쇠창살을 붙잡고 흔들었는데 그러자 쇠창살이 손 안에서 잘게 부서졌다. 한 줄기 희망의 빛이 그의 영혼에 비쳤다. 그는 도시의 말라 버린 해자에 바짝 붙어 있는 탑에 갇혀 있었다. 그는 아득한 바닥을 내려다보았고 뛰어내리자고, 그렇게 해서 목숨을 구하거나 아니면 죽자고 그 자리에서 결심했다. 그는 크게 힘들이지 않고 금방 몸에서 사슬을 풀었다. 밖으로 몸을 던졌을 때 그는 정신을 잃었고 깨어났을 때는 태양이 환히 비추고 있었다. 그는 자신이 덤불 숲속에서 풀들이 높이 자란 곳에 떨어진 것을 보았다. 하지만 팔다리가 전부 탈구되고 삐어서 몸을 움직일 수가 없었다. 검정파리들과 다른 벌레들이 반쯤 벌거벗은 그의 몸에 앉아 살을 찌르고 피를 빨았지만 그는 그것을 막을 수 없었다. 그렇게 그는 고통 가득한 하루를 보냈다. 밤이 되어서야 그는 계속 기어갈 수 있었고 운 좋게도 빗물이 고인 곳에 이르렀다. 그는 탐욕스레 홀짝거리며 빗물을 마셨다. 이제 기운이 나는 것 같았고 힘겹게 기어올라 몰래 달아날 수 있었다. 그러다 그는 풀다에서 멀지 않은 곳에서 시작되어 거의 바흐성까지 뻗어 있는 숲에 이르렀다. 이렇게 그는 이 지역까지 왔고 죽음과 싸우는 그를 안드레스가 발견한 것이었다. 마지막 힘을 짜내 끔찍한 사부를 벌이느라 그는 기력이 완전히 소진

되었고 몇 분만 늦었더라면 안드레스는 분명 죽은 그를 발견했을 것이다. 안드레스는 당국으로부터 도주한 트라바키오가 앞으로 어떻게 될지는 생각하지 않고 그를 외딴 방으로 데려가 가능한 모든 방법을 동원해서 돌봤다. 안드레스가 아주 신중하게 처신했기에 그 낯선 자의 존재를 아무도 알아채지 못했다. 아버지의 뜻을 맹목적으로 따르는 데 익숙한 아이도 비밀을 충실히 지켰다. 이제 안드레스는 트라바키오에게 그가 틀림없이, 정말로 조르지나의 아버지냐고 물었다. "물론이네." 트라바키오가 답했다. "언젠가 나폴리 지방에서 나는 그림처럼 아름다운 아가씨를 유괴했고 그녀와 딸을 하나 낳았네. 이미 자네도 알다시피, 안드레스, 내 아버지의 가장 대단한 술법 중 하나는 어린아이의 심장에서 나온 피를 주성분으로 귀하고 신비한 물약을 조제하는 것이었고, 아버지는 부모들이 자발적으로 맡긴 아홉 주, 아홉 달 혹은 아홉 살짜리 아이를 가지고 약을 만들었지. 아이가 실험자와 가까운 관계일수록 심장의 피에서 생명력과 영원한 회춘을 더 효과적으로 얻을 수 있고, 인공적인 금도 더 잘 만들 수 있어. 그래서 나의 아버지는 자기 자식들을 살해한 거고, 나는 아내가 낳아 준 어린 딸을 보다 높은 목적을 위해 그런 흉악한 방법으로 희생시킬 수 있어서 기뻤다네. 나는 내 아내가 어떻게 그 사악한 의도를 알아챘는지 아직도 모르겠네. 그녀는 아홉 주가 되기 전에 사라져 버렸고 여러 해가 지난 후에야 나는 그녀가 나폴리에서 죽었으며 딸인 조르지나는 뿌루퉁한 구두쇠인 여관 주인이 키우고 있다는 이야기를 들었지. 그렇게 해서 나는 조르지나가 자네와 결혼한 사실과 자네의 거주지를 알 수 있었네. 이제 자네는, 안드레스, 왜 내가 자네 아내에게 호의를 베풀었는지, 그리고 왜 내가 흉악한 마법에 완전히 사로잡혀 자네 아이들에게 그토록 집착했는지 납득이 갈 걸세. — 하지만 자네, 안드레스, 오직 자네 덕분에, 그리고 전능하신 하느님께서 자네를 기적같이 구원하신 덕분에 나는 지난 일을 깊이 후회하고 속으로 참회하게 되었네. 그건 그렇고 내가 자네 아내한테 준 작은 보석 상자, 그러니까 내가 아버지의 명에 따라 불길에서 구해 낸 그 상자는 자네 아들을 위해 안심하고 가지고 있어도 되네." "그 상자는." 안드레스가 끼어들어 말했다. "당신이 끔찍한 살인을 자행한 그날에 조르지나가 당신에게 돌려주지 않았소?"

"그건 그렇네만." 트라바키오가 답했다. "그 상자는 조르지나가 모르게 다시 자네 수중에 들어갔다네. 자네 집 현관에 있는 커다란 검은색 궤 속을 살펴보게나. 궤 바닥에서 상자를 찾을 수 있을 거야." 안드레스는 궤 안을 찾아보았고 정말로 그 상자가 처음 트라바키오가 맡겼을 때와 완전히 똑같은 상태로 있는 것을 발견했다.

안드레스는 속으로 섬뜩한 불만을 느꼈다. 도랑에서 트라바키오를 발견했을 때 그가 죽어 있었더라면 좋았을 텐데 하는 마음을 억누를 수가 없었다. 물론 트라바키오는 진정으로 후회하고 참회하는 듯 보였다. 왜냐하면 그는 골방에서 나오지 않으면서 오직 경건한 책을 들여다보는 일로 시간을 보냈고 어린 게오르크와 즐겁게 대화를 나누는 것이 유일한 오락이었기 때문이다. 그는 게오르크를 세상 무엇보다도 사랑하는 듯 보였다. 하지만 안드레스는 경계를 늦추지 않기로 마음먹었고 기회가 나자마자 모든 비밀을 바흐 백작에게 공개했다. 백작은 운명의 기이한 장난에 적잖이 놀라워했다. 그렇게 몇 달이 지나 늦가을이 왔고 안드레스는 평소보다 자주 사냥을 나갔다. 꼬마는 대개 할아버지 그리고 비밀을 아는 늙은 사냥꾼 곁에 머물러 있었다. 어느 날 저녁 안드레스가 사냥에서 돌아왔을 때 늙은 사냥꾼이 들어오더니 충심으로 말하기 시작했다. "나리, 나리께서는 사악한 놈을 집에 들이신 겁니다. 악마가 창문을 통해 들어와 그놈한테 왔다가 연기와 안개 속에서 다시 떠나 버립니다!" 이 말에 안드레스는 마치 번개를 맞은 기분이었다. 늙은 사냥꾼이 계속 이야기하길 이미 여러 날 동안 연달아 늦은 황혼 녘에 트라바키오의 방에서 말다툼을 하듯 서로 뒤섞여 재깔이는 이상한 목소리들이 들렸으며, 오늘 트라바키오 방의 문을 잽싸게 열었을 때 가장자리가 금으로 장식된 빨간색 외투를 입은 형체가 창문 밖으로 휙 나가는 듯했다고 했다. 전에도 그런 적이 한 번 있었다고 했다. 안드레스는 이게 무슨 말인지 너무도 잘 알았다. 안드레스는 분노로 가득 차서 부리나케 트라바키오의 방으로 올라갔고 사냥꾼이 말한 일을 두고 그를 질책했으며, 모든 음모를 단념하지 않을 경우 성의 감옥에 갇힐 각오를 해야 할 거라고 통보했다. 트라바키오는 가만히 있다가 애처로운 어조로 답했다. "아, 친애하는 안드레스! 자신의 때가 아직 오지 않은 내 아버지가 전례 없는 방식으로 나를 괴롭히고 고통스럽게 하고 있어. 아버지는 내가 다시 자기편에 서고 내 영혼의 경건함과 행복을 단념하기를 원해. 하지만 나는 흔들리지 않았고, 아버지가 다시 돌아올 거라고는 생각하지 않네. 왜냐하면 자기가 더 이상 나를 지배할 수 없다는 것을 알게 되었으니까. 마음을 가라앉히게, 사랑하는 아들 안드레스여! 그리고 내가 경건한 기독교인으로서 하느님과 화해한 상태로 자네 곁에서 죽게 해 주게나!" 실제로 그 사악한 형체는 더는 찾아오지 않는 듯했다. 그러나 트라바키오는 눈이 다시 이글이글해지고, 이따금 예전처럼 조롱하듯 기이하게 웃는 것 같았다. 안드레스는 매일 저녁 그와 함께 기도하는 시간을 가지곤 했는데 그때 트라바키오는 자주 경련하듯 덜덜 떠는 것 같았다. 때때로 이상하게 쉭쉭 소리를 내는 외풍이 방 안을 쓸고 지나가면서 기도서의 책장을 차르륵 넘겼고 심지어 안드레스의 손에서 기도서를 떨어뜨리기도 했다. "사악한 트라바키오, 이 극악무도한 사탄아! 네가 이런 사악한 짓을 벌이는 거야! 나한테서 뭘 원하는 거냐? 너는 나를 지배할 수 없으니 썩 꺼져라! — 꺼져 버려!" — 안드레스는 힘찬 목소리로 이렇게 소리 질렀다! 그러자 조롱하며 웃는 소리가 방 안을 지나갔고 검은색 날개 같은 것이 창문을 때렸다. 유령이 또다시 사악하게 행패를 부리고 게오르크는 무서워서 울음을 터뜨렸다. 하지만 트라바키오의 말대로 그것은 그저 비가 창문을 때리고 가을바람이 울부짖는 듯한 소리를 내며 방 안을 지나간 것일 뿐이었다.

"아니." 안드레스가 소리쳤다. "만일 당신이 사악한 아버지와 모든 관계를 끊었더라면 그가 이곳을 이렇게 들쑤시고 다닐 리가 없소. 당신은 이곳을 떠나야 하오. 당신을 위한 집은 오래전에 준비되어 있소. 당신은 성의 감옥으로 떠나야 하오. 그곳에 가면 원하는 대로 난리를 피워도 좋소." 트라바키오는 격하게 울었고 제발 이 집에 있게 해 달라고 부탁했다. 이게 다 무슨 일인지 영문을 모르는 게오르크는 트라바키오를 거들었다. "그럼 내일까지는 이곳에 머무르시오." 안드레스가 말했다. "내가 사냥에서 돌아오고 나서 기도 시간에 무슨 일이 벌어지는지 두고 볼 거요." 다음 날은 화창한 가을 날씨였고 안드레스는 사냥이 잘될 것이라 기대했다. 그가 매복처에서 복귀할 때 주변은 완전히 깜깜해져 있었다. 그는 마음속 깊은 곳이 심하게 동요하는 것을 느꼈다. 자신의 기이한 운명, 조르지나의 모습, 살해당한 아이가 너무도 생생하게 눈앞에 떠오른 나머지 그는 깊이 생각에 잠긴 채 점점 느릿느릿하게 사냥꾼들 뒤를 따랐다. 어쩌다 보니 결국 그는 숲속 샛길에 홀로 있었다. 넓은 숲길로 돌아가려는 찰나에 빽빽한 수풀 사이로 눈부시게 밝은 빛이 깜박거리는 게 보였다. 그러자 엄청난 만행이 자행되는 것 같은 이상하고 혼란스러운 예감이 그를 사로잡았다. 그는 우거진 수풀을 뚫고 들어가 불에 가까워졌다. 가장자리가 금으로 장식된 외투를 입고, 허리에 장검을 차고, 챙을 내린 모자를 쓰고, 약 상자를 팔에 낀 늙은 트라바키오의 형체가 그곳에 서 있었다. 형체는 이글이글한 눈으로 불 속을 들여다보았다. 불길은 빨갛고 파랗게 빛나는 뱀처럼 증류기 아래에서 활활 타오르고 있었다. 불 앞에 게오르크가 벌거벗은 채로 팔다리를 쭉 펴고 석쇠 비슷한 것 위에 누워 있었고 사악한 박사의 극악무도한 아들은 최후의 일격을 가하기 위해 번쩍번쩍 빛나는 칼을 높이 치켜들고 있었다. 안드레스는 경악해서 소리를 질렀다. 그리고 살인자가 주위를 둘러볼 때 이미 안드레스의 총에서 탄환이 핑 하고 발사되었고 트라바키오는 머리통이 박살 난 채 불 위로 쓰러졌다. 그 순간 불이 꺼졌다. 박사의 형체는 사라져 버렸다. 안드레스는 달려가 시체를 옆으로 밀치고 가엾은 게오르크를 줄에서 푼 뒤 아이를 들쳐 업고 급히 집으로 향했다. 아이는 죽음의 공포 때문에 정신을 잃었을 뿐 아무렇지도 않았다. 안드레스는 숲으로 가고 싶은 충동을 느꼈다. 그는 트라바키오의 죽음을 확인하고 시체를 곧장 파묻고 싶었다. 그래서 그는 아마 트라바키오에 의해 깊은 잠에 빠진 것 같은 늙은 사냥꾼을 깨웠고 두 사람은 등불과 곡괭이와 삽을 가지고 멀지 않은 그 장소로 갔다. 그곳에 트라바키오가 피투성이로 누워 있었다. 하지만 안드레스가 다가가는 순간 트라바키오가 몸을 반쯤 일으키더니 소름 끼치게 그를 노려보면서 둔탁하게 그르렁거렸다. "살인자! 아내의 아버지를 살인한 놈! 나의 악마들이 네놈을 괴롭힐 것이다!" "지옥으로 가라, 이 사악한 악당아." 안드레스가 소리쳤다. 그는 자신을 덮치려 하는 공포에 맞섰다. "지옥으로 가라, 백번 죽어 마땅한 놈아. 내 아이에게, 자기 딸의 아이에게 극악무도한 살인을 자행하려 하다니, 내가 네놈을 죽여 주마! 너는 비열한 배신을 위해 참회하는 척, 경건한 척 군 것뿐이야. 하지만 네놈이 사탄에게 팔아 버린 네 영혼을 위해 사탄이 많은 고통을 준비해 두었다." 그러자 트라바키오가 울부짖으며 뒤로 쓰러졌고 점점 더 둔탁하게 흐느끼며 숨을 거두었다. 이제 두 남자는 깊이 구멍을 파고 트라바키오의 시체를 그곳에 던져 넣었다. "그 피를 나에게 돌리지 말지어다!"[7] 안드레스가 말했다. "하지만 달리 어쩔 수 없었어. 나의 게오르크를 구하도록, 수많은 악행에 복수하도록 하느님께서 나를 택하신 거야. 그러나 나는 그의 영혼을 위해 기도하고 작은 십자가를 그의 무덤에 세워 두겠어." 다음 날 안드레스가 이 계획을 실행에 옮기려 했을 때 그는 땅이 파헤쳐져 있고 시체가 사라진 것을 발견했다. 이것이 야생동물의 짓인지, 아니면 다른 무엇 때문인지는 의문으로 남았다. 안드레스는 아이와 늙은 사냥꾼을 데리고 바흐 백작에게 갔고 모든 일을 충실하게 보고했다. 바흐 백작은 아들을 구하고자 그 도적이자 살인자를 쓰러뜨린 안드레스의 행동을 칭찬했으며 사건의 모든 전말을 기록하여 성의 문서실에 보관해 두도록 했다.

그 끔찍한 사건은 안드레스의 내면 깊숙한 곳을 심하게 뒤흔들어 놓았고, 아마 그래서 그는 밤이면 잠자리에서 몸을 뒤척이며 잠을 이루지 못했을 것이다. 하지만 깨어 있지도 꿈을 꾸지도 않는 상태에서 멍하니 생각에 잠길 때면 그는 방 안에서 바스락거리고 휙휙거리는 소리를 들었고, 빨간색 빛이 지나갔다가 다시 사라졌다. 그가 귀를 기울이고 쳐다보기 시작하자 둔탁하게 웅얼대는 소리가 들렸다. "이제 너는 주인이

---

7) 마태복음 27장 25절에서 유대인들은 예수를 십자가에 못 박으라고 종용하며 "그 피를 우리와 우리 자손에게 돌릴지어다."라고 말한다.

야 — 너는 보물을 가졌어 — 너는 보물을 가졌어 — 힘을 거 머쥐어, 그건 네 거야! — " 안드레스는 속에서 어떤 알 수 없는 감각이, 아주 독특한 쾌감과 생명욕이 움트려 하는 것 같았다. 하지만 아침노을 빛이 창문으로 비쳐 들어오자 안드레스는 용기를 내서, 평소 습관대로 힘차고 열렬하게 주님에게, 그의 영혼을 밝혀 주는 주님에게 기도를 드렸다. "그 유혹자를 물리치고 저희 집에서 죄를 몰아내기 위해 어떤 임무와 사명이 아직 제게 남았는지 압니다!" — 안드레스는 이렇게 말하고는 트라바키오의 상자를 집었고 그것을 열지 않은 채로 깊은 협곡 속으로 내던졌다. 이제 안드레스는 평온하고 즐거운 노년을 누렸고 어떤 적대적인 힘도 그것을 파괴할 수 없었다.

팔룬¹⁾의 광산

청명하고 햇빛 찬란한 7월 어느 날 예테보리의 전 주민이
정박지에 모였다. 머나먼 나라에서 무사 귀환한 부유한 동인
도 무역선 한 척이 클리파항에 정박해 긴 세모꼴의 스웨덴 깃
발을 하늘색 창공으로 경쾌하게 나부끼는 동안, 환호하는 선
원들을 가득가득 쑤셔 넣은 선박과 보트와 거룻배 수백 척이
거울처럼 반짝이는 예타강의 물결 위에서 이리저리 떠다녔고
마스투겟 광장의 대포들은 아득히 울려 퍼지는 펑펑 소리로
저 너머 먼바다를 향해 환영 인사를 보냈다. 동인도 회사의
신사들은 항구를 거닐며 미소 띤 얼굴로 자신들이 얻은 큰 수
익을 계산했다. 그들은 자신들의 모험적인 사업이 해가 갈수

---

1) 스웨덴 중부의 도시. 예부터 광산으로 유명하며 한때 세계 최대의 구리
산지였다.

록 점점 더 번창하고 훌륭한 예테보리가 융성하는 상업 속에서 점점 더 싱싱하고 화려하게 피어나는 데 진심으로 기뻐했다. 따라서 모두가 그 건실한 신사들을 바라보며 즐거워하고 흡족해했으며 그들과 기쁨을 나눴다. 그들이 얻은 수익이 온 도시의 활기찬 생활에 생기를 불어넣어 주는 까닭이었다.

대략 150명가량 될 동인도 무역선의 승무원들은 상륙 준비를 갖춘 많은 보트에 타고 육지에 올랐고 이제 막 흰스닝(Hönsning)을 즐기려는 참이었다. 흰스닝이란 이런 일이 있을 때 승무원들이 벌이는 축제를 일컫는 말이었고 이 축제는 여러 날 동안 계속되었다. 희한하고 알록달록한 복장의 악대가 선두에 서서 바이올린과 피리와 오보에와 드럼을 힘차게 연주했고 그동안 다른 이들은 거기에 맞춰 온갖 흥겨운 노래를 불렀다. 그 뒤를 마도로스들이 쌍쌍이 따라갔다. 알록달록한 리본으로 장식한 재킷과 모자를 착용한 몇몇 이들은 나부끼는 삼각기를 흔들었고 다른 이들은 춤을 추고 펄쩍펄쩍 뛰었다. 모두가 기쁨의 탄성과 환호성을 내질러서 그 쨍하고 요란한 소리가 공중으로 멀리 울려 퍼졌다.

이 흥겨운 행렬은 그렇게 조선소를 지나 교외 지역을 거쳐 하가[2]까지 계속 나아갔다. 그곳에 있는 한 여관 겸 술집에서 진탕 먹고 마실 예정이었나.

이제 최상급 맥주가 콸콸 쏟아졌고 큰 술잔이 하나하나 비워졌다. 선원들이 먼 여행에서 돌아오면 으레 그렇듯 곧장 온

---

2) 예테보리 구교 지역. 오늘날에는 예테보리시의 한 구역이다.

갓 아리따운 창녀들이 합석해서 함께 어울렸고 춤이 시작되었다. 환락은 갈수록 더 격해졌으며 환호는 갈수록 더 시끄러워지고 열광을 띠었다.

오직 단 한 명의 선원만이, 스무 살이 겨우 되었을까 싶은 호리호리하고 잘생긴 한 사람만이 그 시끌벅적한 속에서 슬며시 빠져나왔고 밖에서 술집 문 옆 벤치에 홀로 앉아 있었다.

마도로스 몇 명이 그에게로 왔다. 그들 중 한 명이 웃음을 터뜨리며 큰 소리로 외쳤다. "엘리스 프뢰봄! — 엘리스 프뢰봄! — 또다시 애처로운 바보가 돼서 미련한 생각들에 빠져 있느라 멋진 시간을 허비하는 거야? — 이봐, 엘리스, 흰스닝에 빠지려거든 차라리 배에서도 아주 떠나 버리라고! — 이런 식이라면 너는 절대 제대로 된 훌륭한 선원이 못 될 거야. 담력이라면 너한테 충분하지. 넌 위험한 상황에서도 용감하고 말이야. 하지만 술이라곤 전혀 마실 줄 모르고 여기서 손님 노릇을 하며 육지 놈들한테 두카텐³⁾을 던져 주느니 그걸 주머니 속에 지니고 있잖나. — 마셔, 이 친구야! — 안 그러면 바다 귀신인 네크⁴⁾가, 그 트롤 전체가 너를 덮칠 테니!"

엘리스 프뢰봄이 급히 벤치에서 벌떡 일어나 이글이글한 눈빛으로 그 마도로스를 쳐다보고는 가장자리까지 브랜디가 채워진 잔을 들어 단숨에 비웠다. 그러고는 말했다. "보다시피, 요엔스, 나는 너희처럼 술을 마실 줄 알아. 그리고 내가 훌륭

<hr />

3) 금화의 일종.
4) 게르만 신화에 나오는 물귀신.

한 선원인지 아닌지는 선장이 결정할 일일 테고. 이제 그 나불거리는 주둥이는 닥치고 꺼져 버리라고! — 너희가 지랄 떠는 꼴을 보기가 싫으니까. — 내가 여기 밖에 앉아서 뭘 하든 너한텐 상관없는 일이라고!" 요엔스가 대답했다. "이런이런, 물론 알고말고. 너는 네르케[5]에서 태어났잖아. 그곳 사람들은 죄다 음울한 데다 뱃사람의 씩씩한 생활은 그다지 좋아하지 않지! — 기다려, 엘리스, 내가 누굴 내보낼 테니. 네크가 널 붙박아 둔 그 저주받은 벤치에서 빨리 널 떼어 놓아야 해."

오래 지나지 않아 몹시 예쁘고 아리따운 아가씨가 술집 문에서 나오더니, 다시금 묵묵히 내면에 침잠해서 벤치에 앉아 있는 침울한 엘리스 옆에 앉았다. 몸단장이며 전체적인 품새를 보아 그 창녀는 안타깝게도 나쁜 욕망에 스스로를 바친 것 같았다. 하지만 맵시 있는 얼굴의 너무도 사랑스럽고 부드러운 이목구비에는 방탕한 생활의 파괴적 힘이 아직 미치지 않았다. 그렇다, 거부감을 일으키는 뻔뻔스러움은 조금도 없었고 어두운 두 눈 속에는 동경에 찬 고요한 슬픔의 빛이 서려 있었다.

"엘리스! — 당신은 동료들과 기쁨을 함께할 생각이 전혀 없는 건가요? — 다시 집에 돌아왔는데도, 음험한 파도의 위협에서 벗어나 이제 다시 고국 땅 위에 서 있는데도 당신의 마음속에는 즐거운 기분이 전혀 안 드는 건가요?"

창녀가 나지막하고 부드러운 목소리로 말하면서 청년에게

---

5) 스웨덴 중부에 있는 지방.

팔을 둘렀다. 엘리스 프뢰봄은 마치 깊은 꿈에서 깨어난 듯 아가씨의 눈을 들여다보고는 그녀의 손을 잡고 그녀를 품에 안았다. 창녀의 달콤한 속삭임이 그의 내면으로 제대로 파고들었음을 잘 알 수 있었다.

"아." 마침내 그가 정신을 차린 듯 말하기 시작했다. "아, 나는 기쁨도 즐거움도 아예 느끼지 못한답니다. 적어도 동료들의 야단법석에는 전혀 장단을 맞춰 줄 수가 없어요. 그냥 들어가요, 착한 아가씨. 다른 이들과 환호성을 지르며 즐겁게 놀아요. 만일 그럴 수 있다면요. 하지만 침울한 엘리스는 여기 밖에 홀로 놔둬요. 그는 당신에게 흥이란 흥은 다 깨뜨리기만 할 테니까요. ― 그런데 잠깐! ― 나는 당신이 마음에 들어요. 그리고 내가 다시 바다로 나갔을 때 당신이 나를 좋게 생각했으면 해요."

엘리스는 호주머니에서 반짝이는 두카텐 두 개를 집고 품속에서 아름다운 동인도산 숄을 꺼내 그 두 가지를 창녀에게 주었다. 그러나 그녀의 눈에 맑은 눈물이 고였다. 그녀가 일어나더니 두카텐을 벤치 위에 놓고는 말했다. "아, 두카텐은 넣어 두세요. 그건 날 슬프게 할 뿐이에요. 하지만 이 아름다운 숄이라면 당신에 대한 소중한 추억으로 삼아 두를게요. 당신이 내년에 여기 하가에서 횐스닝을 할 때면 아마 나를 다시 찾지 못할 거예요."

그리고 나서 창녀는 다시 술집으로 들어가지 않고 양손으로 얼굴을 감싼 채 느릿한 발걸음으로 거리로 떠나 버렸다.

엘리스 프뢰봄은 다시금 음울한 몽상에 잠겼다. 술집에서 나는 환호성이 너무 시끌벅적해지자 마침내 그는 이렇게 소리 쳤다. "아, 깊디깊은 바다 밑바닥에 묻혀 누워 있었으면! — 이 생에서 나와 함께 기쁨을 누릴 사람은 더 이상 없으니까!"

이때 바로 뒤에서 웬 낮고 거친 목소리가 말했다. "필시 아 주 큰 불행을 겪은 것 같구먼, 젊은 양반. 삶이 한창일 때인 지금 벌써부터 죽음을 바라니 말이오."

엘리스가 주위를 두리번거렸고 한 늙은 광부를 발견했다. 광부는 팔짱을 끼고 술집 판자벽에 몸을 기대고 서서 진지한 날카로운 눈빛으로 그를 내려다보고 있었다.

엘리스는 자신이 깊고 황량한 고독 속에 빠졌다고 여기고 있었는데 늙은 광부를 계속 바라보자니 마치 어떤 익숙한 형 체가 친근하게 위로를 건네며 다가오는 듯한 느낌을 받았다. 엘리스는 정신을 가다듬고 이야기하길 아버지는 훌륭한 키잡 이였으나 폭풍을 만나 목숨을 잃었고 그때 자기만 기적같이 구조되었다고 했다. 다른 두 형제는 군인으로 전장에 머물러 있으며 그는 의지가지없는 불쌍한 어머니를 동인도 항해 후마 다 받는 넉넉한 급료로 혼자 부양해 왔다고 했다. 그는 어릴 적부터 뱃사람이 되도록 정해졌고 계속 뱃사람 노릇을 할 수 밖에 없다고 했다. 그래서 동인도 회사에서 일할 수 있는 것을 굉장한 행운으로 여겨 왔다고 했다. 이번에는 그 어느 때보다 큰 수익이 났으며 모든 마도로스는 급료 외에 상당한 액수의 돈을 추가로 받았다고, 그리하여 그는 주머니에 두카텐이 그 득한 채로 희희낙락해서 어머니가 사는 작은 집으로 달려갔 다고 했다. 그런데 낯선 얼굴들이 창밖으로 그를 내다보았다고 했다. 마침내 한 젊은 여자가 문을 열어 주었는데 그가 자기가 누군지 밝히자 여자가 쌀쌀하고 무뚝뚝한 어조로 어머니가 벌써 세 달 전에 죽었으며 장례비를 치르고 남은 누더기 몇 벌을 시청에서 찾아가라고 알려 주었다는 것이다. 어머니의 죽음은 그의 가슴을 갈기갈기 찢어 놓았으며 그는 온 세상으로부터 버림받은 느낌이라고, 황량한 암초에 얹힌 듯 고독하고 기댈 곳 없고 비참한 느낌이라고 했다. 바다에서 보낸 삶 전체가 목적 없이 이리저리 헤맨 것 같다고, 어쩌면 어머니가 낯선 사람들에게 형편없는 돌봄을 받으며 아무 위안 없이 죽을 수밖에 없었을지 모른다는 생각을 하면 자신이 집에 머물러 불쌍한 어머니를 봉양하며 보살피지 않고 바다로 나간 것이 파렴치하고 혐오스럽게 여겨진다고 했다. 동료들은 그를 억지로 휜스닝에 끌고 왔고 그 자신은 주위의 환호성이, 그리고 어쩌면 독한 술이 아픔을 마비시켜 줄 것이라 믿었으나 그러기는커녕 곧 가슴속의 모든 혈관이 터질 것만 같고 출혈로 죽을 것 같은 느낌이 들었다고 했다.

"이런." 늙은 광부가 말했다. "자네는 곧 다시 바다로 나갈 거네, 엘리스. 그리고 자네의 아픔은 얼마 안 있어 사라질 테고. 사람이 늙으면 죽는 법, 그건 달리 어쩔 수 없는 일이야. 자네 어머니는, 자네도 인정하듯, 불쌍하고 고달픈 삶을 떠난 것뿐이네."

"아." 엘리스가 말했다. "아, 아무도 제가 아파한다는 걸 믿지 않아요. 사람들은 아마도 절 어리석고 바보 같다고 나무라겠죠. 바로 그것이 저를 세상에서 멀어지게 하고 있어요. — 저는 더 이상 바다로 가고 싶지 않아요. 바다 위 삶은 저를 구역질나게 해요. 배가 위풍당당한 날개처럼 돛을 활짝 펼치며 바다로 나아가고, 파도가 찰싹찰싹 쏴쏴 치며 유쾌한 음악을 들려주고, 그 사이에 바람이 덜걱거리는 삭구를 지나며 휘휘 소리를 낼 때면 평소 제 심장은 부풀어 올랐죠. 그럼 저는 갑판 위에서 동료들과 함께 즐겁게 환성을 질렀어요. 그러고 나서 — 고요하고 어두운 한밤중에 망을 볼 때는 집에 돌아갈 생각과 착하고 늙은 어머니 생각을 했어요. 엘리스가 돌아오면 어머니가 또 얼마나 기뻐하실까! — 아! 그 시절에는 흰스닝을 만끽할 수 있었어요. 엄마 무릎 위에 두카텐을 쏟아부었고 아름다운 숄과 먼 나라에서 온 다른 여러 가지 희귀한 물건들을 엄마한테 건넸죠. 그러면 엄마 눈이 기쁨으로 환하게 빛났고 엄마는 만족감과 쾌감에 사로잡혀 연신 박수를 치셨고 총총걸음으로 바쁘게 왔다 갔다 하며 엘리스를 위해 보관해 둔 최상급 맥주를 가져오셨죠. 그리고 이제 저녁이 되면 저는 늙은 어머니 곁에 앉아서 제가 만난 기이한 사람들에 대해, 그들의 풍속과 관습에 대해, 긴 여행 중 겪은 온갖 놀라운 일들에 대해 이야기했어요. 어머니는 그런 이야기를 듣기를 굉장히 좋아하셨어요. 그리고 아버지가 극북 지방에서 했던 놀라운 힝해에 대해 다시 말씀해 주시고 뱃사람들 사이에서 전해 내려오는 소름 끼치는 이야기를 여럿 들려주셨죠. 저는 그 이야기들을 이미 골백번 들었지만 절대 질리는 법이 없었죠! — 아! 누가 나에게 이런 즐거움을 다시 안겨 줄까! — 아뇨, 이제 절대 바다로 가지 않을 거예요. — 저를 비웃기만 할 동료들 속에서 제가 뭘 할까요! 그리고 뱃일은 제게 아무 보람 없는 생고생으로만 여겨질 텐데 그런 일을 할 의욕이 어디서 생길까요!"

엘리스가 침묵하자 늙은 광부가 말했다. "자네 말을 들으니 흐뭇하네, 젊은 친구. 자네는 내 존재를 알아차리지 못했지만, 나는 벌써 몇 시간 전부터 자네의 일거수일투족을 관찰했고 그러면서 마찬가지로 즐거웠다네. 자네가 하는 모든 행동, 자네가 하는 모든 말은 자네가 심오하고 내향적이며 경건하고 천진난만한 마음씨의 소유자란 걸 증명한다네. 자네는 저 높은 하늘로부터 단연코 더없이 좋은 재능을 부여받은 거야. 하지만 자네는 이제껏 살아오면서 뱃사람 노릇에는 조금도 맞지 않았어. 자네처럼 조용하고 우울한 성향을 가진 네르케 사람한테(나는 자네 얼굴 생김새와 전체적인 태도를 보고 그걸 알아보았지), 자네 같은 사람한테 바다 위의 거칠고 불안정한 삶이 어찌 마음에 들겠나? 자네가 그 삶을 영영 포기하는 건 잘하는 일이야. 하지만 손을 놓고 아무 일도 안 할 생각은 아니겠지? ― 내가 조언 하나 하지, 엘리스 프뢰봄! 팔룬으로 가게나. 가서 광부가 되게. 자네는 나이도 젊고 몸도 건장하니까 틀림없이 금방 훌륭한 수습 갱부가 될 테고 이어서 정식 갱부로, 갱부 감독으로 그리고 계속 더 높은 자리로 올라갈 거야. 자네는 호주머니에 두카텐이 두둑하니 그걸 투자하고 일을 해서 추가로 돈을 벌면 아마 조그만 집과 땅을 장만할 테고 광갱에 지분을 소유하게 될 걸세. 내 조언을 따르게, 엘리스 프뢰봄. 광부가 되게나!"

엘리스 프뢰봄은 늙은 광부의 말에 거의 소스라쳤다. "뭐라고요?" 그가 소리쳤다. "그게 무슨 소리죠? 아름답고 탁 트인 지상을, 저를 에워싸며 활력을 주고 생기를 불어넣는 청명하고 햇빛 찬란한 하늘을 떠나, 지옥과도 같은 소름 끼치는 지하로 내려가 천한 이익을 위해 두더지처럼 땅을 파고 또 파헤치며 광석과 금속을 찾으라고요?"

늙은 광부가 역정을 내며 소리쳤다. "보통 사람들이란 그런 식이지. 자기가 인식할 수 없는 걸 경멸하지. 천한 이익이라니! 상업이 초래하는 지상의 모든 끔찍스러운 고역들이 마치 광부의 일보다 더 고상한 일인 양 군다니까. 광부의 지식이, 광부의 끈덕진 근면함이 자연의 가장 비밀스러운 보고(寶庫)를 여는데 말이야. 자네는 천한 이익이라고 했지, 엘리스 프뢰봄! ── 아아, 여기에는 아마 더 고귀한 가치가 있을지도 모르네. 눈먼 두더지가 맹목적인 본능으로 땅을 파헤친다면, 인간의 눈은 가장 깊은 지하에서 갱내등이 비추는 희미한 불빛 속에서 사물을 더 환히 볼 수 있을지도 몰라. 그래, 마침내 인간의 눈은 점점 더 힘을 얻으며, 저 위 구름 위에 숨겨진 것의 반영을 경이로운 암석 속에서 인식할 수 있을지도. 자네는 광산 일에 대해 아무것도 몰라, 엘리스 프뢰봄. 내가 좀 알려 줌세."

늙은 광부는 이 말과 함께 엘리스의 벤치 옆자리에 앉아 광산 일이 어떻게 돌아가는지 상세하게 설명을 늘어놓기 시작했고 문외한인 엘리스에게 모든 것을 생기발랄한 색채로 아주 선명하게 눈앞에 그려 주려고 애썼다. 늙은 광부의 이야기는 팔룬의 광산에 이르렀는데, 그는 자신이 아주 어린 시절부터 그곳에서 일했다고 했다. 그는 거기에서 마주치는 흑갈색 벽의 큰 갱구를 묘사했고 아름답기 그지없는 암석에 있는 광갱의 어마어마하게 풍부한 매장량에 대해 말했다. 그의 이야기는 점점 더 활기를 띠었고, 그의 눈빛은 점점 더 이글거렸다. 그는 마법의 정원에 난 통로를 지나듯 수직갱을 통과했다. 암석이 생기를 얻고 화석이 움직이고 경이로운 파이로스말라이트[6]며 귀석류석이 갱내등의 불빛 속에서 번뜩이고 — 수정들이 온통 뒤섞여 반짝이고 번쩍였다.

엘리스는 늙은 광부의 이야기에 유심히 귀를 기울였다. 마치 바로 지금 지하 한가운데에 있는 양 그 경이로움에 대해 말하는 늙은 광부의 독특한 방식은 엘리스의 온 자아를 매료시켰다. 엘리스는 가슴이 답답한 느낌이었다. 마치 벌써 늙은 광부와 함께 지하 깊은 곳으로 내려간 것만 같았고 강력한 마법이 그를 지하에 꽉 붙들어 두어서 지상의 다정한 빛을 두 번 다시 못 볼 것만 같았다. 그러나 다른 한편으로는 자신이 속하는 새로운 미지의 세계를 늙은 광부가 열어 준 것 같은 느낌이었다. 그리고 자신이 아주 어린 소년일 적에 그 세계의 모든 마법이 이미 기묘하고 신비로운 예감 속에서 떠올랐던 것 같았다.

마침내 늙은 광부가 말했다. "나는, 엘리스 프뢰봄, 자연이 원래 자네를 위해 정해 둔 이 직업이 얼마나 멋진지 전부 다

---

6) 광물의 일종.

설명했네. 한번 잘 생각해 본 다음에 마음 가는 대로 행동하게나!"

이 말과 함께 늙은 광부는 벤치에서 서둘러 벌떡 일어나더니 다른 작별인사를 건네거나 돌아보지도 않고 그곳을 떠났다. 늙은 광부는 곧 엘리스의 시야에서 사라졌다.

그사이 술집 안은 조용해졌다. 독한 맥주와 브랜디의 힘이 승리를 거둔 것이었다. 선원 중 어떤 이들은 저마다 창녀를 데리고 슬그머니 자리를 떴고 다른 이들은 구석에 누워 코를 골았다. 익숙한 집으로 더 이상 돌아갈 수 없는 엘리스는 주인에게 부탁해서 조그만 골방을 잠자리로 얻었다.

엘리스가 지치고 노곤한 몸으로 잠자리에 드러눕기가 무섭게 그의 위에서 꿈의 나래가 움직였다. 마치 돛을 활짝 펼친 아름다운 배를 타고 거울처럼 반짝이는 바다 위를 떠가는 듯했고 머리 위로는 구름 낀 어두운 하늘이 아치를 이루는 것 같았다. 그런데 이제 물결을 내려다보자 그는 자신이 바다라 여긴 것이 단단하고 투명하며 반짝이는 덩어리라는 걸 곧 깨달았다. 배 전체가 그 희미한 빛 속으로 경이롭게 녹아들어 그는 수정 바다 위에 서 있었고 머리 위로는 검게 어른어른 빛나는 암석의 궁륭이 보였다. 그러니까 처음에 구름 낀 하늘이라 여겼던 게 암석이었던 것이다. 그는 알 수 없는 힘에 이끌려 앞으로 나아갔는데 그 순간 주위에 있는 모든 것이 움직였다. 그리고 흡사 큰 파도가 일어나듯 바다에서 번쩍이는 금속으로 된 경이로운 화초들이 솟았다. 화초들은 가장 깊은 지하에서 꽃과 나뭇잎을 뻗어 올리며 매혹적으로 서로 뒤엉켰다.

바닥이 어찌나 투명한지 엘리스는 식물들의 뿌리를 똑똑히 알아볼 수 있었다. 하지만 그의 시선은 곧 점점 더 깊은 곳으로 파고들었고 맨 아래에서 — 셀 수 없이 많은 아리따운 처녀들의 형상을 보았다. 처녀들은 광채가 나는 하얀 팔로 서로 껴안고 있었고 그들의 가슴에서 예의 뿌리들과 화초들이 솟아 나오고 있었다. 그리고 처녀들이 웃을 때면 달콤하고 듣기 좋은 소리가 광활한 궁륭에 울렸고, 경이로운 금속 꽃들은 점점 더 높이, 점점 더 즐겁게 위로 솟구쳤다. 이루 형용할 수 없는 고통과 환락의 감정이 청년을 사로잡았다. 사랑과 동경과 열망의 세계가 그의 내면에서 열렸다.

"내려갈게요 — 당신들이 있는 곳으로 내려갈게요." 그가 외치고는 두 팔을 활짝 펼치고 수정 바닥으로 몸을 던졌다. 하지만 바닥이 아래로 물러났고 그는 반짝이는 에테르 속에 있는 것처럼 둥둥 떠 있었다. "자, 엘리스 프뢰봄, 이 멋진 곳이 마음에 드는가?" 우렁우렁한 목소리가 외쳤다. 엘리스는 그 늙은 광부가 옆에 있음을 알아차렸다. 하지만 보면 볼수록 점점 광부는 이글이글한 쇳물을 거푸집에 부어 만든 거인의 형상이 되었다. 엘리스가 소스라치게 놀라려는 찰나, 저 깊은 곳에서 갑작스러운 번개처럼 섬광이 빛나더니 한 강력한 여인의 근엄한 얼굴이 보였다. 엘리스는 가슴속에서 황홀감이 점점 고조되면서 압도적인 두려움으로 변하는 것을 느꼈다. 늙은 광부가 엘리스를 붙잡고 있으면서 소리쳤다. "조심하게, 엘리스 프뢰봄. 저건 여왕이야. 아직은 위를 올려다봐도 좋아." — 엘리스는 저도 모르게 고개를 돌렸고 궁륭 틈새로 밤 하늘의 별들이 반짝이는 것을 알아보았다. 한 부드러운 목소리가 절망적인 고통에 빠진 듯 그의 이름을 불렀다. 어머니의 목소리였다. 저 위 틈새에서 어머니의 모습이 보이는 것 같았다. 하지만 그것은 어여쁜 젊은 여자였다. 그녀는 궁륭 안으로 손을 쭉 뻗고서 그의 이름을 부르고 있었다. "저를 위로 데려다줘요." 엘리스가 늙은 광부에게 소리쳤다. "제가 속하는 곳은 지상 세계와 다정한 하늘이라고요."—"조심하게나." 늙은 광부가 둔탁한 소리로 말했다. "조심하게, 프뢰봄! — 자네가 섬기는 여왕에게 충실하게." 하지만 다시 시선을 아래로 향하여 강력한 여인의 굳은 얼굴을 들여다보자마자 청년은 자신의 자아가 번쩍번쩍한 광석 속으로 녹아드는 것을 느꼈다. 그는 형언할 수 없는 두려움에 휩싸여 외마디 비명을 질렀고 불가사의한 꿈에서 깨어났다. 꿈속의 환희와 경악이 그의 내면 깊은 곳에서 메아리쳤다.

엘리스는 겨우 정신을 차리고서 혼잣말했다. "당연한 일이겠지. 이런 희한한 꿈을 꿀 수밖에 없었던 거야. 그 늙은 광부가 지하 세계가 얼마나 멋진지 하도 이야기를 해서 내 머릿속이 온통 그 생각으로 가득 차 있잖아. 이제껏 살면서 방금 전과 같은 기분을 느낀 적은 없었어. — 어쩌면 내가 계속 꿈을 꾸고 있는지도. — 아니, 아니야. — 그냥 몸이 안 좋아서 그럴 거야. 밖에 나가 신선한 바닷바람을 좀 쏘이면 나아질 거야!"

그는 몸을 추슬러 일어난 다음 클리파항으로 달려갔다. 그곳에서는 횐스닝의 환호가 다시 시작되었다. 하지만 곧 그는 모든 즐거움이 자신을 비껴가고, 마음속에서 생각을 붙잡아

둘 수 없고, 뭐라 할 수 없는 어떤 예감들과 소망들이 내면을 가로지르는 것을 깨달았다. — 그는 죽은 어머니를 생각하며 깊은 비애에 잠겼다. 하지만 또 한편으로는 자신이 어제 그토록 상냥하게 말을 걸어 준 창녀를 딱 한 번 더 만나기를 간절히 바라는 것 같기도 했다. 그러면서도 그는 만일 그 창녀가 이 골목이나 저 골목에서 나와 다가온대도 그게 결국은 늙은 광부일까 봐 두려웠다. 왜인지는 스스로 말할 수 없었지만 그는 늙은 광부에게 경악할 수밖에 없었다. 그러나 또 한편으로는 늙은 광부에게서 광산 일의 경이로움에 대해 기꺼이 더 많은 이야기를 듣고 싶기도 했다.

머릿속을 떠도는 이 모든 상념에 이리저리 이끌리며 그는 물속을 들여다보았다. 그러자 은빛 물결이 굳어서 반짝이는 운모가 되고 아름답고 큰 배들이 이제 그 속으로 녹아드는 것만 같고, 청명한 하늘에 방금 나타난 어두운 구름들이 아래로 내려와 암석 궁륭으로 압축되는 것만 같았다. — 그는 다시 꿈속에 서 있었고, 다시 강력한 여인의 근엄한 얼굴을 보았다. 그리고 애끓는 열망의 심란한 불안이 다시금 그를 사로잡았다.

동료들이 그를 흔들어 몽상에서 깨웠고 그는 동료들의 행렬을 따라가야 했다. 하지만 이제 미지의 목소리가 그의 귀에 끊임없이 속삭이는 듯했다. "여기서 또 뭘 하려는 거지? — 떠나! — 떠나라고! — 팔룬의 광산이 네 고향이야. — 그곳에 가면 네가 꿈꾸는 멋진 것들이 전부 있다고. — 떠나, 팔룬으로 떠나라고!"

엘리스 프뢰봄은 꿈속 기이한 형상들에 끊임없이 쫓기며, 미지의 목소리로부터 끊임없이 채근을 들으며 사흘 동안 예테보리의 거리를 배회했다.

나흘째 되는 날 엘리스는 예플레로 가는 길이 난 성문 앞에 서 있었다. 바로 그때 한 키 큰 남자가 그의 앞에서 성문을 통과했다. 엘리스는 그것이 늙은 광부라 생각하고 저항할 수 없는 힘에 이끌려 서둘러 그 뒤를 따라갔지만 남자를 따라잡지는 못했다.

엘리스는 쉼 없이 계속 나아가고 또 나아갔다.

엘리스는 자신이 팔룬으로 향하는 길 위에 있음을 똑똑히 알았다. 바로 그것이 묘하게도 그의 마음을 편안하게 했다. 운명의 목소리가 늙은 광부를 통해 그에게 말을 했으며 이제 늙은 광부가 그를 정해진 운명으로 인도한다는 것이 분명했기 때문이다.

실제로 이따금, 특히 길을 잘 모르겠다 싶을 때면 늙은 광부의 모습이 보이기도 했다. 늙은 광부는 골짜기에서, 빽빽한 덤불숲에서, 어두운 바위에서 느닷없이 튀어나와서는 돌아보는 일 없이 앞에서 걸어가다 금방 다시 사라져 버리곤 했다.

여러 날 고생스럽게 여행한 끝에 마침내 엘리스는 먼 곳에 커다란 호수 둘이 있는 것을 보았다. 두 호수 사이에서 짙은 연기가 솟아오르고 있었다. 서쪽에서 힘겹게 고개를 오를수록 연기 속에서 탑 몇 개와 검은 지붕들을 분간할 수 있었다. 늙은 광부가 그의 앞에 거대하게 서서 쭉 뻗은 팔로 연기를 가리키더니 다시 바위 속으로 사라졌다.

"팔룬이야!" 엘리스가 외쳤다. "여기가 내 여행의 목적지인 팔룬이야!" — 그의 생각대로였다. 뒤에서 여행하는 사람들이 확인해 주길 룬 호수와 바르판 호수 사이의 저곳에 팔룬 시가 있으며 그가 지금 막 오르는 고개가 구프리스산이라고 했기 때문이다. 광갱이 무너져 생긴 깔때기 모양의 커다란 구덩이가 이곳에 있다고 했다.

엘리스 프뢰봄은 기분 좋게 앞으로 걸어갔다. 하지만 섬뜩한 지옥의 심연 앞에 섰을 때 혈관 속 피가 얼어붙었다. 그는 가공할 파괴의 광경에 몸이 굳었다.

잘 알려졌다시피 팔룬의 광산에 있는 큰 구덩이는 길이가 200피트,[7] 너비가 600피트, 깊이가 180피트였다. 흑갈색 측벽들은 처음에는 대부분 수직으로 내려가다 중간 깊이쯤에서 어마어마한 암석 파편과 잔해 더미에 의해 평평해졌다. 파편과 잔해 속에서 그리고 측벽에서 이따금 옛 수직갱의 갱목 구조물이 드러났다. 통나무집을 지을 때 일반적으로 쓰는 방식대로 굵은 나무줄기들을 촘촘하게 붙이고 그 끝부분을 서로 끼워 맞춰 만든 것이었다. 헐벗은 무너진 바위 절벽에는 나무 한 그루 풀 한 포기 자라나지 않았고, 때로는 거대한 동물의 화석 같고 때로는 인간의 거상 같은 기이한 형상들 속에서 삐죽삐죽한 바윗덩어리가 사방에 솟아 있었다. 심연 속에는 돌과 광석이 타고 남은 광재(鑛滓)가 마구잡이로 부서지고 깨진 채로 뒤섞여 있었다. 그리고 감각을 마비시키는 끝없는 유

---

7) 옛 길이 단위. 대략 25~30센티미터에 해당한다.

황 증기가 깊은 곳에서 피어올랐다. 마치 저 아래에서 지옥탕이 끓고 있는 것 같았고 그 증기가 자연의 모든 푸르른 기쁨에 독을 뿌리는 듯했다. 단테가 이곳에 내려가서 그 모든 절망적인 고통과 그 모든 공포로 가득한 지옥을 보았다고 해도 믿을 수 있을 정도였다.

그 소름 끼치는 심연을 들여다보았을 때 엘리스는 오래전에 배에서 늙은 키잡이가 해 준 이야기가 떠올랐다. 언젠가 키잡이가 열병을 앓으며 누워 있는데 갑자기 바다의 파도가 빠져나가는 것 같았다고 했다. 이어서 바다 밑에서 측량할 수 없는 심연이 열리더니 소름 끼치는 지하 괴물들이 보였다고 했다. 괴물들은 수천의 이상한 조개들과 산호들 사이에서, 기이한 암석들 사이에서 흉하게 뒤엉켜 이리저리 뒹굴다가 아가리를 쫙 벌리고 죽은 듯 굳은 채로 누워 있었다고 했다. 그런 환영은, 늙은 뱃사람이 말하길, 머지않아 파도 속에서 죽는다는 뜻이라고 했다. 그리고 실제로 늙은 키잡이는 이후 얼마 안 있어 갑자기 갑판에서 바다로 떨어졌고 어떻게 손 쓸 수도 없이 사라져 버렸다. 엘리스는 그때 일을 생각했다. 왜냐하면 그에게는 그 심연이 파도가 물러난 바다의 바닥처럼 여겨졌고, 검은 암석과 푸르스름하고 붉은 광재는 그를 향해 흉측한 촉수를 뻗는 징그러운 괴물처럼 보였기 때문이다. — 바로 그때 광부 몇 명이 지하에서 올라왔다. 어두운 광부복을 입고 검게 그은 얼굴을 한 광부들은 실로 땅속에서 겨우겨우 기어 나와 지표면까지 길을 트려 하는 흉한 괴물처럼 보였다.

엘리스는 엄청난 전율에 사로잡히는 느낌이었고 뱃사람 노룻을 하며 여태껏 한 번도 경험한 적 없는 현기증이 그를 덮쳤다. 마치 보이지 않는 손들이 그를 저 아래 심연 속으로 끌어당기는 듯했다.

엘리스는 눈을 감고서 몇 발짝 달아났다. 그리고 구덩이에서 멀어져 구프리스산을 다시 내려가며 청명하고 햇빛 찬란한 하늘을 올려다보았을 때 비로소 그 소름 끼치는 광경이 불러온 두려움이 전부 가셨다. 그는 다시 자유로이 숨을 쉬었고 정말 진심으로 외쳤다. "아아, 저 황량한 바위 절벽 속에 거한 공포에 비하면 바다의 무서움은 전부 아무것도 아니야! ─ 폭풍이 미쳐 날뛰더라도, 거칠게 출렁이는 파도 속으로 먹구름이 가라앉더라도, 곧 아름답고 찬란한 태양이 다시 승리를 거두고, 거친 굉음은 태양의 상냥한 얼굴 앞에서 그치고 말지. 하지만 태양의 시선은 저 검은 구멍 속으로 절대 파고들 수 없어. 그리고 신선한 봄의 숨결이 저 밑에서 가슴을 상쾌하게 해줄 일도 없고. ─ 아니, 나는 너희와 어울리고 싶지 않아, 이 검은 지렁이들아, 나는 절대 너희의 우중충한 삶에 익숙해지지 못할 거야!"

엘리스는 팔룬에서 밤을 보내고 이른 새벽에 예테보리로 돌아가기로 했다.

헬싱토르게트라 불리는 광장에 다다랐을 때 그는 수많은 사람들이 모인 것을 보았다.

화려하게 옷을 차려입고 갱내등을 든 광부들의 긴 행렬이 악대를 앞세우고 어느 으리으리한 집 앞에 이제 막 멈춰 선 참이었다. 키가 크고 호리호리한 중년 남자가 집에서 나와 온

화한 미소를 띠고 주위를 둘러보았다. 자유분방한 몸가짐과 드러낸 이마, 짙푸르게 빛나는 눈이 누가 봐도 진짜 달레카를리아[8] 사람이었다. 광부들이 남자의 주위로 빙 둘러섰고 남자는 한 사람 한 사람과 진심을 담아 악수를 나누며 한 사람 한 사람에게 다정한 말을 건넸다.

엘리스 프뢰봄이 주변에 물어보니 그 남자는 용광로 감독관이자 조합장이며 스토라 코파르베리에 좋은 베리스프렐세(Bergsfrälse)를 가진 페르손 달시에란 자였다. 스웨덴에서는 구리와 은을 채굴하도록 임대해 주는 넓은 땅을 베리스프렐세라 불렀다. 이런 프렐세의 소유주는 광갱에서 지분을 가지며 광갱의 운영을 돌볼 의무가 있었다.

주변 사람들이 엘리스에게 계속 이야기해 주기를 바로 오늘 법정에서 재판이 끝났고 그러고 나면 광부들은 광산 감독관과 제련소 감독관과 조합장 들의 집을 순회하며 어디에서나 융숭하게 대접을 받는다고 했다.

엘리스는 스스럼없고 친절한 얼굴을 한 이 멋지고 건장한 사람들을 관찰하자 큰 구덩이 속의 그 지렁이들은 더 이상 생각할 수가 없었다. 페르손 달시에가 밖으로 나왔을 때 마치 다시 불이 붙은 듯 무리 전체에서 타오른 환한 기쁨은 휜스닝을 즐기는 뱃사람들의 거칠고 열광적인 환호와는 완전히 다른 유의 것이었다.

이 광부들이 즐기는 방식은 조용하고 진지한 엘리스의 마

---

8) 오늘날 스웨덴 남부의 달라르나 지역. 팔룬이 위치한 곳이다.

음속에 깊이 사무쳤다. 그는 이루 표현할 수 없을 만큼 기분이 좋았으나 젊은 수습 갱부 몇 명이 옛 노래를 부르기 시작했을 때 감동을 받아 눈물이 나는 것을 주체하기가 어려웠다. 그 노래는 영혼과 마음을 파고드는 아주 단순한 곡조로 광산일의 행복을 찬양했다.

노래가 끝나자 페르손 달시에가 집 문을 열었고 모든 광부들이 차례차례 안으로 들어갔다. 엘리스는 저도 모르게 따라가다 문지방에서 멈춰 섰고 널찍한 현관을 쭉 훑어볼 수 있었다. 광부들은 안에 있는 벤치에 자리를 잡았다. 테이블 위에는 푸짐한 식사가 한 상 차려져 있었다.

그때 엘리스의 맞은편에서 뒷문이 열리더니 화려하게 꾸민 어여쁜 처녀가 들어왔다. 늘씬한 몸매에 어두운색 머리칼을 여러 가닥으로 땋아 머리 위로 올리고 말쑥한 보디스를 숱한 버클로 졸라맨 처녀는 한창 꽃피는 젊음의 엄청난 매력을 발산하며 다가왔다. 광부들이 전부 일어났다. 기뻐하며 나지막이 수군대는 소리가 대열 속에서 퍼졌다. "울라 달시에야 ― 울라 달시에! ― 신께서 우리의 건실한 조합장한테 아름답고 경건한 천국의 아이를 내려 주셨으니 이 얼마나 큰 축복이야!" ― 울라가 모두와 악수하며 친절하게 인사를 건넬 때 심지어 가장 나이 많은 광부들의 눈에서도 불꽃이 튀었다. 이어서 그녀는 아름다운 은제 맥주잔을 여럿 내와 팔룬에서 양조하는 훌륭한 맥주를 따르고 그것을 기뻐하는 손님들에게 건넸다. 그러는 동안 순진무구하고 스스럼없는 태도에서 나오는 모든 천국의 광채가 그녀의 어여쁜 얼굴을 환히 비추었다.

그 처녀를 보는 순간 엘리스 프뢰봄은 마치 내면에 벼락을 맞은 것 같았고 모든 천국의 쾌감과 모든 사랑의 아픔이, 자기 안에 갇혀 있던 모든 정열이 불타오르는 듯했다. — 울라 달시에는 숙명적인 꿈에서 그에게 구원의 손을 건넨 그 여자였다. 엘리스는 이제 자신이 그 꿈의 심오한 의미를 알아냈다고 믿었고, 늙은 광부는 까맣게 잊고서, 자신을 팔룬으로 이끈 운명을 찬양했다.

하지만 뒤이어 그는 문지방에 선 채로, 아무도 신경 쓰지 않는 이방인으로서, 비참하고 암담하고 버림받은 느낌이었고 자신이 울라 달시에를 보기 전에 죽었으면 좋았을 텐데 하고 생각했다. 이제는 사랑과 동경에 빠져 속절없이 죽을 테니까. 엘리스는 그 어여쁜 처녀에게서 눈을 뗄 수가 없었다. 그녀가 아주 가까이에서 그의 곁을 스쳐 지나갈 때 그는 나직하고 떨리는 목소리로 그녀의 이름을 불렀다. 울라가 주위를 두리번거렸고 얼굴이 온통 발갛게 달아오른 채 시선을 떨구고 서서 말 한마디 제대로 못하고 굳어 있는 불쌍한 엘리스를 발견했다.

울라가 다가와 달콤한 미소를 지으며 말했다. "어머나, 다른 곳에서 오신 분인가 봐요! 선원 복장을 한 걸 보니 말이에요! — 자! — 뭘 그렇게 문지방에 서 있는 거죠? — 들어와서 우리와 함께 즐겨요!" — 그러고서 그녀는 그의 손을 잡고서 그를 현관으로 이끌었고 가득 찬 맥주잔을 건넸다. "마셔요." 그녀가 말했다. "마셔요. 따뜻한 환대를 위하여 건배!"

엘리스는 마치 멋진 꿈속에서 황홀한 천국에 있는 듯했고 금방이라도 꿈에서 깨어나 형언할 수 없는 비참함을 느낄 것 같았다. 그는 기계적으로 잔을 비웠다. 그 순간 페르손 달시에가 다가오더니 친절한 인사의 표시로 악수를 하고는 그가 어디서 왔는지, 무엇 때문에 팔룬에 왔는지 물었다.

엘리스는 훌륭한 음료의 온기를 온 혈관 속에서 느꼈다. 건실한 페르손의 눈을 들여다보고 있자니 기분이 밝아지고 용기가 났다. 그는 자기가 뱃사람의 아들로서 어릴 적부터 바다에서 배를 탔다고, 선원으로 일하며 받는 급료로 어머니를 돌보고 부양해 왔는데 동인도에서 막 돌아왔을 때 어머니가 더이상 살아 있지 않다는 것을 알게 되었다고, 그래서 세상에서 완전히 외톨이가 된 느낌이라고, 이제 바다 위에서의 거친 삶은 아주 지긋지긋하다고, 자신은 마음속 아주 깊숙한 곳에서 광산 일에 끌린다고, 그래서 이곳 팔룬에서 수습 갱부로 취직하기 위해 노력할 작정이라고 이야기했다. 조금 전 결정한 모든 것과 완전히 배치되는 이 마지막 말은 저도 모르게 그의 입에서 튀어나왔다. 마치 조합장에게 꼭 그렇게 고백할 수밖에 없었던 듯했다. 그렇다, 마치 지금껏 스스로도 알지 못했던, 마음속에 품은 가장 내밀한 소망을 말한 것만 같았다.

페르손 달시에는 마치 내면 깊은 곳을 꿰뚫어보려는 듯 아주 진지한 눈빛으로 청년을 바라보았다. 그러고는 말했다. "엘리스 프뢰봄, 나는 자네가 그저 경솔한 생각에서 지금껏 해 오던 일을 그만두는 거라고, 광산 일에 투신하기로 결심하기 전에 이 일의 모든 고생스러움과 모든 어려움을 미리 충분하게 숙고하지 않았다고 예단하고 싶지는 않네. 우리에게는 오래된

믿음이 하나 있네. 우리 광부들은 강력한 원소들을 대담하게 좌지우지하네만 광부가 원소들에 대한 통제력을 유지하려고 혼신을 다하지 않는다면, 땅과 불 속에서 작업하는 데 힘을 온전히 다 쏟아야 마땅한데 딴생각에 빠져 힘이 약해진다면 원소들이 광부를 파멸시키고 만다는 것이지. 하지만 자네가 내면의 부름을 충분히 따져 보고 그것이 확실함을 확인했다면 자네는 마침 좋은 때에 여기 온 걸세. 내 구역에 일손이 부족하거든. 원한다면 지금 당장 우리 집에 머물렀다가 내일 갱부 감독과 함께 갱에 들어가도 좋네. 그 사람이 자네한테 작업을 지시해 줄 거야."

페르손 달시에의 말에 엘리스는 가슴이 부풀었다. 앞서 들여다본 끔찍한 지옥의 심연이 불러일으킨 공포는 더 이상 생각하지 않았다. 이제 어여쁜 울라를 매일 볼 수 있다는 생각에, 그녀와 한 지붕 아래서 지낸다는 생각에 그의 마음은 기쁨과 황홀함으로 가득 찼다. 그는 가장 달콤한 희망들을 품었다.

페르손 달시에는 방금 젊은 수습 갱부 하나가 광산 일에 지원했음을 광부들에게 알리고 엘리스 프뢰봄을 소개했다.

모두가 건장한 청년을 흡족해하며 바라보았고 호리호리하고 다부진 체격을 가진 그가 그야말로 타고난 광부라고 말했다. 그리고 그가 분명 부지런함과 경건함도 겸비했을 거라고 했다.

광부들 가운데 나이가 지긋한 사람이 다가와서 진심을 담아 엘리스와 악수를 하면서 말하길 자기는 페르손 달시에의 구역을 관리하는 수석 갱부 감독이며 알아야 할 모든 것을 온 힘을 다해 정성껏 가르쳐 주겠노라고 했다. 엘리스는 그와 함께 앉을 수밖에 없었고 늙은 갱부 감독은 곧바로 맥주를 마시면서 수습 갱부가 처음 하는 일에 대해 장황하게 이야기를 늘어놓기 시작했다.

예테보리에서 만난 늙은 광부가 엘리스에게 다시 떠올랐다. 기이하게도 엘리스는 늙은 광부가 들려준 거의 모든 이야기를 그대로 되풀이할 수 있었다. "이야." 갱부 감독이 몹시 놀라워하며 외쳤다. "엘리스 프뢰봄, 자네는 그런 훌륭한 지식들을 대체 어디서 얻은 건가? ─ 이봐, 자네는 틀림없이 잘될 거야. 빠른 시일 내에 광산에서 가장 훌륭한 수습 갱부가 될 걸세!"

아름다운 울라는 손님들 사이를 이리저리 오가고 시중을 들면서 엘리스를 향해 자주 고개를 끄덕여 보이고 그가 마음껏 즐기도록 격려해 주었다. 울라는 엘리스가 이제 더 이상 이방인이 아니라 이 집의 일원이며 더 이상 음험한 바다에 속하지 않는다고 말했다. 그렇다! ─ 풍요로운 산이 있는 팔룬이 그의 고향이라고! ─ 울라의 말을 듣는 청년에게는 기쁨과 행복으로 가득한 온 천국이 열렸다. 울라가 엘리스와 함께 있기를 좋아한다는 것을 모두가 알아차렸고 페르손 달시에는 조용하고 진지한 청년을 바라보며 만족해하는 기색이 역력했다.

그러나 연기를 뿜는 지옥의 심연 앞에 다시 섰을 때, 광부복에 싸인 채 철을 박은 무거운 달레카를리아 지방 신발을 신고서 갱부 감독과 함께 깊은 수직갱으로 내려갔을 때, 엘리스의 심장은 두방망이질하려 했다. 때로는 뜨거운 증기가 가슴을 덮치며 그를 질식시키려 했고, 때로는 심연을 통과하는 날카로운 찬 기류에 갱내등이 가물거렸다. 그들은 점점 더 깊이 들어갔고 마지막에는 너비가 채 한 발도 안 되는 철 사다리를 타고 내려갔다. 엘리스 프뢰봄은 선원 시절에 익힌 모든 등반 기술이 여기에서는 아무짝에도 도움이 되지 않음을 깨달았다.

마침내 그들은 가장 깊은 지하에 서 있었고 갱부 감독이 엘리스에게 여기에서 해야 할 작업을 지시했다.

엘리스는 어여쁜 울라를 생각했다. 빛을 발하는 천사처럼 그녀의 모습이 머리 위에 떠 있는 것을 보았고 심연의 모든 공포와 고된 작업의 모든 어려움을 잊었다. 페르손 달시에의 광산에서 모든 정신력을 쏟고 육체가 견딜 수 있을 모든 노력을 기울여 헌신적으로 일해야만 언젠가 어쩌면 가장 달콤한 희망들이 이루어질지 모른다는 생각이 그의 마음속에 단단히 자리 잡았다. 그리하여 그는 믿기지 않을 만큼 짧은 시간 내에 가장 숙련된 광부에 필적하는 작업 능력을 발휘했다.

건실한 페르손 달시에는 부지런하고 경건한 청년을 날이 갈수록 더 좋아하게 되었고 엘리스에게 여러 차례 털어놓기를 자신이 훌륭한 수습 갱부뿐 아니라 사랑하는 아들 또한 얻었다고 했다. 울라의 진심 어린 애정 역시 점점 더 드러났다. 엘리스가 일을 나가는데 무언가 위험한 게 있을 때면 그녀는 눈물이 그렁그렁해서 부디 몸조심하라며 당부하고 애원하곤 했다. 나중에 그가 돌아오면 그녀는 기뻐하며 그에게 달려들었고 늘 가장 좋은 맥주를 내오거나 아니면 좋은 음식을 차려 줘 피로를 풀어 주었다.

페르손 달시에가 한번은 엘리스에게 그가 그렇지 않아도 상당한 돈을 가져온 데다 부지런함과 근검절약이 몸에 배어 성공할 수밖에 없으니 장차 틀림없이 조그만 집과 땅을, 혹은 베리스프렐세까지도 가지게 될 거라고, 그러면 아마 팔룬의 광산주 중에 엘리스가 자기 딸에게 청혼했을 때 그것을 거절할 사람은 아무도 없을 거라고 말했을 때 엘리스의 가슴은 기쁨으로 요동쳤다. 그는 자신이 울라를 이루 말할 수 없을 만큼 사랑하며 삶의 모든 희망이 그녀를 가지는 데 달려 있다고 지금 당장 말하고 싶었다. 그러나 그는 소심함을 극복하지 못하고, 아니 아마 그보다는 이따금 스스로 어렴풋이 느끼듯이 울라도 정말로 자기를 사랑하는지 불안한 의구심이 들어 입을 다물었다.

한번은 엘리스 프뢰봄이 가장 깊은 지하에서 두꺼운 유황 증기에 휩싸인 채 작업하게 되었다. 갱내등은 증기 속에서 희미하게만 비쳤고 그는 광맥을 거의 구별할 수 없었다. 이때 마치 해머를 가지고 작업하는 듯 뭔가 두드리는 소리가 더 깊은 갱에서 울려 나오는 것이 들렸다. 깊은 지하에서 그런 작업을 하는 것은 불가능했기에, 그리고 엘리스는 갱부 감독이 다른 갱부들을 채굴 갱도에 투입해서 오늘 자기 말고는 이곳에 내려온 사람이 없다는 것을 잘 알았기에 그 쿵쿵 소리는 굉장히 섬뜩하게 다가왔다. 그는 망치와 정을 내려놓고 공허하게 울리는 소리에 귀를 기울였다. 소리는 점점 더 가까워지는 듯했다. 일순간 그는 바로 옆에서 검은 그림자를 발견했고, 날카로운 기류가 방금 유황 증기를 날려 보냈기에, 자기 옆에 서 있는 예테보리의 늙은 광부를 알아보았다. "무사귀환을 비네!"[9] 늙은 광부가 외쳤다. "무사귀환을 비네, 엘리스 프뢰봄, 이 지하의 암석 속에서 말이야! ─ 이봐 친구여, 사는 게 좀 어떤가?" ─ 엘리스는 늙은 광부가 어떤 놀라운 방법으로 갱 속에 들어왔는지 물어보려 했지만 늙은 광부는 해머로 암석을 때렸다. 어찌나 세게 때렸던지 주위로 불꽃이 튀고 멀리서 천둥이 치듯 갱 속이 울릴 정도였다. 그러고 나서 늙은 광부는 무시무시한 목소리로 소리쳤다. "여기에 굉장한 트랩[10] 광맥이 있거늘 너는, 이 천하고 막돼먹은 놈 같으니, 지푸라기 하나 두께도 될까 말까 한 지맥(支脈) 말곤 아무것도 못 보는군. ─ 여기 아래에서 너는 눈먼 두더지고 금속의 군주는 너를 영원히 싫어할 거야. 그리고 저 위에서도 넌 아무것도 하지 못하고 헛되이 정련된 왕[11]을 뒤쫓지. ─ 어허! 너는 페르손 달시에의 딸 울라를 아내로 얻으려 해. 그래서 아무런 애정도 생각도 없이 여기서 일하는 거야. ─ 조심해, 이 거짓된 놈아, 네가 조롱하는 금속의 군주에게 붙잡혀 아래로 내동댕이쳐지지 않도록, 네 사지가 날카로운 암석에 부딪혀 산산조각 나지 않도록 조심하라고. ─ 내 말해 두건대 그럼 울라는 결코 네 아내기 되지 못헤!"

엘리스는 늙은 광부의 모욕적인 말에 분노가 끓어올랐다.

---

9) 원문은 "Glück auf!" 광부들이 서로 건네는 인사말로 무사히 땅 위로 올라오라는 뜻이다.
10) 층층이 쌓인 대규모 현무암을 가리키는 용어.
11) 정련된 구리를 뜻하는 용어.

엘리스가 소리쳤다. "당신은 내 고용주인 페르손 달시에의 갱도인 여기서 뭘 하는 거지? 나는 이 일이 나의 사명인 것처럼 이곳에서 전력을 다해 일하고 있다고. 여기에 왔을 때처럼 사라져 버려. 안 그러면 우리는 여기 지하에서 누가 누구의 머리통을 먼저 깨부수는지 보게 될 테니까." ── 이 말과 함께 엘리스 프뢰봄은 늙은 광부의 앞에 도전적으로 다가섰고 작업에 쓰던 쇠망치를 높이 쳐들었다. 늙은 광부는 조롱하듯 웃음을 터뜨렸다. 이어서 엘리스는 늙은 광부가 사다리의 좁은 발판을 다람쥐처럼 날렵하게 폴짝폴짝 올라가 암석이 갈라진 검은 틈 속으로 사라지는 모습을 보며 경악했다.

엘리스는 사지가 마비된 것 같은 느낌이었고 더 이상 좀체 일이 손에 잡히지 않아 지상으로 올라갔다. 이제 막 채굴 갱도에서 올라온 늙은 갱부 감독이 엘리스를 발견하고는 외쳤다. "세상에나, 무슨 일이 있었던 건가, 엘리스, 자네 얼굴이 죽은 사람처럼 창백하고 혼란스러워 보이지 않는가! ── 거봐! ── 유황 증기에 아직 익숙지 않아 그리된 거지? ── 자 ── 착한 젊은이, 이걸 마시게. 그럼 나아질 거야." ── 엘리스는 갱부 감독이 건넨 병에서 브랜디를 한껏 쭉 들이마신 다음 지하 갱도에서 일어난 일과 예테보리에서 섬뜩한 늙은 광부를 알게 된 사연을 모조리 이야기했다.

갱부 감독은 모든 이야기를 묵묵히 경청하더니 걱정스럽게 고개를 가로젓고는 말했다. "엘리스 프뢰봄, 자네가 만난 그자는 늙은 토르베른이네. 이곳에서 우리가 그에 대해 하는 이야기가 그저 허무맹랑한 소리가 아니라는 걸 이제 잘 알겠군. 백년도 전에 이곳 팔룬에 토르베른이란 이름의 광부가 있었네. 그는 팔룬의 광산을 번성하게 한 최초의 사람들 중 하나라고 하네. 그가 살던 시절에는 채굴량이 지금보다 훨씬 많았지. 당시 광산에 대해 토르베른만큼 잘 아는 사람은 아무도 없었어. 깊은 지식에 통달한 그는 팔룬에서 광산 일 전체를 도맡았지. 마치 그는 특별하고 고차원적인 힘을 가진 듯, 가장 풍부한 광맥이 그 사람에게 열렸네. 게다가 그는 어둡고 침울한 사람이었어. 아내도 자식도 없이, 그래, 팔룬에 제대로 된 집도 없이 거의 지상으로 나오지 않고 깊은 땅속을 끊임없이 파헤쳤기에 곧 이런 소문이 돌 수밖에 없었지. 땅의 품속을 지배하며 금속을 녹이는 신비한 힘과 그가 하나로 맺어졌다고 말이야. 토르베른은 광부가 작업할 때 경이로운 광석과 금속에 진정으로 애정을 품지 않는다면 곧장 사고가 일어날 거라며 끊임없이 예언했지만 사람들은 그의 엄중한 경고를 무시하고 이익을 얻으려는 탐욕에 사로잡혀 계속해서 광갱을 넓혀 나갔고 결국 1687년 성 요한절에 끔찍한 산사태가 일어나고 말았네. 산사태로 인해 지금의 엄청난 구덩이가 생겨났고 광산 전체가 심하게 황폐해졌어. 많은 수고를 들이고 많은 기술을 동원한 뒤에야 비로소 몇몇 수직갱을 복구할 수 있었지. 토르베른에 대해서는 더 이상 아무 소식도 들리지 않았고 그의 모습도 보이지가 않았네. 깊은 지하에서 일하다 갱도가 무너지는 바람에 매몰된 게 분명해 보였지. ─ 그 후 얼마 지나지 않아 작업이 점점 더 진척되고 있을 때 갱부들은 수직갱에서 늙은 토르베른을 보았다고 주장했네. 토르베른이 온갖 유용한 조언을 해 주고 가장 좋은 광맥이 있는 곳을 알려 주었다면서. 또 어떤 이들은 늙은 토르베른이 구덩이 근처에서 때로는 서럽게 한탄하며, 때로는 분노에 휩싸여 길길이 날뛰며 돌아다니는 모습을 목격했네. 다른 청년들도 자네처럼 이곳에 왔는데 그들은 어느 늙은 광부가 꼭 광산 일을 하라면서 자기들을 이곳으로 보냈다고 주장했지. 일손이 부족할라치면 늘 그런 일이 일어났네. 아마도 늙은 토르베른은 그런 식으로 광산 일을 챙기고 싶었던 것 같아. ── 자네와 갱도 안에서 싸운 그자가 정말로 늙은 토르베른이었다면, 그리고 그가 굉장한 트랩 광맥에 대해 말했다면, 그곳에 풍부한 철 광맥이 있는 게 틀림없네. 내일 한번 찾아봐야겠어. ── 그러니까 자네는 이곳에서 우리가 철이 든 광맥을 트랩 광맥이라 부른다는 걸 그리고 광맥의 한 줄기가 여러 갈래로 나뉘어 아마 완전히 갈라지는 게 지맥이라는 걸 잊지 않았군."

엘리스 프뢰봄이 이런저런 상념에 잠겨 페르손 달시에의 집에 들어섰을 때, 평소와 달리 울라가 다정하게 그를 맞아 주지 않았다. 울라는 시선을 내리깐 채, 그리고 엘리스가 보기에 울어서 부은 눈으로 앉아 있었고 그 옆에 한 건장한 젊은 남자가 그녀의 손을 꼭 잡고서 온갖 다정한 말과 우스갯소리를 열심히 늘어놓고 있었다. 하지만 울라는 남자의 말에 별 관심을 두지 않았다. ── 암울한 예감에 사로잡혀 두 사람에게 시선을 고정하고 있는 엘리스를 페르손 달시에가 다른 방으로 데려가더니 이렇게 말했다. "이보게, 엘리스 프뢰봄, 자네는 곧 나에 대한 자네의 사랑을, 자네의 충직함을 증명할 수 있을 거야. 왜냐하면 나는 자네를 진작부터 늘 친아들처럼 여겨 왔고 이제 자네는 정말로 완전히 내 친아들이 될 테니까. 자네가 본 저 남자는 부유한 거상이라네. 이름은 에릭 올라브센이라 하고 예테보리 사람이지. 저 사람이 구혼을 했고 나는 내 딸을 그에게 주기로 했네. 그는 내 딸을 데리고 예테보리로 갈 거야. 그럼 자네는 내 곁에 홀로 남는 거지. 엘리스, 자네는 늙은 나의 유일한 버팀목이 되는 거야. ─ 이봐, 엘리스, 왜 말이 없나? ─ 얼굴이 사색이 돼 가지고. 나는 자네가 내 결정을 탐탁지 않아 하는 걸 바라지 않네. 내 딸이 나를 떠나야 하는 마당에 이제 자네까지 내 곁을 떠나지는 않았으면 해! ─ 올라브손 씨가 나를 부른 것 같은데. ─ 이제 가 봐야겠네!"

이 말과 함께 페르손은 다시 방으로 돌아갔다.

엘리스는 뜨겁게 달아오른 무수한 칼에 속이 갈기갈기 찢기는 느낌이었다. ─ 그는 아무 말도 하지 않았고 눈물도 흘리지 않았다. ─ 그는 격한 절망 속에서 집을 뛰쳐나가 달리고 또 달리다 커다란 구덩이에 닿았다. 무시무시한 절벽은 대낮의 빛 속에서도 이미 끔찍한 광경을 선사했지만, 밤이 찾아와 달빛이 막 밝아 오는 이제 황량한 암석의 모습을 완전히 볼 수 있었다. 마치 저 아래 지옥의 징그러운 사물이 셀 수 없이 많은 무서운 괴물 무리가 연기 자욱한 바닥에서 서로 뒤엉켜 땅을 파헤치고 뒹굴고 불타는 눈을 위로 번득이면서 가련한 인간 종족을 향해 거대한 발톱을 뻗는 듯했다.

"토르베른 ─ 토르베른!" 엘리스는 적막한 골짜기가 울릴 만큼 무시무시한 목소리로 소리쳤다. ─ "토르베른, 나 여기 있어요! ─ 당신 말이 맞았어요. 나는 막돼먹은 놈이었어요. 지상에서 어리석은 삶의 희망에 매달렸으니까요! ─ 저 아래에 나의 보물, 나의 삶, 나의 모든 게 있는데! ─ 토르베른! ─ 나와 함께 내려가요, 가장 풍부한 트랩 광맥을 보여 줘요. 나는 그곳을 파고 뚫고 일할 거고 낮의 빛은 앞으로 보지 않을 거예요! ─ 토르베른! ─ 토르베른! ─ 나와 함께 내려가요!"

엘리스는 주머니에서 쇳조각과 부싯돌을 꺼내 갱내등에 불을 붙이고는 어제 들어간 수직갱으로 내려갔다. 늙은 광부의 모습은 보이지 않았다. 가장 깊은 지하에서 트랩 광맥을 똑똑히 선명하게 보고 그 경계면의 주향(走向)[12]과 경사[13]를 식별할 수 있었을 때 엘리스의 심정은 어땠던가.

그러나 암석 속의 경이로운 광맥을 점점 더 굳게 바라볼수록 마치 눈부신 빛이 수직갱 전체를 통과하는 듯했고 갱도 벽이 가장 순수한 수정처럼 투명해졌다. 예테보리에서 꾼 예의 숙명적인 꿈이 돌아왔다. 그는 찬란하기 그지없는 금속 나무와 식물 들이 있는 낙원을 보았다. 불꽃을 번쩍이는 돌들이 과일과 꽃처럼 나무와 식물에 매달려 있었다. 그는 처녀들을 보았고, 강력한 여왕의 고귀한 얼굴을 보았다. 여왕이 그를 붙잡아 아래로 끌어내려 품에 안았다. 그때 불타는 한 줄기 빛이 순식간에 그의 내면에서 번쩍였고, 그의 의식 속에는 마치

---

12) 지층면과 수평면이 이루는 교선의 방향.
13) 지층면과 수평면 사이의 각도.

투명하게 번뜩이는 푸른 안개의 파도 속에 떠 있는 듯한 느낌뿐이었다.

"엘리스 프뢰봄, 엘리스 프뢰봄!" — 어느 우렁찬 목소리가 위에서 아래로 외쳤고 횃불 빛이 반사되어 수직갱 속으로 비쳤다. 페르손 달시에가 청년을 찾으려고 갱부 감독과 함께 몸소 내려온 것이었다. 그들은 완전히 미친 사람처럼 구덩이로 달려가는 청년의 모습을 보았던 것이다.

그들은 차가운 암석에 얼굴을 누른 채로 굳은 듯 서 있는 청년을 발견했다.

페르손이 청년에게 소리쳤다. "밤중에 이 아래에서 뭘 하는 건가, 이 생각 없는 사람아! — 기운 차리고 우리와 함께 올라가세. 저 위에서 무슨 좋은 일이 자네를 기다리고 있을지 누가 알겠나!"

엘리스는 깊은 침묵 속에서 위로 올라갔고, 깊은 침묵 속에서 페르손 달시에의 뒤를 따랐다. 페르손 달시에는 무슨 그런 위험한 짓을 하냐며 엘리스를 줄곧 호되게 나무랐다.

그들이 집에 들어갈 때는 아침이 환히 밝아 있었다. 울라가 큰 소리로 울부짖으며 엘리스의 품속으로 달려들었고 달콤하기 그지없는 여러 애칭으로 그를 불렀다. 페르손 달시에가 엘리스에게 말했다. "이 바보 같은 녀석! 자네가 울라를 사랑하며 오직 울라만을 위해 그토록 근면하게 열성적으로 갱에서 일한다는 걸 내가 오래전부터 아는 게 당연하지 않나? 울라 역시 자네를 마음속 깊은 곳으로부터 진심으로 사랑한다는 걸 내가 오래전에 알아차리는 게 당연하지 않나? 훌륭하고 근면하며 경건한 광부, 그러니까 바로 자네, 나의 착실한 엘리스 말고 더 나은 사위를 내가 바랄 수가 있겠나? — 하지만 너희 둘이 아무 말도 안 하기에 나는 그게 못마땅했어. 기분이 상했던 거지." — 울라가 아버지의 말을 끊었다. "우리가 그토록 이루 말할 수 없을 만큼 서로를 사랑한다는 걸 우리 스스로가 뭐 알았나요?" 페르손 달시에가 말했다. "그러거나 말거나, 됐다. 나는 엘리스가 자신의 사랑을 내게 터놓고 솔직하게 털어놓지 않는 게 못마땅했어. 그런 까닭에, 거기다가 자네 마음도 시험해 볼 요량으로 어제 에릭 올라브센 씨에 대해 허무맹랑한 이야기를 지어냈지. 그 때문에 자네는 하마터면 끝장나 버릴 뻔했고. 이 정신 나간 사람아! — 에릭 올라브손 씨는 한참 전에 결혼했다고. 착실한 엘리스 프뢰봄, 자네에게 내 딸을 아내로 주겠네. 왜냐면 다시 한번 말하거니와 자네보다 더 나은 사위는 바랄 수 없으니까."

순전한 환희와 기쁨의 눈물이 엘리스의 뺨에 흘러내렸다. 삶의 모든 행복이 이렇게 뜻밖에 그를 찾아왔다. 엘리스는 자신이 또 한 번 달콤한 꿈속에 있는 것만 같았다!

페르손 달시에의 지시에 따라 점심때쯤 광부들이 즐거운 잔치에 모여들었다.

울라는 자기가 가진 가장 아름다운 의상을 차려입었다. 그녀는 어느 때보다 더 매혹적으로 보였기에 모두가 연거푸 소리쳤다. "이야, 우리의 착실한 엘리스 프뢰봄이 정말 멋진 신부를 얻었구나! — 자! — 경건함과 미덕을 갖춘 두 사람에게 하늘이 축복을 내리길!"

엘리스 프뢰봄의 창백한 얼굴에는 간밤의 경악이 아직 남아 있었다. 그는 마치 주변의 모든 것과 동떨어진 듯 자주 멍하니 허공을 바라보았다.

"무슨 일 있어요, 나의 엘리스?" 울라가 물었다. 엘리스가 그녀를 품에 안고서 말했다. "그래, 그래요! ─ 당신은 정말로 내 것이에요. 이제 모든 게 잘됐어요!"

모든 희열의 한가운데에서 이따금 엘리스는 얼음장같이 차가운 손이 갑자기 그의 내면을 움켜쥐는 듯한 느낌을 받았다. 한 어두운 목소리가 이렇게 말하는 것 같았다. "울라를 얻은 게 너한테는 최고의 일인가? 불쌍한 바보 같으니! ─ 너는 여왕의 얼굴을 보지 않았던가?"

엘리스는 뭐라 설명할 수 없는 불안감에 거의 압도당하는 느낌이었다. 돌연 광부들 중 하나가 자기 앞에 거대하게 우뚝 설 것 같고 그 사람이 놀랍게도 토르베른일 것이라는 생각이 그를 괴롭혔다. 토르베른이 와서 그가 몸 바쳐 일하는 암석과 금속의 지하 왕국을 잊지 말라며 살벌하게 경고하는 것이다!

그러나 엘리스는 그 유령 같은 늙은 광부가 왜 자신에게 적대적인지, 광부로서 자신이 하는 일과 자신의 사랑이 대체 무슨 관계가 있는지 통 알 수가 없었다.

페르손은 엘리스 프뢰봄이 심란한 상태라는 걸 알아차렸으나 엘리스가 앞서 아픔을 겪은 탓에, 그리고 밤중에 수직갱에 들어간 탓에 그런 것이라고 치부했다. 울라는 페르손과 생각이 달랐다. 비밀스러운 예감에 사로잡힌 그녀는 연인에게 대체 무슨 끔찍한 일이 있었던 거냐고, 무슨 일이 그를 그녀로부터 완전히 떼어 놓는 건지 말 좀 해 보라고 채근했다. 엘리스는 가슴이 터질 것 같았다. ─ 그는 지하 깊은 곳에서 자신에게 나타난 그 경이로운 얼굴에 대해 연인에게 이야기하려 애썼지만 헛일이었다. 어떤 미지의 힘이 억지로 그의 입을 막는 것 같았고, 그의 내면에서 여왕의 무시무시한 얼굴이 밖을 내다보는 것 같았다. 만일 그가 여왕의 이름을 말하면, 끔찍한 메두사 머리를 볼 때처럼 주변에 있는 모든 게 굳어서 돌이 되고 어두운 검은 절벽으로 변할 것만 같았다! ─ 저 아래 깊은 지하에서 지고의 희열을 안겨 주는 모든 찬란함이 이제 그에게는 절망적인 고통으로 가득한 지옥, 그를 유혹하여 파멸의 구렁텅이에 몰아넣기 위해 번드레하게 꾸민 지옥처럼 여겨졌다!

페르손 달시에는 엘리스 프뢰봄에게 며칠 내내 집에 머무르라고 지시했다. 병이 든 것 같으니 몸을 완전히 회복하라는 것이었다. 이 기간 동안, 천진난만하고 경건한 마음으로부터 환하고 맑게 샘솟아 나오는 울라의 사랑은 수직갱에서 있었던 숙명적인 모험에 대한 기억을 몰아냈다. 엘리스는 환희와 기쁨 속에서 완전히 생기를 얻었고 자신의 행복을 믿었다. 이제 어떤 사악한 힘도 더 이상 자신의 행복을 망칠 수 없을 거라고.

다시 수직갱으로 내려가 깊은 지하에 있을 때 엘리스에게는 모든 것이 평소와 완전히 다르게 느껴졌다. 아주 멋진 광맥들이 눈앞에 열려 있었고 그는 두 배로 열심히 일했고 모든 것을 잊었다. 지상으로 올라왔을 때 그는 페르손 달시에를, 사랑하는 울라를 떠올릴 수밖에 없었다. 그는 자신이 반반으로 나뉜 듯한 느낌이었다. 그가 팔룬에서 암울한 잠자리를 찾는 동안 그의 더 나은 자아, 그의 원래 자아는 지구 중심으로 내려가 여왕의 품속에서 편히 쉬고 있는 것 같았다. 울라가 그들의 사랑에 대해 말하며 둘이 함께 아주 행복하게 살 거라고 하면 엘리스는 지하 깊은 곳의 화려함에 대해, 그곳에 숨겨진 어마어마하게 풍부한 보물에 대해 이야기하기 시작했다. 그런 이상하고 이해할 수 없는 말을 혼란스럽게 늘어놓는 엘리스의 모습에 불쌍한 울라는 걱정과 불안에 사로잡혔다. 그녀는 어쩌다 엘리스가 돌연 완전히 딴사람이 되어 버렸는지 통 알 수가 없었다. ― 엘리스는 갱부 감독과 페르손 달시에에게 자신이 어떻게 아주 풍부한 광맥을, 아주 굉장한 트랩 광맥을 발견했는지 끊임없이 의욕적으로 이야기했다. 하지만 나중에 그들이 광석이 들어 있지 않은 쓸모없는 암석 외에 아무것도 발견하지 못하자 엘리스는 조롱하듯 웃으면서 말하길 여왕의 손이 바위 절벽에 친히 새겨 놓은 은밀한 표지와 의미심장한 글자를 이해할 수 있는 건 물론 자기뿐이며, 사실 그 안에 든 광물을 캐내지 않고 표지를 이해하는 것만으로 족하다고 했다.

지구의 깊은 품속에서 빛나는 휘황찬란한 낙원에 대해 말하며 눈에서 격렬하게 불꽃을 튀기는 청년을 늙은 갱부 감독은 슬픈 눈빛으로 바라보았다.

늙은 갱부 감독이 페르손 달시에의 귀에다 대고 나지막이 속삭였다. "아, 나리, 나쁜 토르베른이 저 불쌍한 젊은이를 망가뜨려 놨어요!"

페르손 달시에가 말했다. "광부들 사이에 떠도는 그런 허무 맹랑한 소리를 믿지 말게! ― 네르케 사람인 저 침울한 젊은 이는 사랑 때문에 머리가 돌아 버린 거야. 그게 다일세. 일단 결혼식을 치를 때까지 두고 보세나. 결혼하고 나면 트랩 광맥이니 보물이니 그 모든 지하 낙원은 다 해결될 테니!"

페르손 달시에가 정한 결혼식 날이 마침내 다가왔다. 며칠 전부터 엘리스 프뢰봄은 그 어느 때보다 조용해지고 진지해 졌으며 내향적이었다. 하지만 그가 어여쁜 울라를 이때만큼 완전히 헌신적으로 사랑한 적은 결코 없었다. 그는 한순간도 그녀와 떨어지고 싶어 하지 않았고 그래서 광갱에 가지 않았다. 어수선한 광산 일은 전혀 생각하지 않는 것 같았다. 왜냐하면 지하 왕국에 관한 말은 한마디도 입 밖에 내지 않았기 때문이다. 울라의 마음은 완전히 환희로 가득 찼다. 늙은 광부들을 통해 자주 이야기를 들어 온 지하 절벽의 위협적인 힘들이 그녀의 엘리스를 파멸로 유혹할지 모른다는 불안감이 싹 가셨다. 페르손 달시에 또한 미소를 띠면서 늙은 갱부 감독에게 말했다. "이것 보게나, 엘리스 프뢰봄은 우리 울라를 향한 사랑 때문에 머릿속이 혼란스러웠던 것뿐이야!"

결혼식 날 이른 아침에 ― 그날은 성 요한절이었다 ― 엘리스가 신부의 방문을 똑똑 두드렸다. 문을 연 울라는 벌써 결혼식 예복을 입은 엘리스가 사색이 되어 눈에서 음울하게 불꽃을 튀기는 모습을 보고 소스라치며 뒤로 물러났다. 엘리스가 흔들리는 목소리로 나지막이 말했다. "진심으로 사랑하는 나의 울라, 여기 지상에서 인간에게 주어진 최고의 행복의 정점에 우리가 거의 다다랐다는 걸 당신한테 말하고 싶어요. 간밤에 나는 모든 걸 알게 됐어요. 저 아래 깊은 지하에서 녹니석과 운모 속에 선홍색으로 반짝이는 귀석류석이 들어 있어요. 거기에 우리 인생을 정리한 표가 새겨져 있고요. 그걸 당신에게 꼭 결혼식 선물로 주어야겠어요. 귀석류석은 가장 화려한 핏빛 홍옥보다 아름답지요. 만일 우리가 충실한 사랑으로 결합되어 그 찬란한 빛을 들여다본다면, 지구 중심에서 여왕의 심장으로부터 자라오르는 경이로운 가지가 우리 내면을 뒤덮고 있음을 똑똑히 알게 될 거예요. 내가 그 보석을 캐내오기만 하면 돼요. 지금 나는 그 일을 하려고 해요. 그동안 잘 있어요, 진심으로 사랑하는 나의 울라! ─ 금방 돌아올게요.”

울라는 뜨거운 눈물을 흘리며 제발 그 꿈같은 계획을 포기하라고 연인에게 애원했다. 왠지 큰 불행이 일어날 것 같은 예감이 든다고 했다. 그러나 엘리스 프뢰봄은 자기가 그 보석 없이는 절대 평화로운 시간을 누릴 수 없을 거라고, 위험할 거 하나 없다고 장담했다. 그는 신부를 진심으로 꼭 끌어안은 후 떠나갔다.

코파르베리 교회에서 예배 후 혼례가 진행될 예정이었고 그곳으로 신랑 신부의 동행하기 위해 벌써 하객들이 모여 있었다. 이곳 관습에 따라 신부 앞에서 들러리로 행진할 아리땁게 꾸민 처녀 한 무리가 울라를 둘러싸고 웃으면서 농담을 했다. 악사들은 악기를 조율했고 경쾌한 결혼 행진곡을 시험 삼아 연주했다. ─ 어느새 점심때가 다 되었건만 엘리스 프뢰봄은 여전히 나타나지 않았다. 그때 돌연 광부들이 공포와 경악이 서린 창백한 얼굴로 몰려오더니 방금 무시무시한 산사태가 일어나 달시에 구역에서 광갱 전체가 매몰돼 버렸다고 알렸다.

"엘리스 — 나의 엘리스. 당신은 가 버렸군요 — 가 버렸어!" 울라가 큰 소리로 울부짖고는 죽은 사람처럼 쓰러졌다. — 페르손 달시에는 엘리스가 이른 아침에 커다란 구덩이로 가서 지하로 내려갔으며 갱부와 감독 들이 결혼식에 초대를 받은 까닭에 엘리스 외에는 갱도 안에서 일한 사람이 아무도 없다는 이야기를 갱부 감독에게 이제야 들었다. 페르손 달시에와 모든 광부들이 부리나케 밖으로 나갔다. 생명의 위협을 무릅쓰면서까지 온갖 수색 작업을 벌여 보았지만 소득은 없었다. 엘리스 프뢰봄은 발견되지 않았다. 무너져 내린 흙이 그 불운한 청년을 암석 속에 묻어 버린 것이 틀림없었다. 그리하여 건실한 페르손 달시에가 자신의 노년을 위해 휴식과 평화를 마련하려던 그 순간, 불행과 비탄이 그의 집을 덮쳤다.

건실한 용광로 감독관이자 조합장인 페르손 달시에는 오래전에 죽었고 그의 딸 울라 역시 오래전에 사라져 버렸고 이제 팔룬에 사는 자 중 이 둘에 대해 아는 사람은 아무도 없었다. 프뢰봄의 불행한 결혼식 날 이후 족히 오십 년이 흘렀기 때문이다. 그런데 어느 날 광부들이 두 수직갱 사이에 구멍을 뚫으려던 중 300엘레 깊이 지하의 황산염수 속에서 한 젊은 광부의 시신을 발견했다. 땅 위로 옮겨서 보니 그 시신은 화석과 같았다.

청년은 마치 깊은 잠에 들어 누워 있는 듯 보였다. 얼굴 모양이 너무나 싱싱하게, 너무나 잘 보존되어 있었고 우아한 광부복에서는 부패의 흔적이라곤 전혀 찾아볼 수 없었다. 심지어 가슴에 있는 꽃들도 전혀 부패하지 않았다. 모든 인근 주민들이 구덩이 밖으로 꺼내진 청년 주위로 모여들었다. 하지만 시신의 얼굴을 알아보는 사람은 아무도 없었고 광부들 중에서도 땅속에 파묻힌 동료가 있었는지 생각나는 사람은 아무도 없었다. 이제 막 사람들이 시신을 팔룬으로 운반해 가려는 순간, 멀리서 화석처럼 늙은, 서리가 내린 백발의 조그만 할멈이 목발을 짚고 헐떡이며 다가왔다. "저기 성 요한 할멈이 온다!" 광부들 가운데 몇 사람이 외쳤다. 그것은 광부들이 그 노파에서 붙여 준 이름이었다. 광부들은 노파가 성 요한절마다 나타나 땅속을 들여다보고 손을 비벼 대고 비통하기 이를 데 없는 어조로 신음과 한탄을 내뱉으며 구덩이 주위를 돌아다니다가는 다시 사라지는 모습을 벌써 오래전부터 보아 왔던 것이다.

노파는 딱딱하게 굳은 청년을 보자마자 양쪽 목발을 놓아버리더니 하늘을 향해 두 팔을 높이 쳐들고는 깊은 비탄에 빠져서 가슴을 갈기갈기 찢는 듯한 소리로 울부짖었다. "오, 엘리스 프뢰봄 — 오, 나의 엘리스 — 나의 사랑스러운 신랑!" 이 말과 함께 노파는 시신 옆에 쪼그리고 앉아 그 굳은 두 손을 잡고 그것을 늙어서 식은 제 가슴에 대고 눌렀다. 그 가슴 속에는 얼음장 밑의 성스러운 나프타 불꽃처럼 뜨거운 사랑으로 가득한 심장이 박동하고 있었다. "아." 노파가 주위를 빙 둘러보면서 말했다. "아, 오십 년 전 이 청년의 행복한 신부였던 불쌍한 울라 달시에를 아는 사람은 이제 당신네 중에 아무도, 아무도 없구려! ─ 내가 슬픔과 비탄에 빠져 오르네스로 떠났을 때 늙은 토르베른이 나를 위로하며 이렇게 말했다오. 결혼식 날 암석에 파묻혀 버린 나의 엘리스를 이곳 땅 위에서 다시 볼 수 있을 거라고. 그래서 난 해마다 이곳을 찾아왔고 그리움과 충실한 사랑을 가득 품고서 땅속을 들여다보았지. ─ 그리고 오늘 이런 더없이 행복한 재회가 정말로 내게 주어졌구나! ─ 오, 나의 엘리스 ─ 나의 사랑하는 신랑이여!"

노파는 마치 청년을 두 번 다시 놓아 주지 않으려는 듯 여윈 팔을 다시금 청년의 몸에 둘렀다. 그리고 모든 사람은 깊은 감동을 받고 주위에 서 있었다.

노파가 탄식하고 흐느끼는 소리가 점점 더 작아지더니 마침내 희미하게 사라졌다.

광부들이 다가와 불쌍한 울라를 일으키려 했지만 그녀는 굳은 신랑의 시신 위에서 숨을 거둔 뒤였다. 화석이 되었다고 착각했던 불행한 청년의 몸이 산산이 부서져 먼지가 되기 시작했다.

코파르베리 교회에, 오십 년 전 이 커플이 결혼식을 치를 예정이었던 그곳에 청년의 재가 안장되었고 비통한 죽음을 맞이할 때까지 신의를 지킨 신부의 시신도 그와 함께 묻혔다.

매혹적이면서 섬뜩한 환상 세계로의 초대

E. T. A. 호프만: 꿈과 현실을 오가는 삶과 작품

에른스트 테오도어 아마데우스 호프만(1776~1822)[1]은 19
세기 초에 활동한 독일 낭만주의 작가다. 1776년에 대학자 칸
트의 도시인 쾨니히스베르크에서 태어난 호프만은 이른 나이
에 부모가 이혼한 뒤 어머니를 따라가 외갓집에서 성장한다.
어린 시절부터 음악, 미술 등 예술 분야에 관심을 보이고 두각
을 드러냈지만 법조인 가문인 외가의 전통에 따라 법학을 전
공하고 법관의 길에 들어서게 되었다. 그러나 예술에 대한 열
정을 놓지 않고 계속해서 작곡을 하고, 그림을 그리고, 글을
썼다.

---

1) 흔히 줄여서 'E. T. A.(에테아) 호프만'이라 부른다. 본명은 '에른스트 테
오도어 빌헬름 호프만'이지만 음악가 모차르트를 존경하여 나중에 세 번째
이름을 '아마데우스'로 바꾸었다.

호프만의 인생 궤도는 법관으로서도 예술가로서도 순탄치가 않았다. 베를린을 거쳐 포젠에서 법관 시보로 근무하던 중 사육제 때 유력 인사들을 풍자하는 캐리커처로 물의를 일으켜 벽지인 플로크로 좌천되었다. 이후 바르샤바로 겨우 발령을 받았으나 나폴레옹의 프로이센 침공으로 바르샤바가 프랑스군에 점령당하는 바람에 졸지에 관직을 잃고 만다. 호프만은 이참에 평소 소망처럼 온전히 예술가로 살아가고자 마음먹고 베를린으로 이주하여 음악가로 자리를 잡으려 애쓴다. 그러나 궁핍한 처지를 벗어나지 못하고 힘든 시기를 보낸다. 밤베르크, 드레스덴과 라이프치히에서 악장으로 일하며 음악계에 이름을 알리려 하지만 매번 쓰라린 실패와 좌절을 겪는다. 게다가 밤베르크 시절에는 결혼한 몸으로 성악 수업 제자인 열다섯 살 소녀 율리아 마르크를 향해 연정을 불태우다 실연을 당하기도 한다.

호프만은 삼십 대 후반인 1814년에 출간된 작품집 『칼로 풍의 환상작품집(Fantasiestücke in Callot's Manier)』으로 뜻밖에 작가로서 성공을 거두고 명성을 얻는다. 이해에 베를린으로 돌아와 다시 관직에서 일하기 시작하고 인기 작가로 많은 작품을 내놓으며 승승장구한다. 낮에는 성실하고 공명정대하며 유능한 법관으로서 상관의 인정을 받으며 국가에 봉사하고, 밤에는 예술가로서 창작 활동을 하고 단골 술집에서 폭음과 장광설을 즐기는 기인 같은 이중생활을 하다 1822년에 병으로 세상을 떠났다.

호프만은 생애의 많은 시간을 작곡가, 악장, 음악 비평가 등으로 활동하며 음악에 엄청난 열정을 쏟았다. 스스로를 무엇보다 음악가로 여기며 끊임없이 성공을 꿈꿨고 야심차게 작곡한 오페라 「운디네(Undine)」를 무대에 올려 호평을 받기도 했다. 반면 문학 작업은 음악만큼 진지하게 여기지 않아 일필휘지로 빠르게 연이어 소설을 써 내려갔다. 하지만 아이러니하게도 호프만에게 성공을 안겨 주고 오늘날까지 사람들의 기억에 남은 것은 그의 문학 작품들이다. 작품집 『칼로풍의 환상작품집』, 『밤의 풍경들(Nachtstücke)』(1816/1817), 『세라피온 형제들(Die Serapionsbrüder)』(1819~1821) 그리고 장편 소설 『악마의 묘약(Die Elixiere des Teufels)』(1815/1816), 『브람빌라 공주(Prinzessin Brambilla)』(1820), 『수고양이 무어의 인생관(Lebensansichten des Katers Murr)』(1819/1821) 등 호프만의 작품들은 환상과 현실을 넘나들며 기괴함과 섬뜩함, 유머와 풍자로 독자를 매혹한다.

작은 체구와 구부정한 몸, 지나치게 큰 머리, 앞으로 튀어나온 각진 턱 등 다소 우스꽝스러운 외모의 소유자였던 호프만은 자기 몸을 짐짝처럼 여기며 불만스러워했다. 게다가 음악가로서 연달아 실패를 경험하며 자신의 예술적 재능에 회의를 품기도 하고, 지독한 생활고로 고통을 받기도 하고, 실연의 아픔을 겪기도 한다. 그러다 보니 스스로 고백하듯 여러 번 미칠 지경에 이른다. 가슴속에 품은 찬란한 꿈과 바깥세상의 초라한 현실 사이의 극단적 대비를 몸소 체험한 호프만의 소설들이 검은 색채를 띠고 인간 내면의 '어두운 면(Nachtseite)'에

천착하는 것은 어쩌면 당연한 일인지 모른다.

빛으로 상징되는 계몽주의의 이성과 합리성에 반발하며 자아의 주관성과 초자연적인 것, 꿈과 예감을 강조한 것이 초기 낭만주의였다면, 호프만은 인간 심리의 비밀스럽고 어두운 면에 주목한 후기 낭만주의의 작가로 분류된다. 환상과 광기와 공포와 불안을 주된 소재로 삼아 환영과 유령과 도플갱어와 악마를 소환하는 호프만의 기이한 소설들은 이성적이고 무미건조한 현실의 법칙을 뒤흔든다. 그런데 그와 동시에 초월적인 것을 향한 무한한 동경에 빠져 현실 감각을 잃고 자기만의 세계에 갇혀 버린 낭만적 자아를 경계하고 풍자하기도 한다. 바로 이 점이 호프만의 탁월함이자 독특함이다. 호프만은 보다 높은 영역에 이르기 위한 '천국의 사다리'가 삶 속에 단단한 기반을 두고 있어야 한다고 보았다. 이와 함께 '환상적인 마법의 왕국'이 실은 우리 삶의 일부이자 '삶의 가장 찬란한 부분'이라고 했다. 실제 삶에서나 예술에서나 꿈과 현실 사이의 균형을 유지하려 한 호프만의 노력을 여기서 엿볼 수 있다.

호프만의 작품은 동시대인인 괴테에게 '병적'이라는 비판을 받기도 했지만 당대를 넘어 오랜 세월 그 마력을 발휘하며 정전(正典)으로 자리 잡았다. 20세기 작가 슈테판 츠바이크는 "안개와 꿈으로 이루어졌으며 환상적인 인물들이 등장하는 이 세상이 아닌 세계, 이것이 E. T. A. 호프만의 세계다."라고 평했으며, 호프만은 환상문학, 공포소설, 추리소설의 선구자로서 에드거 앨런 포, 니콜라이 고골, 표도르 도스토옙스키, 빅토르 위고, 오노레 드 발자크, 샤를 보들레르 같은 후대 작가들에게 많은 영향을 미쳤다. 뿐만 아니라 그의 삶과 작품을 소재로 삼은 슈만의 피아노곡 「크라이슬레리아나」(1838), 오펜바흐의 오페라 「호프만 이야기」(1881), 차이콥스키의 발레 「호두까기 인형」(1892) 등을 통해 음악사에도 호프만의 이름이 새겨져 있다.

이 책에는 호프만이 남긴 수많은 단편 소설 중 총 세 작품을 선정하여 수록했다. 「모래 사나이(Der Sandmann)」는 호프만을 논할 때 빼놓을 수 없는 단편이며, 뒤를 잇는 「이그나츠 데너(Ignaz Denner)」는 한국어로 처음 번역하여 소개하는 으스스한 소설이다. 마지막으로 「팔룬의 광산(Die Bergwerke zu Falun)」은 오래전에 한 차례 번역된 적이 있으나 국내 독자에게 잘 알려지지 않은 아름다운 작품이다. 이 단편집을 통해 독자들이 작가 호프만의 환상적이고 기이한 세계에 깊이 빠져들기를 바란다.

「모래 사나이」:
작가 호프만의 정수를 보여 주는 섬뜩한 걸작

「모래 사나이」는 작품집 『밤의 풍경들』의 첫머리에 실린 단편으로 호프만의 대표작 중 하나로 꼽힌다. 주인공 나타나엘이 어느 날 불길한 청우계 장수 코폴라를 만나며 어린 시절 아버지의 죽음에 얽힌 끔찍한 기억을 다시 떠올리고 결국 광기에 빠져 죽음에 이르는 과정을 그린 이 이야기는 오늘날 독자에게도 여러모로 기괴하고 충격적이면서 흥미로운 구석이 많다.

이 작품은 그동안 무수한 해석을 낳았는데 그중 가장 잘 알려진 것은 지크문트 프로이트가 소논문 「섬뜩함(Das Unheimliche)」[2]에서 제시한 분석이다. 프로이트는 아이들의 눈을 뽑아 가는 섬뜩한 모래 사나이의 이미지에 주목해 이를 정신분석학적 관점으로 풀이한다. 즉 눈을 잃는 것에 대한 두려움을 거세 불안과 연결 짓는 것이다. 이때 나타나엘의 눈을 뽑으려는 코펠리우스와 그것을 말리는 나타나엘의 아버지는 분열된 아버지상, 곧 나쁜 아버지와 좋은 아버지를 상징하며 이 대립 관계는 코폴라와 스팔란차니 교수를 통해 반복된다. 그리고 스팔란차니의 딸로 불리는 올림피아는 작품 속 구도상 나타나엘과 동일성을 가지는데(코펠리우스-아버지-나타나엘/코폴라-스팔란차니-올림피아), 그렇기 때문에 그녀에 대한 나타나엘의 사랑은 나르시시즘적이다. 이와 함께 프로이트는 "호프만은 문학에서의 섬뜩함에 있어서 타의 추종을 불허하는 대가다."라고 평가한다.

눈 모티프는 일반적으로 인식의 문제와도 연관된다. 인간이 외부 세계를 인식하고 받아들일 때 가장 중요한 매개체가 바로 시각이다. 예민한 나타나엘은 눈과 관련한 어린 시절의 트

---

2) 영어로는 Uncanny. '두려운 낯섦'으로 번역되기도 한다. 이 글에서 프로이트는 본래 친숙했던 것(das Heimische), 그리고 억압에 의해 숨겨져 있던 것(das Heimliche)이 다시 드러날 때 섬뜩한 느낌을 준다고 설명한다. 이때 'das Unheimliche'에서 부정을 뜻하는 접두어 'Un'은 억압의 표지가 된다.

라우마로 정신적 혼란과 불안을 겪는다. 청우계 장수 코폴라가 내놓은 안경들은 이러한 나타나엘을 경악과 공포에 몰아넣고, 나타나엘이 구입한 망원경은 그의 눈을 홀려서 자동인형인 올림피아를 진정한 영혼을 가진 아름다운 여인으로, 반대로 인간인 클라라를 생명 없는 나무 인형으로 보게 만든다.

이제야 비로소 나타나엘은 올림피아의 너무나도 아름다운 얼굴 생김새를 알아보았다. 오직 눈만이 이상하게 굳고 죽은 듯 보였다. 하지만 망원경을 점점 더 자세히 들여다보자 흡사 올림피아의 눈에서 젖은 달빛이 떠오르는 듯했다. 마치 이제야 시력이 점화된 듯 눈빛이 점점 더 생기를 띠며 타오르는 것처럼 보였다.(43쪽)

원래대로라면 사물을 더 똑똑하고 명확하게 인식하도록 도와야 할 망원경이 여기에서는 오히려 눈을 흐리며, 외부의 현실을 객관적으로 보여 주는 대신 내면의 망상을 증폭하는 역할을 한다.

또 하나 중요한 모티프는 자동인형이다. 기계론적 유물론이 확산되고 과학기술이 발달한 18세기에는 살아 있는 동물이나 인간의 형상을 모사한 기계들이 다수 발명되었다. 자크 드 보캉송의 '플루트 연주자'나 '소화하는 오리', 그리고 '체스를 두는 터키인' 등이 그 예다. 이러한 자동인형에 관심을 가지고 「자동인형(Die Automate)」이라 단편을 쓰기도 한 호프만은 「모래 사나이」에도 자동인형 올림피아를 등장시킨다. 그런데 나타나엘이 보기에 올림피아는 차갑고 '산문적인' 클라라나 일반인들과 대비되는 고결하고 '시적'인 마음씨와 감수성을 가진 남다른 아가씨다. 이를 통해 호프만은 과도한 환상에 빠져 판단 능력을 상실한 몽상적 낭만주의자를 풍자하는 동시에 자동인형이나 다름없을 만큼 딱딱하고 무미건조한 계몽주의적 사고방식을 비판한다. 올림피아의 정체가 탄로 난 후 사람들이 보이는 우스꽝스러운 반응은 작가 호프만의 날카롭고 유머러스한 면모를 잘 드러낸다.

　　이제 많은 남자들은 자신의 애인이 나무 인형이 아니라는 것을 완전히 확신하기 위해 사랑하는 여자에게 박자에 어긋나게 노래하고 춤추라는 둥, 낭독 중에 수를 놓고 뜨개질을 하고 애완견을 데리고 놀라는 둥 이런저런 일을 요구했다. 무엇보다도 그냥 듣고 있지만 말고 가끔은 말도 하라고, 정말로 사고와 감정이 바탕이 된 말을 하라고 요구했다. (……) 티파티에서 사람들은 예의 의혹에 대처하기 위해 믿을 수 없을 만큼 자주 하품을 했고 재채기는 절대 하지 않았다.(58쪽)

그 밖에도 세 통의 편지와 서술자의 이야기로 이루어진 복합적인 구조, 흡사 도플갱어와도 같은 코펠리우스-코폴라의 존재, 나타나엘이 겪은 일이 어디까지가 현실이고 어디까지가 환상일까 하는 의문, 분열된 자아와 광기의 문제 등 「모래 사나이」는 여러 가지 수수께끼와 생각할 거리를 독자에게 던져 준다. 이 작품이 고전으로 남아 지금까지 계속해서 읽히는 이유다.

「이그나츠 데너」: 선과 악이 뒤엉킨 싸움

「이그나츠 데너」는 작품집 『밤의 풍경들』에서 「모래 사나이」에 이어 수록된 단편이다. 다층적 구조를 가진 「모래 사나이」와 달리 「이그나츠 데너」의 이야기는 일직선으로 단숨에 진행된다. 먼 옛날을 배경으로 경건하고 선한 사냥꾼 안드레스와 사악한 도적 두목 이그나츠 데너가 벌이는 대결 구도가 그 중심축을 이룬다.

찢어지게 가난한 안드레스는 상인으로 가장한 이그나츠 데너의 도움을 받아 중병에 걸린 아내를 살리고 곤궁한 처지에서 벗어나 안정적인 생활을 누린다. 하지만 데너가 도적 떼의 수괴라는 사실이 드러나고 안드레스는 어쩔 수 없이 도적 떼에 협조하여 위험천만한 범행에 가담하게 된다. 이 일로 약점이 잡힌 안드레스는 이후 데너의 유혹과 협박에 의연하게 맞서나 그 결과 온갖 끔찍한 일과 고초를 겪는다. 안드레스는 도적이자 살인자로 몰려 감옥에 갇히고 사형을 당할 위기에 처해서도 독실한 신앙심과 진실한 태도로 양심을 저버리지 않고 결국 누명을 벗는다. 반면 악의 화신인 데너는 비참한 최후를 맞고 만다.

그런데 이러한 결말을 놓고서 이 작품이 단순히 악에 대한 선의 영광스러운 승리를 그린다고 볼 수 있을까? 그렇다기에 안드레스는 너무도 큰 대가를 치른다. 첫째 아이는 살해당하고, 아내 조르지나는 병으로 죽고, 안드레스 자신은 수감 생활과 모진 고문으로 반죽음 상태가 된다. 하늘의 뜻인지 단순한 우연인지, 만일 형장에서 결정적인 순간에 무고함을 입증해 줄 증인이 나타나지 않았더라면 그는 영락없이 죽고 말았을 것이다. 더군다나 안드레스가 지독한 가난에 시달리도록 방치한 것은, 그래서 데너에게 의지할 수밖에 없게 만든 것은 애초에 그가 충실하게 섬기는 주인 바흐 백작이다. 바흐 백작은 생명의 은인인 안드레스에게 보답한답시고 그를 황량한 숲으로 보내 놓고서 충분한 경제적 지원을 제공하지 않는다. 비록 음험한 속셈에서지만 안드레스를 실질적으로 도와주는 것은 오히려 악당 데너다. 또한 정의로운 판결로 억울함을 풀어 주고 진상을 밝혀야 할 법원은 선한 안드레스의 편이 되기는커녕 비인간적이고 끔찍한 고문으로 자백을 얻어 내려 할 뿐이다. 그럼에도 안드레스가 끝까지 양심을 지키고 진실을 주장한 것은 그야말로 기적이라고 할 수 있다. 이렇듯 이 소설은 선과 악을 뚜렷이 대비시키면서도 그 뒤엉킴을 보여 주면서 '이 세상에서 선을 추구한다는 게 가능한 일인가'라는 의문을 던진다.

사악한 존재로서 동일인인 듯 아닌 듯 혼동을 일으키는 트라바키오-데너는 흥미롭게도 「모래 사나이」의 코펠리우스-코폴라와 대응을 이룬다. 이 두 쌍 모두 이탈리아 출신이란 점[3]도 주목할 만하다. 음울한 북쪽의 독일인들에게 따뜻한 남국 이탈리아는 예술과 미의 본고장이자 환상과 마법의 나라로 동경의 대상이면서 낯섦과 두려움을 불러일으켰다. 호프만은 트라바키오-데너를 통해 비밀스러운 악의 근원으로 독자를 이

---

3) 나타나엘의 진술에 따르면 코펠리우스는 독일인이지만 만일 그가 코폴라와 동일인이라면 실제로는 이탈리아인일 것이다.

끌고 마법, 악마, 살인, 음모, 광기, 피가 난무하는 이야기로 충격을 안기면서 이른바 '공포 낭만주의(Schauerromantik)'의 정수를 보여 준다.

「팔룬의 광산」:
두 세계의 만남이 보여 주는 처연한 아름다움

작품집 『세라피온 형제들』에 실린 「팔룬의 광산」은 실화에 바탕을 둔 작품이다. 1677년 스웨덴 팔룬의 광산에서 한 젊은 광부가 결혼식을 앞두고 실종되었다. 긴 세월이 흐르고 1719년에 갱 속에서 황산염수 속에 고스란히 보존된 광부의 시신이 발견되면서 늙은 약혼녀는 청년의 모습을 한 옛 약혼자와 다시 만났다는 이야기다. 이 사건은 독일의 여러 작가에게 영감을 주어 문학 작품으로 탄생하게 된다. 그 대표적인 예가 요한 페터 헤벨의 짧은 단편 「뜻밖의 재회(Unverhofftes Wiedersehen)」(1811)다. 호프만은 이 매력적인 에피소드를 자기만의 방식으로 변형시켜서 「팔룬의 광산」이라는 또 하나의 아름다운 이야기를 만들어 냈다.

이 소설에서 가장 눈길을 끄는 것은 지상 세계와 지하 세계의 대조다. 주인공 엘리스 프뢰봄은 원래 배를 타고 탁 트인 바다를 누비던 선원인데 갑작스럽게 어머니를 잃고서 크나큰 상심에 빠지고 바다 위 생활에 환멸을 느낀다. 이때 유령 같은 늙은 광부가 나타나 엘리스에게 광부가 될 것을 권하며 광산

일이 얼마나 매력적이고 가치 있는지를 설파한다. 늙은 광부
의 설득에 마음이 움직인 엘리스는 찬란한 햇빛과 푸르른 하
늘로 묘사되는 바다/지상을 떠나 어두운 지하에서 일하기로
결심한다. 처음에는 무시무시한 암석과 까마득한 깊이에 압도
되어 두려움을 느끼지만 강력한 여왕이 지배하는 지하 세계
에 점차 매혹된다. 이때 지상과 지하는 각각 현실과 환상/꿈
을 상징하며, 엘리스가 땅속의 신비롭고 경이로운 세계를 동
경하다 죽음을 맞는 상황은 그야말로 '낭만적'이다.

낭만주의자들은 지하 깊숙한 곳에 숨겨진 자연의 근원을
탐구하는 작업으로서 광업에 관심을 가졌다. 가령 독일의 시
인이자 소설가인 노발리스는 광물학과 지질학을 공부하고 광
산 감독관으로 일했으며, 그의 대표작이자 낭만주의 문학의
상징적 텍스트인 『푸른 꽃』(1802)[4]에도 광산과 광부에 관한
에피소드가 나온다. 「팔룬의 광산」은 이러한 맥락 속에 있는
작품이다. 늙은 광부 토르베른은 엘리스에게 광산 일의 가치
를 다음과 같이 설파한다.

눈먼 두더지가 맹목적인 본능으로 땅을 파헤친다면, 인간의
눈은 가장 깊은 지하에서 갱내등이 비추는 희미한 불빛 속에
서 사물을 더 환히 볼 수 있을지도 몰라. 그래, 마침내 인간의
눈은 점점 더 힘을 얻으며, 저 위 구름 위에 숨겨진 것의 반영

---

4) 원제는 '하인리히 폰 오프터딩엔(Heinrich von Ofterdingen)'. '푸른 꽃'이
란 별칭으로 널리 알려져 있다.

을 경이로운 암석 속에서 인식할 수 있을지도.(149쪽)

토르베른에게 광산 일은 단순히 광물을 캐내고 이윤을 얻는 작업이 아니라 더 고귀한 것, 더 본질적인 것을 인식하고 발견하는 내면적 과정이다. 있는 그대로의 현실에 만족하지 않고 초월적 세계를 추구하는 낭만주의적 자세를 여기서 확인할 수 있다.

그런데 이 소설은 낭만적 인물인 엘리스의 죽음으로 끝나지 않으며, 모티프가 된 실제 사건의 결말을 그대로 따른다. 결혼식 날 지하에 영원히 잠들어 버린 엘리스와 지상에 홀로 남겨진 약혼녀 울라는 수십 년이 흐른 후 극적으로 재회한다. 이 장면은 개인적 차원을 넘어, 서로 대립되는 두 세계의 만남을 보여 준다. 여전히 젊은이의 모습을 간직한 엘리스와 주름투성이 할머니가 된 울라, 이 두 사람의 만남을 통해 그동안 분리되어 있던 지하 세계와 지상 세계, 환상과 현실, 죽음과 삶, 과거와 현재가 일순간 다시금 하나가 되는 것이다. 이러한 합일의 장면은 처연하면서도 더없이 아름답고 가슴 벅차다.

작가 연보

1776년 프로이센의 쾨니히스베르크(오늘날 러시아의 칼리닌그
라드)에서 궁정법원 변호사인 아버지 크리스토프 루트
비히 호프만과 어머니 로비자 알베르티나 되르퍼 사이
에서 태어났다. 원래 이름은 에른스트 테오도어 빌헬
름 호프만. 훗날 아마데우스 모차르트를 존경하여 세
번째 이름인 '빌헬름'을 '아마데우스'로 바꿨다.

1778년 부모가 이혼하고 어머니를 따라가 외가인 되르퍼 가문
에서 성장하게 되었다.

1782년 쾨니히스베르크의 베르크슐레에 입학했다.

1786년 평생지기인 테오도어 고트리프 히펠과 학우로 만나 우
정을 쌓기 시작했다.

1790년 음악과 미술 교습을 받으며 예술적 재능을 인정받았다.

1792년	법조인 가문인 외가의 전통에 따라 쾨니히스베르크 대학교에서 법학을 공부하기 시작했다. 하지만 틈틈이 글쓰기, 연주, 작곡, 그림 작업에 몰두했다.
1793년	아홉 살 연상에 다섯 아이를 가진 유부녀 도라 하트와 뜨거운 사랑에 빠졌다.
1795년	대학을 마친 후 1차 사법 시험을 치르고 쾨니히스베르크 법원의 예비 시보가 되었다.
1796년	쾨니히스베르크를 떠나 글로가우(폴란드명 그워구프)로 이주하여 대부이자 외삼촌인 요한 루트비히 되르퍼의 집에서 지내기 시작했다.
1797년	도라 하트와 마지막으로 만나고 영원히 작별했다.
1798년	요한 루트비히 되르퍼의 딸인 사촌 미나 되르퍼와 약혼하고 2차 사법 시험을 치렀다. 베를린으로 전근되어 베를린 생활을 시작했다. 작가 장 파울과 서로 알게 되었다.
1799년	징슈필 「가면(Die Maske)」의 대본을 쓰고 음악을 작곡했다.
1800년	3차 사법 시험을 통과하고 포젠(오늘날 폴란드의 포즈난)에 법관 시보로 발령을 받았다.
1801년	괴테의 텍스트를 바탕으로 징슈필 「농담, 계략 그리고 복수(Scherz, List und Rache)」를 작곡했다. 이 작품이 포젠에서 공연되었다.
1802년	사육제 때 포젠의 고위 인사들을 풍자적으로 묘사한 캐리커처가 퍼져서 스캔들이 일어나고 이 일로 벽지인

플로크(폴란드명 프워츠크)로 좌천되었다. 미나 되르퍼
와 파혼하고 미하엘리나(미샤) 로러와 결혼했다.

1804년 바르샤바로 발령을 받아 이주했다. 징슈필 「유쾌한 악
사들(Die lustigen Musikanten)」을 작곡했다. 이 작품의
총보에서 처음으로 '아마데우스'란 이름을 사용했다.

1805년 「유쾌한 악사들」이 바르샤바에서 상연되었다. 바르샤
바의 문화계에서 활발히 활동하며 그곳의 '음악 협회'
창립에 주도적으로 참여했다. 딸 체칠리아가 태어났다.

1806년 프랑스군이 바르샤바에 진주하고 프로이센 관청이 해
체되면서 일자리를 잃었다.

1807년 베를린으로 이주하여 관리가 아닌 예술가, 음악가로
자리를 잡으려 노력하지만 성과를 얻지 못하고 경제적
으로 궁핍한 생활을 했다. 두 살배기 딸 체칠리아가 포
젠에서 죽었다.

1808년 밤베르크 극장의 악장직을 제안받고 밤베르크로 이주
했다. 지휘자로 데뷔하지만 참담한 실패를 맛봤다. 오
케스트라 지휘를 내려놓고 명목상으로만 악장직을 유
지하며 작곡가로 일했다.

1809년 오페라 작곡가 크리스토프 빌리발트 글루크를 소재로 한
단편 「기사 글루크(Ritter Gluck)」를 《알게마이네 무지
칼리셰 차이퉁(Allgemeine Musikalische Zeitung)》에 실
으며 작가로서의 경력을 시작했다. 이후 이 잡지에 여러
음악 평론과 작품을 발표했다.

1810년 친구인 프란츠 폰 홀바인이 밤베르크 극장의 극장장으

로 부임한 이후 드라마투르그, 무대 장치가, 작곡가 등 으로 활동하며 밤베르크 극장의 황금기를 이끌었다.

1811년   성악 교습 제자인 열다섯 살 율리아 마르크에게 연정 을 느끼고 열렬한 사랑에 빠졌다.

1812년   율리아를 향한 사랑이 극에 이르러 스스로 미칠까 봐 두려울 지경이 되었다. 결국 율리아는 다른 남자와 결 혼했다.

1813년   요제프 제콘다의 오페라단에서 악장을 맡기로 하고 밤 베르크를 떠났다. 드레스덴과 라이프치히를 오가며 오 페라단에서 활동했다.

1814년   제콘다와 불화를 겪다 해고를 통보받았다. 반(反)나폴 레옹 캐리커처를 그리고 글을 쓰며 근근이 생계를 유 지했다. 단편집 『칼로풍의 환상작품집(Fantasiestücke in Callot's Manier)』의 첫 두 권이 출간되었다.(나머지는 이듬해 출간) 음악가로서 야심 차게 준비한 오페라 「운 디네(Undine)」의 작곡을 끝마쳤다. 베를린으로 돌아가 다시 관리로 일하기 시작했다. 『칼로풍의 환상작품집』 이 굉장한 성공을 거두며 일약 문학계의 유명 인사가 되었다.

1815년   장편 소설 『악마의 묘약(Die Elixiere des Teufels)』 1권 이 출간되었다.(이듬해 2권 출간)

1816년   「운디네」가 초연되었다. 대법원 고문관에 임명되었다. 작품집 『밤이 풍경들(Nachtstücke)』이 출간되었다.(이듬 해까지 총 2부로 출간)

1817년　「운디네」가 작곡가 카를 마리아 폰 베버에게 호평을 받았다.

1819년　작품집『세라피온 형제들(Die Serapionsbrüder)』의 첫 권이 출간되었다.(1821년에 완간) 빈 회의 이후 자유주의와 민족주의를 탄압하는 반동적 정세에서 '대역 단체와 기타 위험 책동의 수사를 위한 직속 조사 위원회'의 위원이 되지만 이른바 '대중 선동가'들에게 유리한 판정을 내려 보수적인 고위 당국자들과 갈등을 빚었다. 장편 소설『수고양이 무어의 인생관(Lebensansichten des Katers Murr)』1권이 출간되었다.

1820년　소설『브람빌라 공주(Prinzessin Brambilla)』가 출간되었다.

1821년　『수고양이 무어의 인생관』의 모델이 된 반려 고양이 무어가 죽었다.『수고양이 무어의 인생관』2권을 집필하여 출간했다.

1822년　연초부터 병을 앓기 시작했다. 출간을 준비 중이던 소설『벼룩 대왕(Meister Floh)』에 당국을 조롱하는 내용이 담겼다고 고발을 당해 원고를 압수당했다. 친구 히펠이 힘을 써서 조사가 연기되었다. 건강이 악화되어 몸이 마비된 와중에서도 단편 「사촌의 구석방(Des Vetters Eckfenster)」 등을 구술하며 집필 작업을 이어갔다. 결국 마비가 목까지 이르고 6월 25일에 숨을 거두었다.

세계문학전집 **396**

모래 사나이

1판 1쇄 펴냄 2021년 12월 10일
1판 3쇄 펴냄 2024년 7월 10일

지은이 E. T. A. 호프만
옮긴이 신동화
발행인 박근섭, 박상준
펴낸곳 (주)민음사

출판등록 1966. 5. 19. (제 16-490호)
서울특별시 강남구 도산대로1길 62(신사동) 강남출판문화센터 5층 (우편번호 06027)
대표전화 02-515-2000 팩시밀리 02-515-2007
www.minumsa.com

ISBN 978-89-374- 6396-9 04800
ISBN 078-89-374-6000-5 (세트)

* 잘못 만들어진 책은 구입처에서 교환해 드립니다.

세계문학전집 목록

세계문학전집은 계속 간행됩니다.